明代通俗小說的鼎盛

明小說
俗代通

的鼎盛

從《三國演義》到《金瓶梅》，從
說唱平話到四大奇書的確立

作者

石昌渝

目錄

目錄

目錄

自序

　　自魯迅《中國小說史略》問世以來，近百年間，這類作品可以說林林總總，其中小說斷代史、類型史居多，小說全史也有，然全史鮮有個人編撰者。集體編撰，集眾人之力，能在短時間裡成書，且能發揮撰稿者各自所長，其優勢是明顯的，但它也有一個與生俱來的弱點：脈絡難以貫通。即便有主編者訂定體例，確定框架，編次章節，各章撰稿人卻都是秉持著自己的觀點和書寫風格，各自立足本章而不大能夠照應前後，全書拼接痕跡在所難免。因此，多年以前我就萌發了一個心願：以一己之力撰寫一部小說全史。

　　古代小說研究，在古代文學研究領域中，比詩文研究要年輕得太多，作為一門學科，從「五四」新文學運動算起，也只有百年的歷史，學術在不斷開拓，未知的空間還很大。就小說文獻而言，今天發現和開發挖掘的就遠非魯迅那個時代可以相比的了。對於小說發展的許多問題和對於小說具體作品的思想藝術，一代人有一代人的看法。史貴實、貴盡，而史實正在不斷產生，每過一秒就多了一秒的歷史，「修史」的工作也會一代接續一代地繼續下去。

　　小說史重寫，並不意味著將舊的推翻重來，而應當是在舊的基礎上修訂、補充，在想法上能夠與時俱進。我認為小說史

自序

不應該是小說作家、作品論的編年，它當然應該論作家、論作品，但它更應該描敘小說歷史發展的進程，揭示小說演變的前因後果，呈現接近歷史真相的立體和動態的圖景。小說是文學的一部分，文學是文化的一部分，文化是社會生活的一部分，小說創作和小說形態的生存及演變，與政治、經濟、思想、宗教等有著千絲萬縷的關係，揭示這種複雜關係洵非易事，但它卻是小說史著作必須承擔的學術使命。小說史既為史，那它的描敘必須求實。經過時間過濾篩選，今天我們尊為經典的作品固然應該放在史敘的顯要地位，然而對那些在今天看來已經黯然失色，可是當年在民間盛傳一時，甚至傳至域外，對漢文化圈產生了較大影響的作品，也不能忽視。史著對歷史的描述大多不可能與當時發生的事實吻合，但我們卻應當努力使自己的描述接近歷史的真相。

以一己之力撰寫小說全史，也許有點自不量力，壓力之大自不必說。從動筆到今天完稿，經歷了二十多個年頭，撰寫工作時斷時續，但從不敢有絲毫懈怠。我堅信獨自撰述，雖然受到個人條件的諸多局限，但至少可以做到個人的小說觀念能夠貫通全書，各章節能夠前後照應，敘事風格能夠統一，全書也許會有疏漏和錯誤，但總歸是一部血脈貫通的作品。現在書稿已成，對此自己也不能完全滿意，但限於自己的學識，再加上年邁力衰，也就只能如此交卷了。

8

導論

一、小說界說

　　為小說撰史，首先要弄清楚「小說」指的是什麼。「小說」概念，歷來糾纏不清。糾纏不清的原因，是我們總在文字上打轉。「小」和「說」的連用，最早見於《莊子·外物》：「飾小說以干縣令，其於大達亦遠矣。」意思是說裝飾淺識小語以謀取高名，那與明達大智的距離就遙遠了。這裡「小說」還不是文體概念。首先指「小說」為一種文類的是東漢的桓譚和班固。桓譚說：「若其小說家，合叢殘小語，近取譬論，以作短書，治身理家，有可觀之辭。」[01]

　　班固說：「小說家者流，蓋出於稗官。街談巷語，道聽塗說者之所造也。孔子曰：『雖小道，必有可觀者焉，致遠恐泥。』是以君子弗為也，然亦弗滅也。閭里小知者之所及，亦使綴而不忘，如或一言可采，此亦芻蕘狂夫之議也。」[02]

　　兩人說法相近，皆指一種「叢殘小語」，記錄的是街談巷語，「芻蕘狂夫之議」，其中或者含有一些治身理家的小道理。班固說這些「叢殘小語」是由專門收集庶人之言的「稗官」所編撰，意在向天子反映民情。這種文類與後世文學類中散文敘

01　《昭明文選》卷三十一江淹雜體詩〈李都尉陵從軍〉注。
02　《漢書·藝文志》。

事的小說絕不是一回事，但「小說」作為一種文體概念卻成立了，而且影響深遠。後來歷代史傳典志著錄藝文類都有「小說家」，正如清代《四庫全書總目》所說，「其來已久」，並將「小說」分為三派，「敘述雜事」，「記錄異聞」，「綴輯瑣語」。如《西京雜記》、《世說新語》、《唐國史補》、《開元天寶遺事》、《癸辛雜識》、《輟耕錄》等歸在「雜事」類，《山海經》、《穆天子傳》、《漢武故事》、《搜神記》、《夷堅志》等歸在「異聞」類，《博物志》、《述異記》、《酉陽雜俎》等歸在「瑣語」類。《四庫全書總目》認為「小說」應承擔「寓勸戒、廣見聞、資考證」的功能，所謂「猥鄙荒誕，徒亂耳目者」，不合古制，有失雅馴，一概排斥。《四庫全書總目》的「小說」概念，代表了傳統目錄學的觀點，與文學類的「小說」含義相差甚遠。

按照《四庫全書總目》的小說概念，不但白話短篇小說如「三言二拍」之類算不上小說，就連文言的唐代傳奇、《聊齋志異》之類也算不上小說，於是有人認為今天稱之為文學敘事散文的「小說」概念來自於西方。這種看法是知其一，不知其二。殊不知古代，至遲在明代已存在文學敘事散文「小說」的概念，它與傳統目錄學的小說概念並存。明代產生了《三國志演義》、《水滸傳》、《西遊記》、《金瓶梅》四大奇書，產生了「三言」、「二拍」，這些作品，當時人已經稱它們為小說了。清康熙年

間，劉廷璣[03]《在園雜誌》就說：

> 蓋小說之名雖同，而古今之別則相去天淵。自漢、魏、晉、唐、宋、元、明以來不下數百家，皆文辭典雅，有紀其各代之帝略官制，朝政宮幃，上而天文，下而輿土，人物歲時，禽魚花卉，邊塞外國，釋道神鬼，仙妖怪異，或合或分，或詳或略，或列傳，或行紀，或舉大綱，或陳瑣細，或短章數語，或連篇成帙，用佐正史之未備，統曰歷朝小說。讀之可以索幽隱，考正誤，助詞藻之麗華，資談鋒之銳利，更可以暢行文之奇正，而得敘事之法焉。降而至於「四大奇書」，則專事稗官，取一人一事為主宰，旁及支引，累百卷或數十卷者……近日之小說若《平山冷燕》、《情夢柝》、《風流配》、《春柳鶯》、《玉嬌梨》等類，佳人才子，慕色慕才，已出之非正，猶不至於大傷風俗。若《玉樓春》、《宮花報》，稍近淫佚，與《平妖傳》之野、《封神傳》之幻、《破夢史》之僻，皆堪捧腹，至《燈月圓》、《肉蒲團》、《野史》、《浪史》、《快史》、《媚史》、《河間傳》、《癡婆子傳》，則流毒無盡。更甚而下者，《宜春香質》、《弁而釵》、《龍陽逸史》，悉當斧碎棗梨，遍取已印行世者，盡付祖龍一炬，庶快人心。

文中所說「歷朝小說」就是傳統目錄學的「小說」，它與文學範疇的小說「相去天淵」，足證今天我們要為之撰史的「小說」的概念，是與「四大奇書」等作品伴生的，絕非舶自西洋。

03　「劉廷璣：《在園雜誌》卷二，中華書局 2005 年版，第 82—85 頁。

　　理論源於實踐，有了「四大奇書」宏偉絢麗的巨著，自然就會有相應的小說理論。在明清兩代有關小說的理論文字中，我們大致可歸納出明清時代對於小說的概念大致有三個要點：

　　第一，小說以愉悅為第一訴求。明代綠天館主人《古今小說敘》云：「按，按南宋供奉局，有說話人，如今說書之流，其文必通俗，其作者莫可考。泥馬倦勤，以太上享天下之養，仁壽清暇，喜閱話本，命內璫日進一帙，當意，則以金錢厚酬。於是內璫輩廣求先代奇蹟及閭里新聞，倩人敷演進御，以怡天顏。」且不論太監進御話本一事之有無，重點是在話本供人消遣這個事實上。凌濛初說他創作《拍案驚奇》是「取古今來雜碎事可新聽睹、佐談諧者」[04]，後來又作《二刻拍案驚奇》同樣是「偶戲取古今所聞一二奇局可紀者，演而成說，聊舒胸中磊塊。非日行之可遠，姑以遊戲為快意耳。」[05]。所謂「新聽睹、佐談諧」、「以遊戲為快意」，都是強調小說是以娛心為第一要義。明代戲劇家湯顯祖談到文言的傳奇小說也持同樣觀點，他為傳奇小說選集《虞初志》作序時說，該書所收作品「以奇僻荒誕，若滅若沒，可喜可愕之事，讀之使人心開神釋，骨飛眉舞。雖雄高不如《史》、《漢》，簡澹不如《世說》，而婉孌流麗，洵小說家之珍珠船也」[06]。

04　即空觀主人（凌濛初）：《拍案驚奇·自序》。

05　即空觀主人：《二刻拍案驚奇·小引》。

06　湯顯祖：《點校虞初志序》，《湯顯祖詩文集》卷五十，上海古籍出版社 1982 年

第二，出於愉悅的訴求，為滿足讀者的好奇和快心，小說不能不虛構。明代「無礙居士」《警世通言敘》稱，小說「人不必有其事，事不必麗其人」；明代謝肇淛[07]說：「凡為小說及雜劇戲文，須是虛實相半，方為遊戲三昧之筆。亦要情景造極而止，不必問其有無也……近來作小說，稍涉怪誕，人便笑其不經，而新出雜劇，若《浣紗》、《青衫》、《義乳》、《孤兒》等作，必事事考之正史，年月不合，姓字不同，不敢作也，如此則看史傳足矣，何名為戲？」

清代乾隆年間陶家鶴《綠野仙蹤序》則說得更徹底：「世之讀說部者，動曰『謊耳謊耳』。彼所謂謊者，固謊矣；彼所謂真者，果能盡書而讀之否？……夫文至於謊到家，雖謊亦不可不讀矣。願善讀說部者，宜急取《水滸》、《金瓶梅》、《綠野仙蹤》三書讀之。彼皆謊到家之文字也。」[08]

小說雖為杜撰，但並非沒有真實性，它的真實性不表現為所寫人和事為生活中實有，而是表現為所虛構的人和事反映著生活邏輯的真實。

第三，既然小說為娛心而虛構，就必須如謝肇淛所說，「亦要情景造極而止」，也就是說，要把假的寫成像是真的，把虛

版，第 1482 頁。

07　謝肇淛：《五雜組》卷十五「事部三」，上海書店出版社 2001 年版，第 313 頁。

08　陶家鶴：《綠野仙蹤序》，《綠野仙蹤》，人民文學出版社 1987 年排印本「附錄」，第 815 頁。

擬的世界描繪得像生活中真實發生的那樣,使人相信,令人感動。這樣,就必須調動筆墨,該渲染處要渲染,該描摹處要描摹,總之要達到繪聲繪色、惟妙惟肖的境界。如此,一般來說「尺寸短書」便容納不了,且不說長篇章回小說,就是話本小說和文言的傳奇小說,也都不是《搜神記》、《世說新語》式篇幅所能容納得了的。

如果上述概念基本符合歷史事實的話,那麼可以說古代小說的誕生在唐代,以傳奇文為主體的文言敘事作品是小說的最初形態。宋元俗文學興起,由說唱技藝的「說話」書面化而形成的話本和平話,漸漸成長為長篇的章回小說和短篇的話本小說,以「四大奇書」和「三言」為代表,構成小說的主體,並登上文壇與傳統詩文並肩而立。唐前的志怪、志人以及雜史雜傳雖然與小說有歷史淵源,但它們只是小說的孕育形態,還不具有小說文體的內涵。不能依據歷代史志的「小說」概念,把「小說家類」所著錄的作品都視為文學範疇的小說,從而把小說文體的誕生上溯到漢魏甚至先秦。

二、娛樂與教化

小說的產生,遠在詩歌和散文之後。如果說因情感抒發的需要而創造了詩,因資政宣教的需要而創造了文,那麼因娛樂消遣的需要則創造了小說。魯迅說詩歌起源於勞動,小說起源

於休息,「人在勞動時,既用歌吟以自娛,借它忘卻勞苦了,則到休息時,亦必要尋一種事情以消遣閒暇。這種事情,就是彼此談論故事,而這談論故事,正就是小說的起源」[09]。這推測大概距事實不遠。但說故事是口頭的文學,不是書面文學的小說,從口頭到書面的轉化,究竟是怎樣實現的?講故事的傳統可以追溯到上古時代,像清初小說《豆棚閒話》所描寫的鄉村豆棚下講說故事的情形,大概沿演了數千年。口頭故事和書面故事儘管只有一紙之隔,可是從口頭到書面的轉化卻經歷了漫長的歷史歲月。轉化必須條件具備。物質的條件是造紙和印刷,早期的甲骨、絹帛、竹簡不可能去承載供消遣的故事;精神的條件是人們在觀念上接受書面故事也是文的一個部分,傳統觀念認為文章是經國之大業,《文心雕龍》第一篇即為〈原道〉,「聖因文以明道」,「文之為德也大矣」[10],用文字記錄娛樂性故事,豈不是對經國大業的褻瀆?民間下士或許可以這樣做,但一般看重聲譽的文人卻不屑或者不敢這樣做。而故事要提升到情節的藝術層面,必須要有具備文化修養和文學功底的文人參與。

誠然,唐代以前也有一些文字記錄了口傳故事,但它們絕不是為娛樂而記錄。先秦諸子散文如《莊子》、《孟子》、《荀

---

09 魯迅:《中國小說的歷史的變遷》。

10 劉勰:《文心雕龍·原道》。引自周振甫《文心雕龍注釋》,人民文學出版社 1981年版,第 1 頁。

子》、《韓非子》等都或多或少採擷了口傳故事，這些故事只是被先秦思想家們用來闡明某些哲理。魏晉南北朝有志怪的《搜神記》之類的許多作品，這些作品的宗旨主要在宣揚神道，多為佛教、道教的輔教之書[11]；志人的《世說新語》之類的許多作品是當時為舉薦需要創作的作品，是人倫鑒識的產物，它們所記錄超邁常人的異操獨行，是供士人學習和仿效的，《世說新語》也就成為士人的枕邊書；雜史雜傳中有許多故事，但它們是史傳的支脈，是為補正史之不足而存在的，絕非供人娛樂消遣。

不可否認，唐前的志怪、志人和雜史雜傳都程度不同地含有文學的因素，從敘事傳統來說，它們孕育了小說，或者可以說是「古小說」、「前小說」。從唐前的「古小說」轉化為唐傳奇這個小說的最初形態，其驅動力量就是娛樂。文人遊戲筆墨，拿文字作為遊戲消遣工具，並且成為一種潮流，始於唐代。這並非偶然，唐代是一個開放的、思想多元的時代，儒家的文道觀不再是文壇的主宰力量。詩言志，文以載道，已不是不可違背的金科玉律。白居易的〈江南喜逢蕭九徹，因話長安舊遊，戲贈五十韻〉、白行簡的《天地陰陽交歡大樂賦》等，描寫豔情，其筆墨之放肆，並不下於張鷟的傳奇小說〈遊仙窟〉。就是以重振儒家道統文統為己任的韓愈，受世風薰染，也免不

11　詳見湯用彤《漢魏兩晉南北朝佛教史》第十五章，中華書局 1983 年版。

了涉足小說的撰作，因而遭到張籍的批評，引發了一場關於小說是否為「駁雜之說」的爭論。唐代文人用文學消遣已無甚顧忌，是小說誕生的精神條件。

事實上，唐傳奇大多就是士大夫貴族閒談的產物。韋絢說他的《嘉話錄敘》是劉禹錫客廳上閒聊的記錄，「卿相新語，異常夢話，若諧謔、卜祝、童謠、佳句，即席聽之，退而默記，或染翰竹簡，或簪筆書紳」，記錄之目的，「傳之好事以為談柄也」[12]。陳鴻談到他的〈長恨歌傳〉的寫作緣起時說：「元和元年冬十二月，太原白樂天自校書郎尉於盩厔，鴻與琅琊王質夫家於是邑。暇日相攜游仙遊寺，話及此事（指唐玄宗與楊貴妃事），相與感嘆。質夫舉酒於樂天前曰：『夫希代之事，非遇出世之才潤色之，則與時消沒，不聞於世。樂天深於詩，多於情者也，試為歌之，如何？』樂天因為〈長恨歌〉。意者不但感其事，亦欲懲尤物，窒亂階，垂於將來者也。歌既成，使鴻傳焉。」[13]〈長恨歌傳〉得之於遊宴，而〈任氏傳〉則聞之於旅途，「建中二年，既濟自左拾遺於金吳。將軍裴冀，京兆少尹孫成，戶部郎中崔需，右拾遺陸淳皆適居東南，自秦徂吳，水陸同道。時前拾遺朱放因旅遊而隨焉。浮潁涉淮，方舟沿流，

12　韋絢：《嘉話錄敘》。轉引自侯忠義編《中國文言小說參考資料》，北京大學出版社1985年版，第254頁。

13　陳鴻：〈長恨歌傳〉。引自汪辟疆校錄《唐人小說》，上海古籍出版社1978年版，第141頁。

畫宴夜話，各征其異說。眾君子聞任氏之事，共深嘆駭，因請既濟傳之，以志異云」[14]。李公佐的〈古岳瀆經〉也聞之於旅途，「貞元丁丑歲，隴西李公佐泛瀟湘、蒼梧。偶遇征南從事弘農楊衡，泊舟古岸，淹留佛寺，江空月浮，征異話奇」，楊衡講述無支祁的故事，幾年以後，李公佐訪太湖包山，於石穴間得古《岳瀆經》殘卷，所記無支祁事蹟與楊衡所述相符，由此寫成〈古岳瀆經〉。[15] 李公佐煞有介事，似乎確有水神無支祁，其實學者一看即知其為虛誇以娛目而已，明代宋濂指它是「造以玩世」[16]，胡應麟也稱之為「唐文士滑稽玩世之文」[17]。唐傳奇得之於閒談，這樣的例子不勝枚舉。

曾有一說認為唐傳奇可作行卷，有博取功名之用，傳奇小說由是而興，系根據宋代趙彥衛《雲麓漫鈔》卷八的一段話：「唐之舉人，先藉當世顯人以姓名達之主司，然後以所業投獻。逾數日又投，謂之溫卷。如《幽怪錄》、《傳奇》等皆是也。蓋此等文備眾體，可以見史才、詩筆、議論。」今人程千帆指出趙彥衛的話與現存的關於唐代納卷、行卷制度的文獻所提供的事實

14　沈既濟：〈任氏傳〉。引自汪辟疆校錄《唐人小說》，上海古籍出版社 1978 年版，第 58 頁。

15　李公佐：〈古岳瀆經〉。引自張友鶴選注《唐宋傳奇選》，人民文學出版社 1964 年版，第 55 頁。

16　宋濂：《宋學士全集》卷三十八〈刪〈古岳瀆經〉〉。

17　胡應麟：《少室山房筆叢》卷三十二〈四部正訛下〉，上海書店出版社 2001 年版，第 316 頁。

不合[18]，不足為據。倒是有證據證明，傳奇小說因其內容虛妄，作為納卷呈獻禮部後反倒壞了科舉的前程。錢易《南部新書》甲卷：「李景讓典貢年，有李復言者，納省卷，有《纂異》一部十卷。榜出日：『事非經濟，動涉虛妄，其所納仰貢院驅使官卻還。』復言因此罷舉。」《纂異》即今傳《續玄怪錄》，李景讓知貢舉為唐文宗開成五年（西元八四〇年）。可見，納卷、行卷的內容應當有關「經濟」（經時濟世），是明道的文字，絕非遊戲筆墨如傳奇小說之類[19]。白話小說晚於文言小說，它是由口頭技藝「說話」轉變而成。「說話」是宋元勾欄瓦肆供娛樂的技藝，從口頭技藝轉變為書面文學的話本和平話，娛樂的宗旨一以貫之。

但是，單純娛樂的文字是行之不遠的，現存的早期話本如〈柳耆卿詩酒玩江樓記〉、〈西湖三塔記〉、〈洛陽三怪記〉、〈西山一窟鬼〉、〈孔淑芳雙魚扇墜傳〉等，故事之離奇，足以聳人聽聞，然而僅止於感官而已。馮夢龍就曾批評〈玩江樓〉、〈雙魚墜記〉之類為「鄙俚淺薄，齒牙弗馨焉」[20]。娛樂是小說的原生性功能，娛樂的動力如果失去審美和教化的導向，就會陷於低級惡謔的泥淖。唐傳奇雖然產生於徵奇話異的閒聊之中，

18　程千帆：《唐代進士行卷與文學》，上海古籍出版社 1980 年版。

19　詳見傅璇琮《唐代科舉與文學》第十章「進士行卷與納卷」，陝西人民出版社 1986 年版。

20　綠天館主人（馮夢龍）：〈古今小說敘〉。

但畢竟是在文人圈子裡講傳，灌注著文人的情志，多少蘊含有審美、道德、政治、哲理、宗教等意蘊。唐前志怪寫狐精的很多，唐傳奇〈任氏傳〉也寫狐精，但它卻能化腐朽為神奇，在狐精任氏身上賦予了美好的人情。作者寫任氏對愛情的執著，為愛而甘冒生命的風險，是寄託著對現實庸俗習氣的批判的。李公佐寫〈謝小娥傳〉是要傳揚謝小娥這樣一位弱女子身上秉承的貞節俠義的美德，「君子曰：『誓志不捨，復父夫之仇，節也；傭保雜處，不知女人，貞也。女子之行，唯貞與節，能終始全之而已，如小娥，足以儆天下逆道亂常之心，足以觀天下貞夫孝婦之節。』餘備詳前事，發明隱文，暗與冥會，符於人心。知善不錄，非《春秋》之義也，故作傳以旌美之」。

　　白話小說植根於市井娛樂市場，初期的作品大多是「說話」節目的文字化故事而已。從一些僥倖留存下來的作品看，如《紅白蜘蛛》[21]（後被改寫為〈鄭節使立功神臂弓〉，收在《醒世恆言》）、〈攔路虎〉（收在《清平山堂話本》，改作〈楊溫攔路虎傳〉）等，都還是沒有情節的故事。關於故事與情節的區別，英國小說家兼理論家 E・M・福斯特（Edward Morgan Forster）說：「故事是敘述按時間順序安排的事情。情節也是敘述事情，不過重點是放在因果關係上。『國王死了，後來王

21　《紅白蜘蛛》僅存殘頁，詳見黃永年《記元刻〈新編紅白蜘蛛小說〉殘頁》，載《中華文史論叢》1982 年第 1 輯。

后死了』，這是一個故事。『國王死了，後來王后由於悲傷也死了』，這是一段情節。時間順序保持不變，但是因果關係的意識使時間順序意識顯得暗淡了。」[22] 凸顯因果關係，就是作者把故事提升為情節，而情節是蘊含著道德的、審美的、政治的評價的。白話小說從初期的單一娛樂進步到寓教於樂，經歷了漫長歲月，直到一批重視通俗文學的文人參與，才達到娛樂與教化統一的境界。

《三國志通俗演義》嘉靖本〈庸愚子序〉講到由三國故事提升為情節的過程時說：「前代嘗以野史作為評話，令瞽者演說，其間言辭鄙謬，又失之於野。士君子多厭之。」羅貫中考諸國史，留心損益，作《三國志通俗演義》，「文不甚深，言不甚俗，事紀其實，亦庶幾乎史，蓋欲讀誦者，人人得而知之，若《詩》所謂里巷歌謠之義也」。題名「演義」，就是宣示通過歷史故事演述世間的大道理。傳統社會輿論總是視小說為小道，鄙俗敗壞人心，主張嚴禁，清康熙間劉獻廷卻說，看小說、聽說書是人的天性，六經之教也原本人情，關鍵在於「因其勢而利導之」[23]，也就是寓教於小說，同樣可以擔負起治俗的使命。

娛樂是小說的原生性功能，教化是小說的第二種功能，是建立在娛樂之上的、比娛樂更高級的功能。教化不只是道德

22 《小說美學經典三種》，上海文藝出版社 1990 年版，第 271 頁。
23 劉獻廷：《廣陽雜記》卷二，中華書局 1957 年版，第 107 頁。

的，還包括審美的、智識的等多種元素。沒有教化的娛樂只是一種感官享受，算不上藝術；沒有娛樂功能的教化，那就只是教化，算不上文學。小說中的娛樂和教化是對立統一的，二者相容並蓄，方能達到成熟的藝術境界。

三、史家傳統與「說話」傳統

　　縱觀小說的歷史，不只是娛樂與教化的矛盾制約著小說的運動，同時還有別的矛盾，這其中就有史家傳統和「說話」傳統的矛盾。史家傳統體現在歷朝歷代的豐富的史傳文本中，同時又表現為由史家不斷積累經驗所形成的一種修史的觀念體系。「說話」傳統則是千百年民間徵奇話異、講說故事的文化習俗，這個傳承不斷的習俗也形成自己的一套觀念體系。史傳與「說話」同是敘事，「說話」發生得更早，史傳在文字出現後才逐漸形成。殷商記錄卜祭以及與之相關事情的甲骨文便是史傳的萌芽。在中國古代史官文化的價值觀念中，官修的正史甚至具有法典的權威。「說話」雖然根深蒂固，千百年來牢不可破，頑固地在草根間生長，並發展成文學敘事的小說，但在史傳面前總是自慚形穢，抬不起頭來。史家傳統，簡而言之就是「據事蹟實錄」，他們認為真理就寓居在事實中，王陽明說「以事言，謂之史；以道言，謂之經。事即道，道即事」[24]。《春秋》就

24　王陽明：《傳習錄集評》卷上，《王陽明全集》，上海古籍出版社 1992 年版，第 10
　　頁。

被儒家列為「五經」之一。「說話」恰恰輕視事實，只要好聽，怎麼杜撰編造都可以。劉勰談到修史時說：「然俗皆愛奇，莫顧實理。傳聞而欲偉其事，錄遠而欲詳其跡。於是棄同即異，穿鑿傍說，舊史所無，我書則傳。此訛濫之本源，而述遠之巨蠹也。」[25] 在史家眼裡，不顧事實的虛構是修史的巨蠹。

小說文體恰恰又是從史傳中孕育出來的，志怪、志人、雜史雜傳，都被傳統目錄學家看成是史傳的支流和附庸，事實上唐傳奇作品多以「傳」「記」題名，如〈任氏傳〉、〈柳氏傳〉、〈霍小玉傳〉、〈東城老父傳〉、〈長恨歌傳〉以及〈古鏡記〉、〈枕中記〉、〈三夢記〉、〈離魂記〉等，作家們是用史家敘事筆法來創作的。早期話本來源於「說話」，帶有濃重的說唱痕跡，與史傳敘事距離較遠，可一旦文人參與，史家傳統便滲透進來。

小說的本性是虛構，本與史傳不搭界，但史家傳統實在太強大了，小說不得不謙恭地說自己是「正史之餘」[26]，由是也不得不掩飾自己的虛構。小說開頭一定要交代故事發生的確切時間和地點，一定要交代人物的來歷，說明小說敘述的故事是千真萬確發生過的事情。

史家傳統對白話小說的牽制，突出地表現在歷史演義小說的創作過程中。宋元「說話」四大家數中有「講史」一家，專

25　劉勰：《文心雕龍‧史傳》。引自周振甫《文心雕龍注釋》，人民文學出版社 1981年版，第 171—172 頁。

26　笑花主人：〈今古奇觀序〉。

門講說前代書史文傳興廢爭戰之事，從現存的元刊《三國志平話》來看，虛的多，實的少，情節中充滿了於史無稽的民間傳說，與歷史相去十萬八千里。但它是小說，不是史傳，市井草民喜聞樂見，故坊賈願意刊刻印行。但君子卻認為它言辭鄙謬，又失之於野，於是就有羅貫中據《通鑑綱目》等正史予以匡正，寫成《三國志通俗演義》。羅貫中稔熟三國歷史，又有深邃的識見和文學的功底，使得《三國志通俗演義》虛實莫辨，清代史學家章學誠仔細考辨，結論是「七分實事，三分虛構」。這是歷史演義小說最成功的範例。繼之而起的林林總總的「按鑑演義」，大都是抄錄史書，摻雜少許民間傳說作為調味作料，正如今人孫楷第所言，「小儒沾沾，則頗泥史實，自矜博雅，恥為市言。然所閱者至多不過朱子《綱目》，鉤稽史書，既無其學力；演義生發，又愧此繫才。其結果為非史抄，非小說，非文學，非考定」[27]。包括《三國志通俗演義》在內的歷史演義小說，本質是小說，不能動輒以史實來挑剔它，「按鑑演義」的編撰者正是受史家傳統的制約，才造成它如此曖昧的面孔。

　　小說家從史家傳統中掙扎出來很不容易，明代中期以來，就有不少小說作者和批評者進行抗爭，謝肇淛說小說「須是虛實相半，方為遊戲三昧之筆」，《說岳全傳》的作者金豐也主張

27　孫楷第：《日本東京所見小說書目》卷三〈明清部二〉，人民文學出版社1958年版，第38頁。

小說「虛實相半」，「從來創說者不宜盡出於虛，而亦不必盡由於實。苟事事皆虛則過於誕妄，而無以服考古之心；事事皆實則失於平庸，而無以動一時之聽」[28]。如果說「虛實相半」還是在史家傳統面前遮遮掩掩，猶抱琵琶半遮面，那麼清代乾隆年間為《綠野仙蹤》作序的陶家鶴就乾脆直白得多了，說《綠野仙蹤》與《水滸傳》、《金瓶梅》都是「謊到家之文字」。曹雪芹徑直稱自己的《紅樓夢》是「真事隱去」、「假語村言」，所敘述的故事無朝代可考，「滿紙荒唐言」而已。「史統散而小說興。」[29] 當小說完全克服了對史家傳統的敬畏和依附時，小說才得到創作的解放，才真正找回了自我。

四、雅與俗

雅和俗是一種文化現象。雅文化是社會上層文化，孔子《論語・述而》說：「《詩》、《書》執禮，皆雅言也。」雅言，既指文化內容，又指語言外殼。古代合於經義的叫雅，雅馴篤實的叫雅；語言和風格方面，含蓄穩重的叫雅，語言精緻，也就是有別於地方方言的士大夫的標準語，或可稱當時的國語叫雅。與雅相對，俗文化是屬於下層民眾的文化，其內容不盡符合《詩》、《書》禮教的規矩繩墨，語言和風格方面，詭譎輕佻的

28　金豐：〈新鐫精忠演義說本岳王全傳序〉。

29　綠天館主人（馮夢龍）：〈古今小說敘〉。

為俗，方言俚語為俗。雅和俗既對立，又統一在一個民族文化中。中華文化中雅俗文化沒有斷然的分界，雅既從俗中提煉出來，又承擔著正俗化俗的使命。

任何一個民族的文學形式都有雅俗的分野，中國文學中的傳統詩文屬於雅文學，小說、戲曲、民歌、彈詞寶卷屬於俗文學。文學的雅俗是相對而存在的，一種文學形式的內部也有雅俗之分。文言小說作為小說，相對傳統詩文是俗，這是由於它的駁雜荒誕；但在小說內部，它相對白話小說卻又是雅。小說內部的雅和俗的對立統一，是小說發展的又一個重要的因素。

唐代傳奇小說是士人寫給士人讀的文學，它產生和活躍在雅文化圈內。在儒家道統鬆弛的年代，它可以汪洋恣肆、百無禁忌，創造出一大批想像豐富、情感動人的作品。道統一旦得以重振，它就要受到「不雅」的指責。張籍批評韓愈的〈毛穎傳〉「駁雜無實」，而「駁雜無實」就是俗的代名詞。司馬遷《史記·五帝本紀》中說「百家言黃帝，其言不雅馴」，不雅馴即指荒誕無稽。張籍的批評代表了唐代中後期的主流思潮的觀點，這種觀點占了社會輿論的上風，唐傳奇就要衰退了。事實也是單篇的傳奇小說銳減，小說又復古到魏晉南北朝，尚質黜華，出現了像《酉陽雜俎》這樣的作品集，其中不少文章已失去傳奇小說的風味。傳奇小說蒙上不雅的俗名，士人便疏遠它，它便漸漸走出雅文化圈子，下移到「俚儒野老」的社會層級。明

代胡應麟說:「小說,唐人以前,紀述多虛,而藻繪可觀。宋人以後,論次多實,而彩豔殊乏。蓋唐以前出文人才士之手,而宋以後率俚儒野老之談故也。」[30]

胡應麟所謂的「小說」,包括一志怪、二傳奇、三雜錄、四叢談、五辨訂、六箴規,他這段文字所指「小說」,是「志怪」「傳奇」兩類記述事蹟文字,說宋以後小說作者大多出自「俚儒野老之談」,反映了歷史事實,但說宋人小說「多實」則不盡貼切。宋人志怪模仿晉宋,據傳聞實錄,文字趨於簡古是客觀存在,但宋人傳奇多以歷史故事為題,如〈綠珠傳〉、〈迷樓記〉之類,虛構多多,文字亦鋪張,只是藻繪確實遠遠不及唐傳奇。元以降,至明代中後期,出現了一大批如《嬌紅記》、《尋芳雅集》、《鍾情麗集》之類的作品,高儒《百川書志》卷六著錄它們的時候,特加評語說:「皆本〈鶯鶯傳〉而作,語帶煙花,氣含脂粉,鑿穴穿牆之期,越禮傷身之事,不為莊人所取,但備一體,為解睡之具耳。」[31]

「越禮」當然是不雅,「不為莊人所取」則是口頭上的,拿它做「解睡之具」透露著「莊人」之所真好。還是胡應麟說得直白:「大雅君子,心知其妄,而口競傳之,且斥其非而暮引用之,猶之淫聲麗色,惡之而弗能弗好也。夫好者彌多,傳者彌

30　胡應麟:《少室山房筆叢》卷二十九〈九流緒論下〉,上海書店出版社 2001 年版,第 283 頁。

31　高儒:《百川書志》,上海古籍出版社 2005 年版,第 90 頁。

眾；傳者日眾，則作者日繁。夫何怪焉？」[32]

　　這類半文半白、篇幅已拉得很長的傳奇小說繼續走著俗化的道路，到清初它們乾脆放棄文言，使用白話，並且採取章回的形式，便成為才子佳人小說。若不是《聊齋志異》重振唐傳奇雄風，傳奇小說果真要壽終正寢了。

　　如果說傳奇小說是從雅到俗，那麼白話小說的運動路向恰好相反，是從俗到雅。白話小說從「說話」脫胎而來，長期處於稚拙俚俗的狀態，它們帶著濃厚的草根氣息，粗拙卻又鮮活，不論是「講史」如《三國志平話》，還是「小說」如《六十家小說》（現名《清平山堂話本》），都難以登上大雅之堂。

　　由俗到雅的變化的發生，與王陽明「心學」的崛起有著直接的關係。王陽明認為人人皆可成聖賢，他的布道講學是面向民眾的，要讓不多識字或根本不識字的草民懂得他的道理，就不能不用通俗的方式講說。他說：「你們拿一個聖人去與人講學，人見聖人來，都怕走了，如何講得行？須做得個愚夫愚婦，方可與人講學。」[33]他雖沒有談到通俗小說，但講到戲曲就可以用來化民善俗，他說：「今要民俗反樸還淳，取今之戲子，將妖淫詞調俱去了，只取忠臣孝子故事，使愚俗百姓人人易曉，無中

32　胡應麟：《少室山房筆叢》卷二十九〈九流緒論下〉，上海書店出版社 2001 年版，第 282 頁。

33　《王陽明全集》，上海古籍出版社 1992 年版，第 116 頁。

感激他良知起來，卻於風化有益。」[34]

　　從來的莊人雅士對於俗文學都是鄙夷不屑的，至少在口頭上如此。王陽明如此說而且如此做，目的當然是要把儒學從書本章句中推向民間的人倫日用，與佛、道爭奪廣大的信徒，但他利用通俗的形式來傳道，卻為文士參與小說創作開了綠燈。白話小說的作者在很長時間裡都是不見經傳的無名氏，從這時開始出現有姓名可考的大文人，如吳承恩、馮夢龍、凌濛初、李漁、吳敬梓、曹雪芹等。

　　文人的參與，使俗而又俗的白話小說有可能改變娛樂唯一的宗旨，從而具有了雅的品質。李漁認為俗可寓雅，「能於淺處見才，方是文章高手」[35]。煙水散人說：「論者猶謂俚談瑣語，文不雅馴，鑿空架奇，事無確據。嗚呼，則亦未知斯編實有針世砭俗之意矣。」[36] 小說既然可以肩負「針世砭俗」的使命，自然就不能用一個「俗」字罵倒它。羅浮居士〈蜃樓志序〉指出，小說雖有別於「大言」，但小說寫「家人父子日用飲食往來酬酢之細故」，卻可以「准乎天理國法人情以立言」，「說雖小乎，即謂之大言炎炎也可」。白話小說俗中有雅，是白話小說藝術成熟的重要標誌。

34　《王陽明全集》，上海古籍出版社 1992 年版，第 113 頁。

35　李漁：《閒情偶寄‧詞曲部》。引自《中國古典戲曲論著集成》（七），中國戲劇出版社 1959 年版，第 28 頁。

36　煙水散人：〈珍珠舶序〉。轉引自大連圖書館參考部編《明清小說序跋選》，春風文藝出版社 1983 年版，第 45 頁。

　　雅俗共存的典範作品莫過於《聊齋志異》和《紅樓夢》。
馮鎮巒評《聊齋志異》說:「以傳記體敘小說之事,仿《史》、
《漢》遺法,一書兼二體,弊實有之,然非此精神不出,所以通
人之,俗人亦愛之,竟傳矣。」[37]

　　諸聯評《紅樓夢》說:「自古言情者,無過《西廂》。然《西
廂》只兩人事,組織歡愁,摛詞易工。若《石頭記》,則人甚
多,事甚雜,乃以家常之說話,抒各種之性情,俾雅俗共賞,
較《西廂》為更勝。」[38]《聊齋志異》和《紅樓夢》能夠成為小
說的經典之作,除了蒲松齡和曹雪芹的主觀因素和他們所處的
時代條件之外,雅與俗的碰撞與融合也是重要的一點。

37　張友鶴輯校:《聊齋志異》會校會注會評本,上海古籍出版社1978年新1版,第15頁。

38　一粟編:《紅樓夢卷》,中華書局1963年版,第118頁。

第一章

章回小說勃興的社會文化條件

第一節　印刷業的繁榮

　　元代講史平話可以視為章回小說的萌芽形態，但章回小說文體的誕生是以《三國志通俗演義》為標誌的。據明劉若愚《酌中志》所記，宮內藏《三國志通俗演義》共二十四冊，兩千一百五十葉[01]，現存嘉靖刊本《三國志通俗演義》為二十四卷二十四冊，與《酌中志》所記大致相當，每冊大約九十葉左右。顯然是線裝。線裝書每冊裝訂書葉容量要大於蝴蝶裝。蝴蝶裝盛行於宋元年間，由於書葉為背面糊連，牢固性較差，也限制了每冊的葉數。元至治年間福建建安虞氏所刊五種平話，均為蝴蝶裝，《三國志平話》字數最多，也只有七八萬字。講史平話的規模與元代印刷水準相關，元代的印刷能力並非不能印製數十萬字的大書，但受總體印刷技術和生產能力的限制，大概只能印製四書五經、史部經典以及曆書等社會經濟日用必備之書，不可能耗費巨大印刷資源去刻印篇幅達數十萬字的「閒書」。

　　宋代的印刷業相對唐代已有進步，儘管如此，也不是什麼書都可以付梓，寫本仍是一種重要的圖書形制。《明史·藝文志序》稱，宣德年間（西元一四二六至西元一四三五年）祕閣所藏宋元書籍以寫本居多，「祕閣貯書約二萬餘部，近百萬卷，刻本十三，抄本十七……皆宋元所遺，無不精美。裝用倒摺，四

01　《明宮史》（《酌中志》選本），北京古籍出版社 1982 年版，第 97 頁。

周外向，蟲鼠不能損」[02]。祕閣藏宋元書籍十分之七都是寫本。宋代趙明誠、李清照所藏之書，按李清照〈金石錄後序〉所記，李白、杜甫、韓愈、柳宗元的集子為寫本，可證寫本是當時通行的圖書形制。雕版印刷的能力相當有限，宋版書所以精美，一個重要原因就是刻印成本很高，不得不精益求精。元代印刷業相對於宋代並無實質性進步，在朱墨兩色套印與活字板運用方面有所發展，總體上無論是品質還是數量還不及宋代。不過元代民間書坊較宋代為盛，並且熱衷於刻印民間大眾需要的通俗之書，葉德輝《書林清話》說：「大抵有元一代，坊行所刻，無經史大部及諸子善本，惟醫書及帖括經義淺陋之書傳刻最多。由其時朝廷以道學籠絡南人，士子進身儒學與雜流並進，百年國祚，簡陋成風，觀於所刻之書，可以覘一代之治忽矣。」[03]

　元代文化價值觀與宋代相比有明顯差異，儒家思想的統治地位發生了動搖，士人的科舉進身之路基本被阻斷，由於文人的大量參與，俗文學的品質和地位得到提升，雜劇成為一代文學之盛。雜劇在舞臺上演出，劇本也付之刊刻，當時大都、杭州刊刻的雜劇有《西蜀夢》、《東窗事犯》、《單刀會》、《尉遲恭三奪槊》等多種，今存《元刊雜劇三十種》。而小說付刻的就有《宣和遺事》、《大唐三藏取經詩話》、《新編紅白蜘蛛小說》、《五代史平話》以及建安虞氏所刊的五種平話等。通俗文

02　《明史》第八冊卷九十六，中華書局 1974 年版，第 2343、2344 頁。
03　《書林清話》卷四，遼寧教育出版社 1998 年版，第 93 頁。

學作品的刊刻，都是民間書坊所為，民間書坊刻書不同於官刻和私刻，它是一種商業行為，皆以營利為目的。這說明元代印刷的商業化程度要遠遠高於宋代。元代印刷業雖有所發展，但畢竟是十三四世紀的印刷業，製作間，木材、雕版、紙墨、刷印、裝訂、運輸等原料和製作成本諒必不低，對於一部用於消遣的讀物，書商不能不計算自己的生產能力和消費者的購買能力，這樣也就限制了小說篇幅的規模，《三國志平話》一類小說敘事密度，在很大程度上是由此而決定的。元代不具備刻印《三國志通俗演義》的物質條件。

元末戰亂使社會經濟遭到嚴重破壞，明初雖採取了恢復生產的措施，到弘治年間，明朝的財政收入還只是南宋中期的五分之一。弘治十五年（西元一五〇二年），戶部向皇帝報告全年財政收入，占全部收入七成五的田賦正額不到兩千六百八十萬石，一石糧食抵一緡銅錢，南宋在十一世紀中期年度預算達一億兩千六百萬緡到一億五千萬緡之間，也就是說弘治年間的經濟實力只有南宋中期的五分之一。[04]

明朝前期印刷業不振是當時經濟困頓的一種表現，正統、弘治年間人陸容《菽園雜記》記曰：「古人書籍，多無印本，皆自鈔錄……國初書版，惟國子監有之，外郡縣疑未有。觀宋潛溪〈送東陽馬生序〉可知矣。宣德、正統間，書籍印版尚未廣。

04　參見黃仁宇《十六世紀明代中國之財政與稅收》，三聯書店 2001 年版，第 55 頁。

今所在書版，日增月益，天下古文之象，愈隆於前已。」[05] 史學界一般認為，明代經濟經宣德復甦，在成化、弘治後便日趨繁榮，到嘉靖、萬曆達到繁榮的頂點。作為商業生產部門之一的印刷業，是與整個社會經濟同步發展的，據張秀民《中國印刷史》統計，「今存明板約二、三萬部，臺灣存六千餘部（均多複本），大多數為萬曆本，次為嘉靖本。這與兩帝在位各有四十餘年有關，又次為正德、隆慶、天啟、崇禎本」[06]。這個統計印證了陸容的說法。現在我們見到的明代通俗文學作品的刊本均未早過宣德年間（西元一四二六年至西元一四三五年）。一九六七年在上海嘉定明代墓葬中發現的十一種說唱詞話為成化年間（西元一四六五至西元一四八七年）北京永順堂所刊，同時還有北京金臺魯氏刊印的《四季五更駐雲飛》唱本。如果文言小說〈嬌紅記〉也算通俗文學的話，那它有宣德十年（西元一四三五年）南京積德堂刊本《金童玉女嬌紅記》二卷。

　　章回小說篇幅巨大，鈔本也是一種傳播方式，如弘治甲寅（弘治七年，西元一四九四年）庸愚子（蔣大器）〈三國志通俗演義序〉說，《三國志通俗演義》「書成，士君子之好事者爭相謄錄，以便觀覽」[07]，《紅樓夢》起初也是以抄本流傳，但抄本流傳範圍有限，如果不是友人借抄，則抄本在市場的價

05　陸容：《菽園雜記》卷十，中華書局 1985 年版，第 128-129 頁。

06　張秀民：《中國印刷史》，上海人民出版社 1989 年版，第 338 頁。

07　丁錫根編著：《中國歷代小說序跋集》，人民文學出版社 1996 年版，第 887 頁。

格很是昂貴，逍遙子〈後紅樓夢序〉說：「曹雪芹《紅樓夢》一書，久已膾炙人口，每購抄本一部，須數十金。」[08] 章回小說是一種大眾文學讀物，它與唐代單篇行世的傳奇小說不同，唐傳奇篇幅有限，便於傳抄，章回小說篇幅巨大，抄之不易，既要廣泛傳播，就不能不借助刊本這個媒體。傳奇小說在唐代以抄本的形式存在，不需要書坊就可以流通，而章回小說卻要借助書坊才能到達廣大讀者的手中。書坊刻書不同於官府、私家刻書，它是一種商業行為，追求的是利潤，必須計算成本和價格，而成本和價格與印刷技術和規模，以及紙墨生產等因素直接相關，印刷業發展到一定程度，坊刻才能成為一種產業。書坊的參與，章回小說才能成為小說中的一種流行的文體。

第二節　王陽明心學的興起

　　白話敘事文學出生很早，但是成長緩慢。敦煌石室收藏的〈唐太宗入冥記〉、〈韓擒虎話本〉等，一般認為產生在唐五代，這就是說在唐五代已經出現了白話小說早期形態的作品。其後宋代儘管瓦肆勾欄的「說話」相當成熟，但將口頭技藝的「說話」轉變成書面化的白話小說，似乎還是一個漫長而艱難的過程。元代有了講史平話《五代史平話》、《三國志平話》以及話本小說《紅白蜘蛛》（殘葉）等，上距敦煌白話敘事作品已有

08　一粟編：《紅樓夢卷》，中華書局 1963 年版，第 42 頁。

三百多年，幾百年過去了，白話小說藝術並未取得長足進步。古代歷史敘事文學在《左傳》、《史記》以及歷代史籍中表現出了高超的水準，為什麼在白話敘事的小說方面就如此裹足不前？原因是多方面的，其中一個重要原因是從事白話小說創作的作者素養不高，具有較高文學修養的文人一般不屑於參與其創作。傳統觀點認為文言小說已經是小道，而俚俗的白話小說更被視為是俳優之體，儘管士大夫文人並非絕對拒絕它們，但那只是供消遣而已，一般不會屈尊去撰寫這等難登大雅之堂的東西。

　　這種情況在王陽明心學起來以後發生了變化。王陽明（西元一四七二至西元一五二九年）名守仁，字伯安，嘗築陽明洞，又立陽明書院，世稱陽明先生。浙江餘姚人。弘治十二年（西元一四九九年）進士，官至南京兵部尚書。王陽明上承南宋陸九淵「尊德性」之學，受稍早於他的陳獻章（白沙）的直接影響，認為窮盡真理，像朱熹理學主張的走讀聖賢書的方法是行不通的，必須求諸於心。求之於外，必定會造成「外假仁義之名，而內以行其自私自利之實」的知行分裂的惡果。心學的要義有三：一曰「致良知」，二曰「親民」，三曰「知行合一」。王陽明認為人皆有良知，士、農、工、商，在良知這一點上是一樣的，絕無尊卑榮恥之別，無論何人，只要他在他的生產和商業及社會活動中盡其心，有益於生人之道，便是致良知了。

這是一種新四民論，是對「唯上智下愚不移」士庶有別觀念的歷史性突破。朱熹「讀書窮理」的路線，只能在士這一階層實行，不識字和識字不多的庶民自然被排斥在外。王陽明既然說人人皆可致良知，那麼他用什麼方式才能普度眾生呢？《傳習錄》曾記錄了他與弟子的對話：

> 一日，王汝止（艮）出遊歸，先生問曰：「遊何見？」對曰：「見滿街人都是聖人。」先生曰：「你看滿街人是聖人，滿街人到看你是聖人在。」又一日，董蘿石（澐）出遊而歸，見先生曰：「今日見一異事。」先生曰：「何異？」對曰：「見滿街人都是聖人。」先生曰：「此亦常事耳，何足為異？」……洪（錢德洪）與黃正之、張叔謙、汝中丙戌會試歸，為先生道途中講學，有信有不信。先生曰：「你們拿一個聖人去與人講學，人見聖人來，都怕走了，如何講得行。須做得個愚夫愚婦，方可與人講學。」[09]

「滿街人都是聖人」，即人人皆可致良知之謂也。天地萬物一體，眾生平等，這是王陽明立論的基礎。親民傳道，是達其萬物一體之用，而傳道必須放下聖人的架子，以平等的態度和愚夫愚婦們能接受的方式，才能達其目的。王陽明及其弟子在下層民眾中傳道授業，走村串巷，能夠被農工商賈所接受，原因就在這裡。依據這個觀點，循著這個思路，王陽明對通俗文學有著與眾不同的認識，他未談及小說，但談到戲曲，他說：

---

09 《王陽明全集》卷三《語錄三》，上海古籍出版社 1992 年版，第 116 頁。

「今要民俗反樸還淳，取今之戲子，將妖淫詞調俱去了，只取忠臣孝子故事，使愚俗百姓人人易曉，無意中感激他良知起來，卻於風化有益。」[10]

　　他也許受到佛教俗講方式的啟發，佛教可以利用「寶卷」等講唱故事的形式傳道，儒教何以不能拾起戲曲這種群眾喜聞樂見的方式致良知？王陽明的心學填平了士大夫與戲曲小說之間似乎不能逾越的觀念鴻溝，為士人參與通俗小說創作和評論提供堂堂正正的理由，為通俗小說登上大雅之堂頒發了入場券。

　　王陽明的「親民」說促使了士人參與通俗小說的創作和評論，從而使通俗小說藝術得到歷史性的提升。同時，它還影響著通俗小說創作的題材價值觀。元代講史平話的繁榮遠勝於話本小說，雖然同是小說，但講史平話畢竟是講說歷史，講史書有鏡鑑當今、垂範千古的功效，其題材價值毋庸置疑；描摹農、工、商以及社會底層人物的凡庸生活，長期以來都被傳統觀念所鄙，話本小說以演述小人物為主，自然沒有講史平話的地位。王陽明「親民」說把士、農、工、商視為同道，業雖異，而道一也。如他所說，「果能於此處調停得心體無累，雖終日做買賣，不害其為聖為賢」[11]。嘉靖四年（西元一五二五年）他為商人方麟（節庵）撰寫墓表，說「四民異業而同道，其盡心焉，

10　《王陽明全集》卷三〈語錄三〉，上海古籍出版社 1992 年版，第 113 頁。

11　《王陽明全集》卷三十二補錄第十四條，上海古籍出版社 1992 年版，第 1171 頁。

一也」[12] 也是這個意思。貴為伯爵、身為朝廷重臣的王陽明為一個商人作墓表，本身就具有指標意義。他雖然未談及文學創作，但他的理論無疑推動了小說創作題材從帝王將相向芸芸眾生傾斜，從經世緯國的大事向市井閭巷的俗事傾斜。

王陽明「致良知」之說認為「心即理」，主張「吾性自足，不假外求」，其思維取向由身外轉向內省。王學與朱熹理學在「存天理，去人欲」的宗旨上並無二致，但王學以心為本體，所謂「心之本體即是天理」，作為本體的心是有情的，從而對情有所肯定。朱熹不談情，只談「性」。「性即是理」，把「性」看作了人化的「理」。「性」要受「氣質」制約，而「氣」有正偏之別，得其正者則合天理，是為善，得其偏者則阻塞天理，是為惡，或稱為人欲。朱熹的哲學中「情」與「人欲」沒有界分。王學中的「情」則是一個重要命題：「喜怒哀懼愛惡欲，謂之七情。七者，俱是人心合有的。……七情順其自然之流行，皆是良知之用，不可分別善惡。」[13] 他認為禮就是建立在人情基礎上的：「蓋天下古今之人，其情一而已矣。先王制禮，皆因人情而為之節文，是以行之萬世而皆準。……後世心學不講，人失其情，難乎與之言禮！」[14]

12 《王陽明全集》卷二十五外集七〈節庵方公墓表〉，上海古籍出版社 1992 年版，第941 頁。

13 《王陽明全集》卷三〈語錄三〉，上海古籍出版社 1992 年版，第 111 頁。

14 《王陽明全集》卷六〈語錄三〉，上海古籍出版社 1992 年版，第 202 頁。

後來李贄正是由此出發提出「童心說」，認為真是最本質的；真，才可謂善。人必有私，道不在於禁欲，而在合理地滿足人的物質需要和精神需求。基於「童心說」，他深惡痛絕假道學，「今之講周、程、張、朱者，可誅也。彼以為周、程、張、朱者，皆口談道德而心存高官，志在鉅富；既已得高官鉅富矣，仍講道德說仁義自若也」[15]。基於「童心說」，他十分推崇百姓日用之道和率真之言，民歌、俚曲、小說、戲曲等率真地表現真情的俗文學都得到了他的熱烈推崇。「情真」這種文學價值觀，首先解除了史傳傳統「實錄」原則對小說創作的束縛，情理之真是藝術的真實，不必拘於事實的真實，如馮夢龍所說，「事真而理不贗，即事贗而理亦真，不害於風化，不謬於聖賢，不戾於詩書經史，若此者其可廢乎！」[16] 其次，「情真」的文學價值觀推動了通俗小說由追求故事性向描摹世態人情的真實的方向轉變，故事不再是小說創作的終極目的。

　　王陽明心學出來以後，道學家們即敏銳地感覺到它對朱熹理學的挑戰和威脅。在他去世之際，禮部尚書兼翰林學士桂萼即上疏，攻擊他「事不師古，言不稱師。欲立異以為高，則非朱熹格物致知之論；知眾論之不予，則為朱熹晚年定論之書。號召門徒，互相倡和。才美者樂其任意，庸鄙者借其虛聲。傳習轉訛，背謬彌甚。……宜免追奪伯爵以章大信，禁邪說以正

15　李贄：《焚書》卷二〈書答・又與焦弱侯〉，中華書局 1975 年版，第 48 頁。

16　馮夢龍：〈警世通言敘〉。

人心」[17]。嘉靖皇帝納其言，下詔停止王陽明爵位世襲，恤典也不再舉行。然而卻遏制不了心學的傳播和影響，明代中後期的通俗文學家，李贄、董其昌、屠隆、焦竑、李騰芳、湯顯祖、袁宏道、馮夢龍、凌濛初、李漁等，無不秉承其思想，「嘉、隆而後，篤信程朱、不遷異說者，無復幾人矣」[18]。

　　總之，王陽明心學感召了士人加入到通俗小說創作和批評的行列，實現了通俗小說作者成分的歷史性轉變；王陽明心學為小說題材從帝王將相的經國大事分流到市井小民的閭巷俗事提供了理論依據，題材的這種變化，是小說從古典型向近代型方向的轉變；王陽明心學對小說價值觀產生了深刻影響，推動了小說由重故事向重人物性格方向發展，有助於小說藝術的歷史性提升。嘉靖以及其後通俗小說的蓬勃發展，王陽明心學功莫大焉。

17　《明史》卷一九五〈王陽明傳〉，中華書局 1974 年版，第 5168 頁。
18　《明史》卷二八二〈儒林一〉，中華書局 1974 年版，第 7222 頁。

第二章

歷史演義的經典 ——《三國志演義》

第一節　累積與創作

　　講史書是宋元「說話」的一大家，其中「說三分」是最熱門的話題。中國歷史上有過多次分裂，但沒有哪一次分裂造就了像曹操、劉備、孫權、諸葛亮、關羽、張飛等這樣眾多光彩奪目的傑出人物，也沒有哪一次分裂有三分天下這樣的戲劇化的局勢變幻。這段歷史的故事性吸引著後人的興趣和關注，民間傳誦這段歷史時也在不斷添油加醋，使得它成為戲曲「說話」百演不厭的題材。《三國志演義》就是在這個題材累積的基礎上成書的。

　　記敘三國歷史的史籍，有陳壽編撰的《三國志》，陳壽是三國中的蜀人，後在晉朝做官，晉承魏統，故尊魏。南朝宋人裴松之為《三國志》作注，引證了一百幾十種書，添列了許多史料，使得三國歷史的面貌更加豐滿和生動。同是南朝宋人的范曄作《後漢書》，其中關於三國一段歷史的記敘，與《三國志》剪裁有所不同。但就三國歷史的載籍而言，《三國志》（包括裴注）的影響最大。嘉靖刊本《三國志通俗演義》題「晉平陽侯陳壽史傳，後學羅本貫中編次」，表示小說依憑的是《三國志》，據《三國志》而演義的。北宋司馬光編撰的《資治通鑑》是一部編年史，南宋朱熹在此基礎上編了《資治通鑑綱目》（簡稱《通鑑綱目》），它們都寫到三國歷史，但體例不是《三國志》紀傳體，而是編年體，編年體在敘事結構上更接近小說的依時

敘事，特別是《通鑑綱目》以劉備的蜀漢為正統，尊劉抑曹，這種觀點與民間以道德論英雄，而不以成敗論英雄的歷史觀相契合，理所當然被《三國志演義》所接受，並加以形象化。此外南宋呂祖謙《十七史詳節》是一部較為普及的史著，亦是可供小說參考的文獻。但小說仍題為《三國志演義》，是因為《三國志》（包含裴注）是一部三國的專史，且記載的史料豐富、細節生動，紀傳體以人為中心，人為歷史的主腦，這一點又與小說寫人一脈相通。

　　史籍之外，民間關於三國人物的傳說唐代就有，李商隱〈驕兒〉詩云：「或謔張飛胡，或笑鄧艾吃。」宋代「說話」的「說三分」已是一個著名品牌，蘇軾《東坡志林》記曰：「塗巷中小兒薄劣，其家所厭苦，輒與錢，令聚坐聽說古話。至說三國事，聞劉玄德敗，顰蹙眉，有出涕者；聞曹操敗，即喜唱快。以是知君子小人之澤，百世不斬。」[01]《東京夢華錄》記汴京瓦肆「說話」有「霍四究說『三分』」。「說話」的故事內容已不能詳知。宋、金雜劇院本演出的三國故事，據陶宗儀《南村輟耕錄》卷二十五〈院本名目〉記載，就有《赤壁鏖兵》、《刺董卓》、《襄陽會》、《大劉備》、《罵呂布》五種。元雜劇中的三國戲更多，據有關元雜劇劇碼文獻資料記載，至少有四十多種，現存有二十一種，關漢卿《關大王單刀會》、《關張雙赴西

01　蘇軾：《東坡志林》，王松齡點校，中華書局 1981 年版，第 7 頁。

蜀夢》，高文秀《劉玄德獨赴襄陽會》，鄭光祖《醉思鄉王粲登樓》、《虎牢關三戰呂布》，朱凱《劉玄德醉走黃鶴樓》，無名氏《錦雲堂暗定連環計》、《兩軍師隔江鬥智》、《諸葛亮博望燒屯》、《關雲長千里獨行》等，都是影響較大的作品。以上雜劇中除《醉思鄉王粲登樓》是脫離史實之純粹虛構之外，其他多少都與三國歷史有關，它們所塑造的形象和構思的情節，也多少為《三國志演義》小說的創作提供了參考資料。

　　與《三國志演義》關係更為親近的是元代《三國志平話》。《三國志平話》今存至治年間（西元一三二一至西元一三二三年）刊本，它是由口頭文學「說話」轉變成書面文字「小說」的早期形態，敘事比較粗拙，但它的故事單元和情節架構已具有《三國志演義》的雛形。胡士瑩《話本小說概論》曾將兩書的重要情節作過簡單對照，一目了然，茲錄如下：

《三國志平話》（目依插圖）	《三國志演義》（嘉靖本）
桃園結義（卷上）	祭天地桃園結義（卷一）
張飛鞭督郵（卷上）	安喜張飛鞭督郵（卷一）
三戰呂布（卷上）	虎牢關三戰呂布（卷一）
王允獻董卓貂蟬	司徒王允說貂蟬（卷二）
曹操勘吉平（卷中）	曹孟德三勘吉平（卷五）
關公刺顏良（卷中）	雲長策馬刺顏良（卷五）
雲長千里獨行（卷中）	關雲長千里獨行（卷六）

《三國志平話》（目依插圖）	《三國志演義》（嘉靖本）
關公斬蔡陽（卷中）	雲長擂鼓斬蔡陽（卷六）
古城聚義（卷中）	劉玄德古城聚義（卷六）
先主跳檀溪（卷中）	玄德跳馬過檀溪（卷七）
三顧孔明（卷中）	劉玄德三顧茅廬（卷八）
趙雲抱太子（卷中）	長坂坡趙雲救主（卷九）
張飛據橋退卒（卷中）	張翼德據水斷橋（卷九）
赤壁鏖兵（卷中）	周公瑾赤壁鏖兵（卷十）
落城龐統中箭（卷下）	落鳳坡箭射龐統（卷十三）
關公單刀會（卷下）	關雲長單刀赴會（卷十四）
孔明七縱七擒（卷下）	諸葛亮七擒孟獲（卷十八）
孔明斬馬謖（卷下）	孔明揮淚斬馬謖（卷二十）
秋風五丈原（卷下）	孔明秋風五丈原（卷二十一）

　　以上所列，是《三國志平話》與《三國志通俗演義》相同的關目，《三國志平話》所敘故事還有許多被《三國志通俗演義》所採納，如天差仲相作陰君、劉關張太行山落草、龐統護衛周瑜遺體、劉淵興漢等，其相同之關目已足見二書所敘情節梗概是何等接近了。

　　《三國志演義》的題材有歷史累積的過程，這並不意味著它是幾百年演義家的共同作品。《三國志演義》雖說有史書作依據，但並不是抄史。它依從史書的歷史框架，主要人物皆歷史

47

有據，人物關係與重大事態的走向悉按史書安排，如清人章學誠所說，「七分實事，三分虛構」[02]。所謂「七分實事」應該是指大致真實，並非整部作品有七分文字抄自史書。以「赤壁之戰」的描寫為例，曹操率大軍南下，占領江陵，沿江而東，欲與孫權決一勝負，劉備敗退夏口，孫權聯合劉備，在赤壁大敗曹操，從而奠定了三國鼎立的基礎。小說的描寫大致與史書相合，但具體情節則多為虛構，諸葛亮舌戰群儒、蔣幹盜書、龐統獻連環計、曹操橫槊賦詩、諸葛亮借東風、關羽華容道義釋曹操皆於史無據，純屬虛構，而草船借箭是孫權所為，移花接木，意在表現諸葛亮。赤壁大戰之精彩情節基本上是作者虛擬，按篇幅計算全書虛構的分量絕不止「三分」。《三國志演義》依從史書，但絕不是抄史，不是擷取史書抄錄拼合而成，而是將實事與虛構熔為一爐，創造出虛實融合、血脈貫通的藝術生命體。

　　《三國志演義》也確實吸納了戲曲、平話中的一些故事，如前所述，與《三國志平話》關目相同的就有十幾項之多，吸納不是照搬，同一個故事，在不同的作家筆下可以寫出傾向不同、思想深淺不同、藝術高低不同、語言風格不同的作品，且以《三國志平話》（後簡稱《平話》）卷中「趙雲抱太子」為例，平話敘云：

02　章學誠：《章氏遺書外編》卷三〈丙辰劄記〉。轉引自朱一玄、劉毓忱編《三國演義資料彙編》，百花文藝出版社 1983 年版，第 692 頁。

……趙雲單馬入曹軍中。趙雲曰：「戰場可遠百餘里。」根尋皇叔家族，盤桓數遭，見甘夫人右手抱其脅，左手抱阿計。趙雲下馬。甘妃見趙雲，淚不住行下，言：「家族，曹公亂軍所殺也。」言：「趙雲，你來得恰好。右肋著箭，手起腸出也。皇叔年老，尚無錐立之地。我今已死矣。你把阿計當與皇叔。」夫人言畢，南至牆下，辭了趙雲、阿計，於牆下身死。趙雲推倒牆蓋其屍。趙雲言：「我於百萬軍中，與主公救阿計。」趙雲一時之勇，圖名於後，抱太子南走，撞賊軍陣。……卻說曹操阜（原作「附」，誤）高處望見，言：「必是劉備手中官員。」使眾官捉趙雲。為首者關靖攔（原作「欄」，誤）住，趙雲揮刀交馬，直沖陣而過。前至橋上，陷了馬蹄，君臣頭偎地上。背後關靖趕至近，趙雲用硬弓，一箭射死關靖。趙雲扶起太子上馬，又抱太子南走。至當陽長阪上數裡，迎見張飛。[03]

同樣一個故事，《三國志通俗演義》（後簡稱《演義》）卷九〈長坂坡趙雲救主〉這樣描述：

趙雲無半點退心，只顧往來尋覓，但逢百姓，便問糜夫人消息。忽一人指曰：「夫人抱著孩兒，左腿上著槍了，走不動，只在面前牆缺內坐的。」趙雲慌來追尋，只見一個人家，被火燒壞矮牆，糜夫人抱著三歲幼子，坐地上而哭。趙雲慌忙下馬，入見糜夫人。夫人曰：「妾身得見將軍，此子有命矣。望將軍可憐他父親飄蕩半世，只有這點骨肉。將軍可護持此子，教他得見父面，妾死無恨矣！」趙雲曰：「夫人受

03　鍾兆華：《元刊全相平話五種校注》，巴蜀書社 1990 年版，第 430 頁。

難，是雲之罪也。不必多言，請夫人上馬。雲自步行，遇敵軍必當死戰。」糜夫人曰：「不然。將軍若不乘此馬，此子亦失矣。妾已重傷，死何惜哉！望將軍速抱此子去，勿以妾為累也。」雲曰：「喊聲又近，兵又來到，速請夫人上馬。」糜氏將阿斗遞與趙雲，曰：「此子性命在將軍身上，妾身委實不去也。休得兩誤！」趙雲三回五次請夫人上馬，夫人不肯上馬。四邊喊聲又起，雲大喝曰：「如此不聽吾言，後軍來也！」糜氏聽得，棄阿斗於地上，投枯井而死。趙雲恐曹軍盜屍，推土牆而掩之。……解開勒甲絛，放下掩心鏡，將阿斗抱護在懷，而囑曰：「我呼汝名，可應。」言罷，綽槍上馬。早有一將，引一隊步軍圍住土牆。雲乃拍馬挺槍，殺出牆外。攔路者乃曹洪手下副將晏明也，持三尖兩刃刀來迎。交馬不及兩合，一槍刺晏明落馬身死，殺散步軍，衝開一條路。正走之間，前面又一枝軍攔路，為首一員大將，旗號明白，乃河間張郃。趙雲更不答話，來戰張郃。約戰十餘合，趙雲料道不能勝，奪路而走。背後張郃趕來，趙雲連馬和人顛下土坑。忽然紅光紫霧從土坑中滾起，那匹馬一踴而起。……人馬踴出土坑，張郃大驚而退。趙雲又走，背後二將大叫：「趙雲休走！」前面又有二將，使兩般軍器來到。後面是馬延、張鎧，前面是焦觸、張南，皆是袁紹手下將。趙雲力戰四將，殺透重圍。馬步軍前後齊擁趙雲。趙雲拔青剑亂砍步軍，手起，衣甲平過，血如湧泉，染滿袍甲；所到之處，猶如砍瓜截瓠，不損半毫。真寶劍也！卻說曹操在景山頂上，望見一大將軍橫在征塵中，殺氣到處，亂砍軍將；所到之處，威不可當。操急問左右是誰。曹洪聽得，飛身上

馬，下山大叫曰：「軍中戰將，願留名姓！」趙雲應聲曰：「吾乃常山趙子龍也！」曹洪回報曹操，操曰：「世之虎將也！吾若得這員大將，何愁天下不得乎！可速傳令，使數騎飛報各處，如子龍到處，不要放冷箭，要捉活的。」因此子龍得脫此難，乃是主人洪福之致也。[04]

次後，趙雲殺出重圍，又遇曹軍四將圍堵上來，趙雲殺死二將，奔到長坂坡橋邊，張飛正挺槍立馬於橋上，趙雲這才脫險。《三國志通俗演義》描述之不同，首先是突顯人物性格。《平話》中受傷抱著阿計的甘夫人，囑託趙雲說：「皇叔年老，尚無錐立之地。我今已死矣。你把阿計當與皇叔。」傷重而死。《演義》改甘夫人為糜夫人，史載甘夫人「賴趙雲保護，得免於難」[05]；改「阿計」為「阿斗」，這都是改得好的。而重要的是糜夫人囑託趙雲的話，「望將軍可憐他父親漂蕩半世，只有這點骨肉。將軍可護持此子，教他得見父面，妾死無恨矣！」較甘夫人的話要切境得體而有人情味，她不是傷重而死，而是投枯井自殺，以促趙雲上馬突圍，又充分表現了她果敢堅毅、義不辭死的精神。《平話》並無趙雲催促夫人上馬情節，《演義》中趙雲兩次三番請夫人上馬，是在十分危急的情況下，這表現了趙雲的「忠」，接著描述趙雲刺死敵將晏明，又遭張部攔阻，奪路脫出後，又與四將廝殺，這些戰鬥場面顯示了趙雲的「勇」，而

04　《三國志通俗演義》：上海古籍出版社 1980 年排印本，第 408、409 頁。

05　《三國志》卷三十四《蜀書·二主妃子傳》，中華書局 1959 年版，第 905 頁。

在《平話》中僅有射死敵將關靖一節。《平話》中曹操高處望見趙雲突圍，只說是劉備手下，命令活捉，而《演義》則寫曹操命令不得用冷箭傷害趙雲，要俘獲為己所用，由此可見這位奸雄性格中有愛才的一面。在情節上如果沒有曹操的這個特殊命令，懷抱阿斗的趙雲，單槍匹馬突破重圍而毫髮無損，可信度就要大打折扣了。比較起來，《平話》只是故事，而《演義》已是重在刻畫人物性格的小說。其次是細節描寫，《平話》中趙雲使的是刀和弓箭，《演義》中趙雲使的是長槍和寶劍，孰優孰劣一看可知。趙雲如何抱著阿斗，《演義》描寫甚詳而且合理，《平話》僅說「抱太子南走」，抱著如何格鬥？

　　《演義》依據的不一定就是今存的至治刊本《三國志平話》，按「講史」、「說三分」不止一家，書面的平話也當不止一個版本，不同版本應該是大同小異。以上所舉「長坂坡趙雲救主」是《演義》與《平話》故事相同之一例，僅就此例即可知《演義》絕不是對《平話》的簡單放大和文字修訂，而是一種再創作。更何況《演義》的篇幅十倍於《平話》，吸納平話的故事只是全書的一部分，人物之眾多，情節之複雜，都是《平話》所不能比擬的。曾有學者批評明中葉出版的一系列「按鑑演義」的講史，說它們「頗泥史實，自矜博雅，恥為市言。然所閱者至多不過朱子《綱目》，鉤稽史書，既無其學力；演義生發，又

愧此槃才。其結果為非史抄，非小說，非文學，非考定」[06]。《三國志演義》卻不屬於這一類，它依從史書而不抄史書，吸納既有故事而去粗取精、有所創造，他把實事與虛構融為一體，情節錯綜複雜而且血脈貫通，人物繁多而關係清晰、性格鮮明，其藝術創造之功績是不可否認的。

題材累積成書是章回小說初始階段的創作特徵，累積成書不等於集體創作，《三國志演義》是灌注了作家情志的個人創作。

第二節　作者與成書年代

最早著錄《三國志演義》的是成書在嘉靖十九年（西元一五四〇年）的《百川書志》，該書卷六〈史志三‧野史〉著錄《三國志通俗演義》二百四卷；「晉平陽侯陳壽史傳，明羅本貫中編次。據正史，採小說，證文辭，通好尚，非俗非虛，易觀易入，非史氏蒼古之文，去瞽傳詼諧之氣，陳敘百年，該括萬事」[07]。現存最早刊本——嘉靖刊本《三國志通俗演義》二十四卷本題「晉平陽侯陳壽史傳，後學羅本貫中編次」，與高儒《百川書志》所題作者相同。據此，作者為羅本，字貫中，但生平事蹟不詳。

06　孫楷第：《日本東京所見小說書目》，人民文學出版社 1958 年版，第 38 頁。

07　《百川書志‧古今書刻》，上海古籍出版社 2005 年版，第 82 頁。

明初《錄鬼簿續編》記曰：「羅貫中，太原人。號湖海散人。與人寡合。樂府隱語，極為清新。與余為忘年交，遭時多故，各天一方。至正甲辰復會。別來又六十餘年，竟不知其所終。」[08]並著錄其所作雜劇有《風雲會》、《連環諫》、《蜚虎子》三種，唯《風雲會》尚存。按此記載，羅貫中是元末明初人。

不過，《錄鬼簿續編》所記羅貫中是否就是《三國志演義》作者羅貫中，尚須進一步證明。如王國維《宋元戲曲史》附錄「元戲曲家小傳」所說，「元代曲家，與同時人同姓名者不少。就見聞所及，則有三白賁，三劉時中，三趙天錫，二馬致遠，二趙良弼，二秦簡夫，二張鳴善」[09]。不排除同姓名的可能。此外，古代有些人欲自高其著作，或出版者欲推銷其產品，託名公以行世，這樣的情形並不少見，此風又以通俗小說界為甚。《錄鬼簿續編》只說羅貫中是雜劇作家，稱他「樂府隱語，極為清新」，並未及創作小說，要肯定寫《三國志演義》的羅貫中就是《錄鬼簿續編》著錄的羅貫中，也還需要舉證，不能輕率地畫上等號。

關於羅貫中其人，明中葉的人就已不甚了了，正德、嘉靖時人郎瑛《七修類稿》說他是「杭人」，與《錄鬼簿續編》的「太原人」之說相異，嘉靖時人田汝成《西湖遊覽志餘》說他是「南宋時人」，與《錄鬼簿續編》、《百川書志》的意見又相去甚

---

08 《中國古典戲曲論著集成》第二冊，中國戲劇出版社 1959 年版，第 281 頁。

09 王國維《宋元戲曲史》，商務印書館「國學小叢書」本，第 175 頁。

遠，越到後來傳說越多，如說他「有志圖王」（明王圻《稗史彙編》），做過張士誠的幕客（清顧苓《塔影園集》），這些傳聞可備一說，不可遽信為實。羅貫中的生平事蹟，有待於文獻的進一步發現。

《三國志演義》將歷史與傳說融為一體，虛虛實實，虛實難辨，說明羅貫中不是一般的寫手，而是一位富於藝術想像力而且爛熟於三國歷史的大作家。羅貫中寫的是歷史，作為一部傑出的歷史小說，不能不依憑他的社會生活經驗，不能不灌注著他個人的情志。

元末明初的社會局面與漢末三國很有一些相似。漢末有黃巾起義，然後群雄並起，軍閥混戰逐漸形成三國鼎立的局面；元末仿佛是歷史的重演，紅巾起義而天下大亂，軍閥割據，安徽有小明王韓林兒，湖北東南有自立國號天完的徐壽輝，湖北、江西、安徽有國號大漢的陳友諒，江浙有國號大周、自稱吳王的張士誠，四川有國號大夏的明玉珍。元末動亂沒有持續漢末那樣長久，從至正十一年（西元一三五一年）紅巾起義到洪武二十年（西元一三八七年）元朝將軍納哈出投降，遼東平定，前後大約三十多年。但其間合縱連橫、彼消此長，頗有漢末三國的某些氣象。明玉珍割據四川，聽說瀘州有隱居方山的劉禎，即往訪見，劉禎縱談當下形勢說：「今天下大亂，中原無主。西蜀形勝之地，沃野千里，東有瞿塘可以達江左，北有

劍門可以窺隴右。自遭青巾之虐，民物凋耗，明公加意撫綏，民幸甦息，人心歸附，天命可知。」明玉珍喜曰：「吾得一孔明也。」[10] 明玉珍據西蜀，稱劉禎為孔明，則自比劉備之意明矣。這並非明玉珍比譬不倫，朱元璋據吳地亦自比孫權，至正二十五年（西元一三六五年）明玉珍遣使與朱元璋通好，朱元璋致書明玉珍說：

> 昔者曹操虎踞中原，假漢之名以號令天下，操日夜思併吞吳、蜀，吳、蜀不能合從以拒操，而屢起釁端，自相攻伐，豈不失計之甚哉！今之英雄，據吳、蜀之地者，果欲與中國抗衡，延國祚而保社稷，惟合從為上謀。足下處西蜀，予居江左，蓋有類昔之吳、蜀矣。[11]

信中指元朝王保保以鐵騎勁兵據有中原，「奸雄如操」，提出吳、蜀聯合抗衡北方「奸雄如操」的元朝軍隊。元末這段風雲變幻的歷史，對於撰寫《三國志演義》的羅貫中來說，一定提供了非常豐富而生動的想像依據。《三國志演義》出現在明初或明前期，絕非偶然。

《三國志演義》今存最早版本為嘉靖刊《三國志通俗演義》二十四卷本，此本卷前有弘治甲寅（弘治七年，西元一四九四年）庸愚子（金華蔣大器）〈三國志通俗演義序〉和嘉靖壬午（嘉靖元年，西元一五二二年）修髯子、關中（或關西）張孚（字

10　錢謙益：《國初群雄事略》，中華書局 1982 年版，第 117、118 頁。

11　錢謙益：《國初群雄事略》，中華書局 1982 年版，第 123 頁。

尚德）〈三國志通俗演義引〉及〈三國志宗僚〉。庸愚子〈序〉
云：「書成，士君子之好事者，爭相謄錄，以便觀覽」。此話屬
實，則成書後初以抄本傳世，《三國志通俗演義》只是據一種抄
本刊刻印成的，它是今存最早版本，並非是祖本。成書在庸愚
子作序的弘治七年之前，然具體時間卻難以考定。庸愚子〈序〉
是迄今論述《三國志演義》的最早文獻，如果成書在明初，儘
管它以抄本流傳，從洪武元年（西元一三六八年）到弘治七年
（西元一四九四年）一百多年，像這樣一部巨著，總應當在文獻
中留下蛛絲馬跡，如《石頭記》抄本流傳的情況就有不少記載，
《三國志演義》若成於明初，此後一百年間卻無隻言片語提及，
這也是令人不解的問題。

第三節　思想傾向和鬥爭謀略

　　《三國志演義》故事情節起於黃巾起義，終於三家歸晉，呈
現出西元三世紀前後百年的歷史風雲。羅貫中擁劉反曹的政治傾
向十分鮮明。不僅把劉備集團安置在情節的中心位置，從劉、
關、張桃園結義開始，直到諸葛亮秋風五丈原，構成全書情節的
主軸，使劉、關、張和諸葛亮的命運成為讀者關注的焦點，而且
在全書的人物配置和描寫上也始終突出劉備集團的人物。

　　劉備被賦予理想仁君的品格。他以織席販屨的一介平民崛
起，與各路諸侯逐鹿中原，既無袁紹那樣「四世三公」的顯赫

家族門閥優勢，也無曹操那樣的政治網路勢力，更無像孫權那樣有父兄經營多年的地盤，他僅有桃園結義的三個異姓兄弟，他所能憑藉的只有仁義的旗幟。他高揚恢復漢室的政治綱領，處處以漢室忠臣的面貌出現，恰與曹操「挾天子以令諸侯」的野心和陰騺形成對照。小說以飽滿的筆墨描寫他在實現其政治抱負的艱苦卓絕的鬥爭中如何踐行仁義這個最高準則。卷七之「玄德新野遇徐庶」寫徐庶初見劉備，指劉備坐騎「妨主」，教劉備將馬給親近乘之，待妨死那人再用，劉備立刻變臉逐客：「汝初至此，不教吾躬行仁義，便教作利己妨人之事，吾故逐之。」[12] 徐庶定計助劉備占得樊城，曹操將徐庶之母帶至許都，模仿徐母筆跡修書徐庶，召徐庶星夜趕來許都，否則命將不保。徐庶得書，即要辭別劉備而去。劉備手下謀士勸劉備不可放走徐庶這樣的天下奇才，曹操殺其母，其反曹之心愈益堅定。劉備道：「不然。使人殺其母，吾獨用其子，乃不仁也；留之而不使去，以絕子母之道，乃不義也。吾寧死，而不為不仁不義之事也。」次後徐庶雖在曹營，卻始終不謀一計。襄陽失守，劉備率軍南撤，軍隊拖著十數萬願意依附他的父老鄉親，行動遲緩，眼看要被曹操騎兵追上。有人勸劉備棄百姓而走，劉備說：「吾從新野相隨到此，安忍棄之？」寧願全軍覆沒，也不肯拋棄百姓。這種仁義的表現，與曹操「寧使我負天下人，

12　《三國志通俗演義》，上海古籍出版社 1980 年版。下不再注。

休教天下人負我」的極端利己主義哲學形成強烈的對比。關羽
麥城戰死，劉備誓死要為兄弟報仇，他明知興兵伐吳違背「聯
吳抗曹」的戰略方針，卻要一意孤行。這種喪失政治家理智的
行為，充分顯示他把兄弟情義放在政治得失之上，「朕不為弟報
仇，雖有萬里江山，何足為貴？」這場伐吳的戰爭以火燒連營的
慘敗而告終，劉備敗退到白帝城慘然辭世。但他的義氣卻在悲
劇中得到了壯美的昇華。與劉備這種品格相對應的則是曹操對
屬下的冷酷和曹氏子弟以及曹操集團內部的互相猜忌和殘殺。
顯然，羅貫中在劉備的形象中寄託著自己的封建政治理想。

　　諸葛亮的形象更具有神奇的理想色彩。他是劉備集團的首
席謀士，是操控三國全域的戰略家，在當時追逐權力的鐵馬金
戈的戰爭中，他始終保持著某種超脫塵俗的風範。作者把他寫
成智慧的化身。他隱居隆中，卻對天下形勢瞭若指掌，他以三
分天下的戰略思想和聯吳抗曹的策略，使轉戰多年而無所建樹
的劉備從此走出黑暗和低谷。赤壁大戰，他以敗軍之將說服孫
權聯手抗曹，一戰而奠定了三國鼎立的基礎。劉備死後，阿斗
無能，蜀漢疲弊，他受命於危急存亡之秋，鞠躬盡瘁，苦心經
營，安定了西南，然後有五出祁山之壯舉。諸葛亮功高蓋主，
但他對君主忠心耿耿，沒有萌生絲毫的個人野心。劉備白帝城
托孤，囑諸葛亮：「若嗣子可輔，則輔之；如其不才，君可自為
成都之主。」諸葛亮誠惶誠恐，以頭叩地，兩目流血，誓言「願

效忠貞之節，繼之以死」！他用行動兌現了誓言。作者在他身上寄託著中國士人的理想人格，對權力毫無所求，所求者唯實現自己政治理想而已。諸葛亮的性格與曹操集團的司馬懿恰好構成對比，曹操死後，司馬懿大權在握，篡位之意由隱而顯，最後司馬氏終於取而代之。

關羽被著意刻畫成義勇的化身。斬華雄，殺顏良，過五關斬六將，單刀赴會，刮骨療毒，水淹七軍，處處凸顯了他神勇的英姿。而封金掛印，千里獨行，則集中表現了他對劉備的兄弟義氣，這種義氣高於他的榮辱生死。華容道放走窮途末路、奄奄待斃的曹操，從另一方面表現他的義氣甚至超越敵我利害關係。關羽的性格，正如程昱向曹操描述的，「傲上而不忍下，欺強而不凌弱；人有患難，必須救之」。曹操向關羽承認兵敗勢危無路可逃，提起五關斬將放他之恩，以「大丈夫處世必以信義為重」激他，他即動心，不僅放走了曹操，也放走隨即逃來的張遼。關羽華容道放走曹操，自己深知依軍法當斬，事後特向諸葛亮請死，然劉備以他們兄弟三人結義誓同生死為由，遂法外開恩。關羽「徹膽長存義，終身思報恩」的義氣，鮮明地呈現了出來。

張飛魯莽直率，性烈如火，怒鞭督郵，古城相會，三顧茅廬，據水斷橋，都貫穿著他的性格精神。關羽令人敬畏，而張飛卻逗人喜愛。劉、關、張三人，因有莽張飛的存在，其色彩

便豐富。劉備陣營中的五虎將，除關、張外，趙雲、黃忠、馬超也都是作者讚頌的對象。

　　曹操在歷史上是一位傑出的政治家，但在《三國志演義》裡卻是一個奸雄。小說描寫他在刺殺董卓未果後逃亡途中投成皋老友呂伯奢家，呂伯奢知道朝廷遍行文書捉拿曹操，仍盛情接待，自行出外沽酒。曹操聽到莊後有磨刀之聲，以為是要殺他，潛入堂後見人就砍，殺死八口方見廚房裡縛一待宰的豬，方知誤殺好人。逃走不遠，見呂伯奢沽酒而回，曹操亦拔劍殺之。隨行逃亡的陳宮大為不解，誤殺尚為可說，「知而故殺，大不義也！」曹操認為，伯奢到家見殺死親子，安肯甘休？說：「寧使我負天下人，休教天下人負我！」如小說作者所云，「曹操說出這兩句言語，教萬代人罵」。這段故事充分展示了曹操的極端利己主義的靈魂。小說刻畫的曹操的確具有雄才大略，不過，他為了達到目的，往往不惜任何手段。曹軍與袁術會戰於壽春，兩軍相持月餘，糧食將盡，倉官王垕報告曹操，曹操指示將大斛換成小斛發糧，王垕說：「兵士倘怨，若何？」曹操稱自有方策。待兵士怨聲四起，召王垕說：「吾欲問汝借一物，以壓眾心。」遂以克扣糧食為名，將王垕斬首示眾，平息了怨氣，一舉攻破了壽春城。曹操之酷虐變詐，由此可見一斑。然而小說描寫曹操還有「雄」的一面。與劉備煮酒論英雄，顯示了他的政治眼光和氣魄。厚待關羽又終於放走關羽，表現了他延攬

人才的胸懷和氣度。挾天子以令諸侯，展露出他的高瞻遠矚的
戰略思想。坐騎受驚踏了青苗，按他的軍令當斬首，他割髮代
首，維護了軍紀的尊嚴，又不至自戮統帥。官渡大戰繳獲袁紹
的檔案，其中不少曹軍諸人暗通袁紹之書，有人主張逐一點對
姓名收而殺之。曹操說：「當紹之強，孤亦不能自保，況他人
乎？」盡將書信付之一炬。《三國志演義》把曹操寫成古今奸雄
的第一奇人。

　　《三國志演義》在宣揚「仁」思想的同時，又十分讚揚
「義」。儒家肯定的「義」是與「仁」相聯繫的，「仁義」常常
合用。但小說所渲染的「義」，指的是家庭倫常範疇之外的人際
關係的道德準則，是由墨家「兼愛」思想發展而來的。小說描
寫的劉備、關羽、張飛桃園結義以及其後在艱難困苦中的同生
共死的關係，就是「義」的典型表現。這種意識已超出了儒家
思想，如孟子批評的：「墨子兼愛，是無父也。」（《孟子・滕
文公下》）然而這種「義」，在傳統宗法社會之外的江湖社會，
卻是異姓人們團結的紐帶。關羽之所以被江湖奉為神靈，《三國
志演義》之所以擁有廣大民間讀者，都與它有著直接的關係。

　　《三國志演義》的主題內涵十分豐富，它基本上按照歷史的
本來脈絡描寫當時各種政治軍事集團的分合以及力量的消長，
這歷史本身就蘊含著深刻的發展、鬥爭哲學。董卓擁有強大的
軍事力量，又控制著皇帝，其優勢無與匹敵，但他殘暴貪婪，

鼠目寸光，不多久便土崩瓦解；呂布武藝超群，三英戰呂布也奈何他不得，但他只是匹夫之勇，且見利忘義，反覆無常，終不免命喪白門樓；袁紹、袁術出身豪門，袁家故吏門生遍天下，其家族聲望和政治勢力居群雄之首，袁紹之為人如曹操所評，「色厲膽薄，好謀無斷，幹大事而惜身，見小利而忘命」，袁術則更不明時勢，搶先稱帝，成為諸侯眾矢之的，官渡一戰，慘敗於勢力弱小的曹操；曹操雖然出身微賤（父親曹嵩為太監養子），但他審時度勢，老謀深算，廣納人才，掃蕩中原統一北方，奠定了統一中國的基礎；孫權繼承父兄大業，舉賢任能，有周瑜、魯肅、張昭輔佐，雖不能圖謀天下，卻可以保江東一方熱土；劉備起於草莽，勢孤力薄，然而政治上以匡扶漢室為旗幟，以仁義獲取民心，接受並執行諸葛亮戰略策略，聯吳抗曹、西取巴蜀，開創了以蜀漢為一角的三國鼎立的局面。數十年間，各個政治軍事集團經歷了無數次大大小小的戰爭，無數次外交角逐，這錯綜複雜的鬥爭，既是物力、軍力的較量，更是政治軍事謀略的較量。《三國志演義》展示的謀略之豐富和深刻，堪稱一部智慧的小說。

第四節　歷史小說敘事的典範

《三國志演義》的敘事結構是綜合古代史傳體例創造出來的。全書總體以時間為順序編織情節，體現了古代史傳「編年

「體」特點。當敘述到一個重大事件時，作者為了把這事件的來龍去脈完整地呈現出來，往往又突破整體編年框架，只保證這一事件的時間順序。這種以事為經、以時為緯的結構方式，正是古代史傳「紀事本末體」的特點。在展開具體事件涉及小說的主要人物形象時，作者不免要介紹這個人物的家世、品貌和以往經歷，這就又突破了事件本身的時間順序，顯示了以人為本的古代史傳「紀傳體」的特點。《三國志演義》繼承史傳敘事傳統而又有所創造，它總體按時間順序敘述，局部卻抓住歷史進程中的關鍵性的重大事件逐一加以描寫，從容地、詳略不同地展開一個又一個歷史場景，並且在情節和場面中盡可能地表現人物的性格面貌，從而將三國近百年的歷史風雲，形象地再現出來。

　　《三國志演義》是小說而不是史傳，它雖然在歷史基本事實和歷史走向上遵循史書記載，但它要實現自己構思的主題意圖，對於歷史事件和人物的敘述就有所強化和有所弱化。官渡之戰，袁紹率兵五十餘萬，曹操盡數起兵才得七萬人，然而曹操用奇襲的戰法燒掉袁紹屯集在烏巢的糧草，使袁軍大亂，以弱勝強，一戰基本統一了北方。這是一場形成三國鼎立的重要戰役。小說卷六、卷七「曹操官渡戰袁紹」、「曹操烏巢燒糧草」、「曹操倉亭破袁紹」，總共用了三節的篇幅進行描述。赤壁之戰是形成三國鼎立的關鍵一戰，也是一場以弱勝強的戰

役，小說卷九、卷十，從「諸葛亮舌戰群儒」到「曹操敗走華容道」，用了十六節的篇幅進行描述，情節密度大不相同。雖說赤壁之戰在歷史進程中的意義或許大於官渡之戰，但其重要性也不至於差別如此懸殊。小說如此重此輕彼，顯然與擁劉反曹的傾向有關，是小說家的權衡，不是歷史家的計量。

　　小說描寫赤壁之戰，孫權與劉備聯合擊敗曹操，基本與歷史相符。作者為了表現諸葛亮，對一些具體情節進行了大量的虛構。諸葛亮向孫權陳述與曹操是戰是和的利害，以及曹操的優勢與弱點，是歷史事實，但舌戰群儒完全出於虛構，如此一寫，劉備、孫權結盟抗曹的功勞就很大程度落在了諸葛亮頭上了。「草船借箭」，按《三國志·吳主傳》注引《魏略》，是孫權乘船視察水軍，曹操下令弓弩齊發，船一面著箭傾斜，孫權命回船以另一面受箭，乃獲箭無數而歸。這段故事移到諸葛亮頭上，大肆渲染，不僅表現了諸葛亮的智慧，而且把周瑜描畫成欲置諸葛亮於死地、心胸偏狹的摩擦製造者。赤壁戰敗曹操關鍵在火攻，龐統獻連環計，使曹軍艦船以鐵環連鎖，是為虛構；諸葛亮七星壇借來冬天罕有的東南風，也是虛構，這兩項籌畫均為劉備陣營之人所作，造成赤壁大戰歸功於劉備、諸葛亮的效果。史籍記載，抗擊曹操的主帥是周瑜，諸葛亮有重大貢獻，但決不是小說描寫的那樣掌控了戰役的全域，而指揮全域的周瑜卻變成妒賢嫉能、處處計算的小人。蘇軾《念奴嬌·

赤壁懷古》吟誦的「羽扇綸巾，談笑間，檣櫓灰飛煙滅」的周瑜，在小說中連「羽扇綸巾」也讓給了諸葛亮。《三國志演義》實中有虛，虛中有實，虛實水乳交融，達到虛實難辨的境界。有人注杜牧詩句「東風不與周郎便，銅雀春深鎖二喬」，竟引小說諸葛亮借東風事[13]；清初大詩人王士禎詩中有吊龐統之作，以「落鳳坡」三字著之於題，也誤以虛為實。[14]《三國志演義》巧妙地處理情節的虛實關係，以令人信服的生動形象完成了作品主題的表達。

第五節　傳播與影響

　　《三國志演義》成書之後，先以抄本流傳，現知最早刊本為嘉靖元年（西元一五二二年）序刊本，書題《三國志通俗演義》，二十四卷二百四十則，也就是每卷十則，每則有七字則目。稍後有嘉靖二十七年（西元一五四八年）建陽葉逢春刊本，各卷端書名有異，其卷二、五、七題「通俗演義三國志史傳」，全書十卷二百四十則，首有嘉靖二十七年鐘陵元峰子序。此本僅殘存八卷，藏西班牙埃斯科里亞爾修道院圖書館（Monasterio de El Escorial），有日本關西大學出版部影印

13　參見顧家相《五餘讀書廛隨筆》，轉引自孔另境《中國小說史料》，上海古籍出版
　　社 1982 年版，第 54 頁。

14　王應奎：《柳南隨筆》卷五，中華書局 1983 年版，第 104 頁。

本。這兩種嘉靖本的文字比較接近，都有許多相同的小字注。但葉逢春刊本的則目並不以七言劃齊，也有六言、八言的；引用的許多周靜軒詩，卻不見於嘉靖元年刊本；卷首「一從混沌分天地」以下的歷代歌，類似民間說唱，也不見於嘉靖元年刊本；正文中的「論」、「贊」、「評」文字與小字注也明顯不同。由此來看，葉逢春刊本較為後出，卻並不直接依據嘉靖元年刊本，它們可能來自同一祖本卻各自做了不同的修訂。

　　萬曆年間（西元一五七三至西元一六二〇年）及以後，坊間出現了多種《三國志演義》版本，值得注意的是福建建安各種刊本中多了嘉靖兩種刊本中所沒有的花關索的故事，如卷九「花關索荊州認父」，說花關索是關羽之子，關羽逃亡時，關索尚在母腹，七歲時被索員外收養，又拜花岳先生為師習武，故名花關索。其後情節裡花關索多次出現，並說他死在劉備之前。明成化說唱詞話有〈花關索傳〉一種，證明花關索是關羽之子的傳說在民間盛行。這花關索的故事是原本《三國志演義》已有，而被嘉靖刊本刪除的呢？還是為萬曆建安諸本所插增的呢？學術界存有不同意見。若細按文字，即可發現有關花關索的敘述有前後牴觸的情況，文字上也有前後不連貫之處，相信它是福建書商依據民間傳說插增進去，以宣傳自己所據底本是「古書」、「足本」，達到促銷目的。

　　清代康熙初年毛綸、毛宗崗父子對以往的《三國志演義》版本進行一次全面的整理，訂為一百二十回，每回以二語對

偶為題。毛綸〈總論〉曰:「羅貫中先生作《通俗三國志》,共一百二十卷,其紀事之妙不讓史遷,卻被村學究改壞,予甚惜之。前歲得讀其原本,因為校正,復不揣愚陋,為之條分節解。而每卷之前,又各綴以總評數段,且許兒輩亦得參附末論,共贊其成。」毛氏父子對以往刊本的情節細節文字和詩詞論贊進行了增刪改動,使原本擁劉反曹的傾向更加鮮明,並加以系統的評點。作為修訂本,它的文字更加雅馴暢達,但毛氏父子尊重原本不夠,時有以己意強施於原著的情況。儘管如此,毛氏評點本由於它的可讀性最強,壓倒了其他各種版本,成為清代最流行的版本。此本今存之最早版本是醉耕堂所刊《四大奇書第一種》六十卷一百二十回本,有李漁康熙十八年(西元一六七九年)〈序〉。

毛氏評點本是最適合一般讀者閱讀的版本,但它畢竟經過清代人的修訂,不是明代文獻的原貌,研究小說史上的《三國志演義》,還得依據嘉靖年間的刊本。

《三國志演義》是中國傳統文化的結晶。它既包含著以禮樂詩書為內核的雅文化,也相容著以說書、戲曲、占卜等為表現的俗文化;它既有生動而豐富的故事情節和栩栩如生的眾多人物形象,又蘊含著歷史積累的巨大的智慧。它用淺近的文言寫成,「文不甚深,言不甚俗」,既通俗又有雅趣,從而獲得上至貴族士大夫、下至平民百姓的喜愛。劉、關、張桃園結義,曾

被後世許多人仿效，關羽崇拜已成為一個至今不衰的文化現象。《三國志演義》所提供的軍事和政治鬥爭的策略和經驗，為世世代代的人們所借鑑。

　　《三國志演義》不僅在中國有著廣泛而深遠的影響，而且很早就流傳到海外。日本元祿二年至五年（清康熙二十八年至三十一年）出版湖南文山（月堂）全譯本，其底本是李卓吾評本，譯文參考了陳壽《三國志》，對原文有所修訂。至今，《三國志演義》日譯本有十數種之多，對江戶時代以來的日本歷史小說創作產生了深刻影響。十九世紀開始有英文、法文翻譯，二十世紀許多國家陸續有譯本出版。《三國志演義》是中國文學的傑作，也是世界文學寶庫中的瑰寶。

第二章　歷史演義的經典—《三國志演義》

第三章

《水滸傳》

第三章 《水滸傳》

第一節 宋江三十六人的傳說

　　《水滸傳》敘述以宋江為首的一百零八位英雄好漢的故事。宋江在歷史上確有其人。北宋末年，他領導起義軍與官府對抗，活動在今天的山東、河北、河南、江蘇一帶。《宋史·徽宗本紀》記曰：宣和三年，「淮南盜宋江等犯淮陽軍，遣將討捕，又犯京東、河北，入楚、海州界，命知州張叔夜招降之。」[01]《宋史·張叔夜傳》記曰：「宋江起河朔，轉略十郡，官軍莫敢嬰其鋒。聲言將至，叔夜使間者覘所向，賊徑趨海瀕，劫鉅舟十餘，載擄獲。於是募死士得千人，設伏近城，而出輕兵距海，誘之戰。先匿壯卒海旁，伺兵合，舉火焚其舟。賊聞之，皆無鬥志，伏兵乘之，擒其副賊，江乃降。」[02]《宋史·侯蒙傳》記曰：「宋江寇京東，蒙上書言：『江以三十六人橫行齊、魏，官軍數萬無敢抗者，其才必過人。今青溪盜起，不若赦江，使討方臘以自贖。』……」[03]朝廷採納了侯蒙的策略，招安了宋江。李《皇宋十朝綱要》卷十八記：「知州張叔夜招撫之，江乃降。六月辛丑，辛興宗、宋江破賊（方臘）上苑洞。」[04]

　　宋江受招安征方臘，《續資治通鑑長編紀事本末》等文獻也有記載。李若水（西元一〇九二至西元一一二六年）《忠湣集》

01　《宋史》第二冊卷二十二，中華書局 1977 年版，第 407 頁。

02　《宋史》第三十二冊卷三五三，中華書局 1977 年版，第 11141 頁。

03　《宋史》第三十二冊卷三五一，中華書局 1977 年版，第 11114 頁。

04　馬蹄疾編：《水滸資料彙編》，中華書局 1980 年版，第 444 頁。

卷二〈捕盜偶成〉詩云：「去年宋江起山東，白晝橫戈犯城郭。殺人紛紛劗草如，九重聞之慘不樂。大書黃紙飛敕來，三十六人同拜爵。獰卒肥驂意氣驕，士女駢觀猶駭愕。」[05] 此詩證明宋江的確接受了朝廷招安。各種歷史文獻對宋江的記載有參差牴觸之處，但基本事實還是清楚的，宋江三十六人橫行齊、魏，朝廷武力不能剿滅，遂招安並使之征討方臘。

方臘被剿平後不久，金兵南下，北宋覆亡，宋江三十六人的去向和結局如何，史籍語焉不詳。宋末元初周密《癸辛雜識》記有〈宋江三十六贊〉，張橫名下贊詞有「太行好漢，三十有六」，戴宗名下贊詞有「汝行何之，敢離太行」[06]，沒有提到「梁山」、「水泊」，說明龔聖與作《贊》時，傳說中的宋江三十六人的根據地是太行山。這傳說是有一定根據的。北宋被南下的金兵摧毀後，北方仍有一些武裝隊伍進行抗金活動，太行山就是一個重要的根據地。不少史籍記載了當年「太行忠義社」的抗金事蹟。宋江殘部堅持在太行山一帶抗金，是很有可能的。據傳，太行山的摩天嶺（今山西省陽城縣臺頭鄉石臼村東北）有宋金時期創建的宋江廟遺跡，廟內有宋江三十六人的泥塑像，透露出宋江三十六人與太行忠義社確實存在某種聯繫。明嘉靖刊本《大宋中興通俗演義》寫有關勝在濟南一帶抗金的情

05　馬幼垣：《水滸論衡》附錄馬泰來《從李若水的〈捕盜偶成〉詩論歷史上的宋江》，聯經出版事業有限責任公司 1992 年版，第 233 頁。

06　周密：《癸辛雜識》，中華書局 1988 年版，第 145—150 頁。

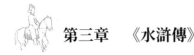

節，也是一個旁證。這段抗金的傳說，到元代就淡化和消失了，但也不是完全無跡可尋。《宣和遺事》敘楊志賣刀殺人被發配衛州軍城，孫立、李進義、林沖等十一人在黃河岸上攔劫，殺了解差，「同往太行山落草為寇」。又如《水滸傳》寫智取生辰綱地點在黃泥崗，小說就說它在太行山：「休道西川蜀道險，須知此是太行山。」梁中書自北京（大名府，今屬河北邯鄲市）向東京（開封）運送生辰綱，應當向南，無須經過西邊的太行山，這個地理錯誤卻隱含了宋江三十六人曾在太行山活動的傳說。

　　元代雜史雜傳體話本《宣和遺事》前集講述了宋江三十六人的斷斷續續的故事，大略有：十二指使楊志、李進義、林沖、王雄、花榮、柴進、張青、徐寧、李應、穆橫、關勝、孫立奉朱勔差遣，從太湖押運花石綱到東京，楊志途中被雪所阻，盤纏用盡，賣刀遇惡少蠻纏，殺死惡少被判發配衛州，孫立等十一人救了楊志同往太行山落草；晁蓋等八人在五花營劫了梁師寶給蔡太師上壽的生辰綱，鄆城縣押司宋江獲見逮捕晁蓋等人文書，密報晁蓋，晁蓋等人星夜逃走，又約楊志等十二人，共二十人「前往太行山梁山濼」落草；宋江幫助索超、董平投奔晁蓋；宋江殺閻婆惜，逃往梁山濼，得玄女娘娘所授天書，上有三十六人姓名；宋江奔到梁山濼時晁蓋已死，待魯智深、張橫、呼延綽上山，三十六人會齊，然後歸順宋朝；宋江收方臘有功封節度使。敘述極為粗略，夠不上是一個前後銜接無間的情節，例如說楊志等十二人已往太行山落草，而後晁蓋劫了生辰

綱後又邀約楊志等十二人去太行山梁山濼落草；三十六人名單上，沒有宋江，也沒有最後入夥三人中的張橫（李橫）等。然而這些粗略勾勒的故事，大多被後來的《水滸傳》吸納，楊志賣刀、智取生辰綱、宋江殺惜，被創造性地演繹成膾炙人口的情節。

　　比較《宣和遺事》而言，元代雜劇搬演宋江等三十六人故事的劇碼更多。據統計總數不下於二十四種，有六種尚存，十八種僅存劇碼。二十四種雜劇以「黑旋風」標示劇碼的就有十三種之多，可見李逵是當時最當紅的角色。「黑旋風」李逵在《宣和遺事》中名列三十六人之中，但並無任何有關他的故事。從現存的六種雜劇來看，主要是演述宋江等人坐鎮梁山，懲處權豪勢要和整肅道德風化，宋江等人所扮演的是為民除害的角色。沒有太行山，沒有抗金的內容，也沒有官逼民反的故事，宋江等人實質上只是元雜劇中清官形象的一種變形。明初雜劇搬演宋江等人故事大致承襲元雜劇而有所變異，加入了棄暗投明的思想，更有一種「有一日聖明主招安去，掃蠻夷，輔聖朝，麒麟閣都把名標」（〈梁山七虎鬧銅臺〉）之類的為新朝建功立業的意識，這顯然是明初的時代烙印。

　　《水滸傳》吸納了宋、元時期有關宋江三十六人的民間傳說和戲曲故事中的某些成分，但在本質上它是作家個人的創作。不論是全書的結構和情節，還是人物形象的塑造和藝術語言的運用，它都達到了此前宋江三十六人故事不曾達到的藝術境界。《水滸傳》所描寫的已不是《宣和遺事》所講述的一群單

純殺人劫掠的江湖亡命之徒，也不是元雜劇所演述的除暴安良的故事，而是封建時代最敏感、最尖銳的官逼民反的社會政治問題。寫一群草根民眾武裝反抗政府，不稱王不稱帝，只反貪官不反皇帝，在起義無不稱王稱帝的歷史中算得上是異類和特例，它所表現的思想有著歷史的獨特性，也說明《水滸傳》不是集體創作而是作家個人的作品。

第二節　作者和成書年代

《水滸傳》成書在什麼年代，以及它的作者是誰，迄今仍是學術界爭論待決的問題。通常的說法是：《水滸傳》成書在元末明初，作者是施耐庵。此說的根據：

一、最早著錄《水滸傳》的文獻說《水滸傳》的作者是羅貫中和施耐庵。高儒《百川書志》（有嘉靖十九年自序）：《忠義水滸傳》一百卷。錢塘施耐庵的本，羅貫中編次。[07] 其次，郎瑛《七修類稿》（文中記有嘉靖二十六年事，故成書當在此年之後）談及《水滸傳》，意見與高儒相同：《三國》、《宋江》二書，乃杭人羅貫中所編。予意舊必有本，故日編。《宋江》又日「錢塘施耐庵的本」。[08]

作者是羅貫中和施耐庵，他們生活在什麼年代，上述記載

07　《百川書志・古今書刻》，上海古籍出版社 2005 年版，第 82 頁。

08　《七修類稿》，文化藝術出版社 1998 年版，第 285 頁。

並未解決。

二、關於羅貫中，明初《錄鬼簿續編》記云：

> 羅貫中，太原人，號湖海散人。與人寡合。樂府隱語，極為
> 清新。與余為忘年交，遭時多故，各天一方。至正甲辰（至
> 正二十四年，西元一三六四年）復會。別來又六十餘年，竟
> 不知其所終。[09]

將《錄鬼簿續編》所記之元末明初羅貫中與《百川書志》
著錄的羅貫中聯繫起來畫上等號，自然得出結論：《水滸傳》成
書在元末明初。

但僅憑以上材料還不能貿然推導出如此結論。如同前一章
論說《三國志演義》作者羅貫中一樣，《錄鬼簿續編》的羅貫中
與《三國志演義》所署羅貫中是不是一個人，單憑姓名相同這
個孤證還不足以定讞，同名同姓的可能尚未排除，還需要旁證；
古代小說作者署名往往偽託或使用假名，清初周亮工就曾質疑：
「予謂：世安有為此等書人，當時敢露其姓名者，闕疑可也。定
為耐庵作，不知何據？」[10]事實上，明代中葉的人對於羅貫中其
人的說法就不止一種，田汝成《西湖遊覽志餘》卷二十五說他
是南宋人，郎瑛《七修類稿》卷二十二說他是杭州人，王圻《續
文獻通考》卷一七七說他姓羅名貫，字貫中，疑點尚不能排除。

09　《中國古典戲曲論著集成》第二冊，中國戲劇出版社 1959 年版，第 281 頁。

10　周亮工：《因樹屋書影》卷一。轉引自馬蹄疾編《水滸資料彙編》，中華書局 1980
　　年版，第 378 頁。

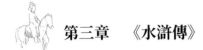

第三章　《水滸傳》

　　至於施耐庵的生平事蹟，明代人就說不清楚。明代胡應麟說「世傳施號耐庵，名字竟不可考」[11]，他只知道「耐庵」是施某人的號，而且這還是得之「世傳」，沒有確鑿的依據，又說：「郎（郎瑛）謂此書（《水滸傳》）及《三國》並羅貫中撰，大謬。二書淺深工拙若天壤之懸，詎有出一手理？」[12]二書風格差別如此明顯，說是出自一人手筆，確實難以服人。金聖歎在修訂評點《水滸傳》的時候，就偽造了一篇〈東都施耐庵序〉，從此《水滸傳》各種版本的著者大多只署施耐庵一人。二十世紀，隨著通俗文學地位的上升，有關施耐庵的傳說也增加，捏造施耐庵史料的情況時有發生。總之，施耐庵的生平事蹟，迄今還是空白，尚有待相關文獻資料的發現來填補。

　　《水滸傳》成書於元末明初之說，僅靠早期版本署名有「羅貫中」，如同《三國志演義》一樣，不能成為定論。《三國志演義》的創作，或許可以從元末出現的一段群雄割據的鬥爭歷史中獲得某些生活實感，而《水滸傳》卻與元末這段歷史相去甚遠了。

　　元末民間武裝起義有三個明顯的特徵：一是宗教，二是民族，三是稍有規模便稱王稱帝。南方各地起義的隊伍，都是以祕密宗教為精神紐帶組織和行動起來的。朱元璋參加的是明王韓山童的隊伍，「明王」是明教的尊神。明教由摩尼教發展起來，宣稱自己代表光明，是善和理的化身。明教是明宗，對立

11　胡應麟：《少室山房筆叢》卷四十一，上海書店出版社 2001 年版，第 438 頁。

12　胡應麟：《少室山房筆叢》卷四十一，上海書店出版社 2001 年版，第 438 頁。

面是暗宗，暗宗代表黑暗，是惡和欲的化身。暗宗當道，天下黑暗，若明王出世，就將掃蕩黑暗，恢復光明。明教在唐代就有廣大信眾，被朝廷禁止之後轉入地下，成為民間祕密宗教。後來又與彌勒教、白蓮教混合，明王出世和彌勒佛出世，便成為號召民眾起義的最具煽動性的口號。韓山童祖父就以白蓮會燒香聚眾，他倡言天下大亂，彌勒佛下生，遂起兵發難，因燒香拜彌勒又稱「香軍」，以紅巾裹頭，又稱「紅軍」。韓山童死後，兒子韓林兒繼稱「小明王」，朱元璋即小明王的部將。朱元璋的朝代稱「大明」，與此有直接的關係。[13] 安徽定遠起義的郭子興也是以彌勒教結交江湖好漢，焚香密會，攻城掠地的。湖北羅田徐壽輝被稱為「彌勒佛下生，當為世主」，舉紅巾為號，起兵為亂。陳友諒原為徐壽輝部屬，他弒主自立，建立所謂「漢」朝。

　　元朝統治者為蒙古貴族，自立朝之日起便實行種族歧視政策，蒙古人第一，色目人第二，漢人第三，南人（南方漢人）在最底層。元朝各級政府皆為蒙古人所把持，反抗政府壓迫，也就具有民族反抗的色彩。元末民眾起義，多以驅逐韃虜為號召。至正十三年（西元一三五三年）冬，徐壽輝派使者招明玉珍，說：「予起兵舉義，期逐胡虜，以靖中夏。」[14] 明玉珍據成

13　詳見吳晗《讀史劄記‧明教與大明帝國》，生活‧讀書‧新知三聯書店 1956 年版，第 235—270 頁。

14　錢謙益：《國初群雄事略》，中華書局 1982 年版，第 112 頁。

都，宣告「胡元運去，中國豪傑並起而逐之」[15]。朱元璋基本平定南方割據勢力後舉兵北伐，他所發表的檄文就提出「驅逐胡虜，恢復中華」的口號，這個口號無疑贏得北方漢族官吏民眾的共鳴和支持。階級鬥爭和民族鬥爭混合在一起，舉民族反抗的旗幟是爭取民心的重要策略。

元末的各路起義軍首領大多都迫不及待地稱王稱帝，在他們的勢力範圍內標舉國號，韓林兒即位於亳州，建國號曰宋，號稱小明王。徐壽輝即位於蘄州，自稱皇帝，國號天完。陳友諒殺徐壽輝，自稱皇帝，國號漢。明玉珍即位於重慶，自稱皇帝，國號大夏。張士誠據高郵，自稱皇帝，國號大周。

以上三大特點在《水滸傳》中毫無表現。《水滸傳》的造反，與宗教無關，公孫勝是全真道士，但他是以江湖好漢身份加入晁蓋一夥的，梁山聚義毫無宗教色彩。《水滸傳》寫的是官逼民反，沒有民族壓迫的描寫，征遼只是抗擊異族，並非推翻異族在中原的統治。更重要的是《水滸傳》的梁山隊伍只反貪官，不反皇帝，宋江絕無稱帝的野心。說《水滸傳》反映了元末起義的現實，只是一種沒有根據的主觀想像。

如果說《水滸傳》與現實生活有著某種具象的關係的話，那麼它與正德年間發生在河北一帶的劉六、劉七起義存在一些關聯。中國歷史上的起義，從陳勝、吳廣到太平天國，幾乎沒

---

15 錢謙益：《國初群雄事略》，中華書局 1982 年版，第 117 頁。

有一個不稱王稱帝的。所謂「王侯將相寧有種乎」（陳勝語）[16]，改朝換代，取而代之，是起義的基本目標，就連《西遊記》的孫悟空也把「皇帝輪流做，明日到我家」當作口頭禪。《水滸傳》宋江只反貪官不反皇帝，不符合起義的正常邏輯，可以說是一個特例。明代正德年間劉六、劉七的起義隊伍中確有如此特例。

　　文安縣秀才趙鐩是起義軍一支隊伍的首領，他之入夥，是被劉七以姦污妻女擄殺家屬所逼，他率領的隊伍只殺貪官，不殺清官。「大盜趙鐩等剽河南，至鈞州，以文升（馬文升，以氣節清廉聞名天下）家在，捨之去。攻泌陽，毀焦芳（著名貪官，閹党）家，束草若芳像裂之。」[17] 他上奏〈乞恩辨明本〉云：「今群奸在朝，舞弄神器，濁亂海內，誅戮諫臣，屏棄元老，舉動若此，未有不亡國者。乞陛下睿謀獨斷，梟群奸之首以謝天下，即梟臣之首以謝群奸。」[18] 此本於謝蕡（正德十六年進士）《後鑑錄》有載，個別文字有異。這種只反貪官不反皇帝的思想和主張，還表現在趙鐩存世的詩歌中，也反映在他治軍作戰的策略中，是不妄殺無辜，每打到一個府縣，即「約官吏師儒毋走避，迎者安堵，由是橫行中原，勢出劉六等上」[19]。武裝與政府作戰，又號稱不反皇帝，所以被稱為「風子」。結局當然

16　《史記》第六冊〈陳涉世家〉，中華書局 1959 年版，第 1952 頁。

17　《明史》第十六冊卷一八二〈馬文升傳〉，中華書局 1974 年版，第 4843 頁。

18　《明史》第十五冊卷一七五〈仇鉞傳〉，中華書局 1974 年版，第 4662 頁。

19　《明史》第十五冊卷一七五〈仇鉞傳〉，中華書局 1974 年版，第 4662 頁。

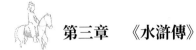

是悲慘的，他被俘押送北京途經河南，在驛站題詩云：「魏國英雄今已休，一場心事付東流。秦廷無劍誅高鹿，漢室何人問丙牛。……」[20] 封建專制時代的文人對於起義一概持反對和憎惡的態度，但對於趙鐩，明代的文人多少懷有好奇和同情，故在筆記中記下了他的事蹟。趙鐩與宋江，在只反貪官不反皇帝這一點上完全相同。

熊過《故相國石齋楊公墓表》有一段文字涉及劉六、劉七起義與《水滸傳》的關係，文曰：「……而豹房義子多與諸賊通，以故內閣功緒不竟。群賊先時則已冒入禁內，觀豹房遊幸所在及內庭動靜舉聞。或說七等《水滸傳》宋江赦者，遂陰結上所幸通事王永，彥名遂潛見上豹房。事發，下獄，杖永殺之。」[21] 豹房於正德二年建在西華門外，為正德帝遊樂之所，並收正德帝所寵信的太監、奴卒等人為義子。劉六、劉七等人確曾混入豹房，成書於嘉靖初年的《繼世紀聞》云：「京師之南固安、永清、霸州、文安等處，京衛屯軍雜居，人性驕悍，好騎射，往往邀路劫財，輒奔散不可獲，人號為放響馬賊。近來內官用事，谷大用、馬永成、張忠等皆霸州、文安諸處人，大盜劉等嘗因內官家人混入禁內豹房，觀上遊幸之所。」[22]

20　李詡：《戒庵老人漫筆》，中華書局 1982 年版，第 12 頁。

21　《南沙先生文集》卷七，引自《四庫全書存目叢書・集部》第九十一冊，齊魯書社 1997 年版，第 662 頁。

22　陳洪謨：《治世餘聞・繼世紀聞》，中華書局 1985 年版，第 93 頁。

劉六、劉七為霸州人，趙鐩為文安人，他們與宮內太監同鄉勾連，賄賂太監以達到招安目的，也都是事實。熊過說「彥名遂潛見上豹房」，彥名即劉六、劉七起義軍首領之一齊彥名。這一段歷史確乎與《水滸傳》第七十二回「柴進簪花入禁院」，寫柴進混入禁中到睿思殿，並挖下該殿屏風上書寫的四大寇之「山東宋江」四字；以及第八十一回「燕青月夜遇道君」，寫宋江派戴宗、燕青帶上兩大籠子金珠細軟到京中打點權幸，燕青於李師師處見到皇帝，遂成就招安大事，頗為相像。

　　問題在於，是劉六、劉七模仿《水滸傳》，還是《水滸傳》根據這段歷史素材創作了小說情節？首先，正德七年十月刑部等衙門審訊趙鐩等人的題奏中根本沒有提及《水滸傳》一書，更談不上與《水滸傳》有何關聯。後世起義確有模仿《水滸傳》的，如以「宋江」等人名為綽號，設聚義廳，排座次，標榜「替天行道」，甚至張獻忠效仿其「埋伏攻襲」之戰法[23]，若要模仿潛入皇宮去乞求招安這樣的行動，簡直是匪夷所思。其實，《水滸傳》中一些細節與明代歷史有某些相似的地方絕不止潛入皇宮一事。柴進在睿思殿屏風上挖下「山東宋江」四字，皇帝把自己痛恨的人的名字寫在屏風上，歷朝歷代皇帝誰做過？獨有武宗的祖父成化帝厭惡直言相諫的官員，「書六十人姓名於屏，俟奏遷則貶遠惡地」[24]，不能說成化帝在模仿《水滸傳》，只能

23　劉鑾：《五石瓠》，轉引自馬蹄疾《水滸資料彙編》，中華書局1980年版，第391頁。
24　《明史》第十六冊卷一八○，中華書局1974年版，第4783頁。

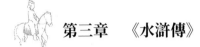

說《水滸傳》利用了這個現實素材。

《水滸傳》這樣一部描寫江湖、市井人物的現實主義長篇小說，觸及百姓日用和社會生活的方方面面，它雖然是以宋代發生的歷史人物和事件為題材，但在敘述中也會不經意地流露出作者生活時代的痕跡。比如像在商品買賣中廣泛使用白銀，在元代或在明代前期都是不可能的，那時法令規定使用紙幣，縱然民間私下也有用銀進行交換，但那是個別的和違法的行為。直到弘治元年（西元一四八八年），紙幣仍在通行，「京城稅課司，順天、山東、河南戶口食鹽，俱收鈔，各鈔關俱錢鈔兼收。其後乃皆改折用銀」[25]。明代發行紙鈔，與銅錢並行直到弘治、正德年間，鈔法才因難以通行而廢止，《明史》記載，「鈔法自弘、正間廢」[26]，銀子這才成為通行貨幣。《水滸傳》沒有一處提到紙鈔，商品買賣一概使用碎銀子，這種情況只會出現在弘治、正德之後。又如梁山轟天雷凌振使用的武器子母炮，該炮由子炮和母炮組成，子炮相當於現代火炮的炮彈（彈頭和彈殼），其性能大大優於傳統火炮。此炮得自葡萄牙（佛朗機）艦船，時人又稱「佛朗機銃」。此炮傳入中國的時間，嘉靖人嚴從簡《殊域周諮錄》卷九、鄭若曾《籌海圖編》卷十三，以及《明史·兵志》均有記載，是在正德末。諸如此類的有時代標識的事物和名物，證明現存百回本《水滸傳》應當成書在嘉靖初年。

---

25 《明史》第七冊卷八十一〈食貨五〉，中華書局 1974 年版，第 1964 頁。

26 《明史》第七冊卷八十一〈食貨五〉，中華書局 1974 年版，第 1969 頁。

第三節 造反精神和忠義思想

中國長篇小說是從講史開始發展的，元代講史平話就是最初形態，而平話的源頭在「說話」的講史書，都是講金戈鐵馬朝代興亡的歷史，直到《三國志演義》，情節的主角都是帝王將相，《水滸傳》似乎也是講歷史，講北宋末年一場起義，但它的主角不再是帝王將相，而是地方小吏、下級軍官、鄉村塾師、農夫漁民以及江湖亡命之徒等。描述市井小民的悲喜劇原是「說話」中「小說家」以及演進成書面文學的話本小說的專利，《水滸傳》來寫「小人物」，乃是長篇小說描述對象的歷史性轉移。

《水滸傳》的主題思想，歷來有不同見解，概括起來，不外有「誨盜說」和「忠義說」兩家針鋒相對的意見。

「誨盜說」認為《水滸傳》是教人做強盜的書，嘯聚梁山的宋江等一百零八人皆以殺人放火為豪舉，破城劫獄為替天行道。明代天啟、崇禎年間起義此伏彼起，統治風雨飄搖，朝廷已感到回天乏術。崇禎十五年（西元一六四二年）有刑科給事中左懋第奏請皇帝焚毀《水滸傳》，說此書「不但邪說亂世，以作賊為無傷，而如何聚眾豎旗，如何破城劫獄，如何殺人放火，如何講招安，明明開載，且預為逆賊策算矣。臣故曰：『此賊書也』」[27]。《水滸傳》確實寫了一些殺人放火的強盜。如占

---

27 轉引自王利器輯錄《元明清三代禁毀小說戲曲史料》，上海古籍出版社 1981 年版，第 16 頁。

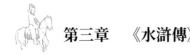

山為王的：少華山、桃花山、梁山（王倫為寨主）、白虎山、青風山、對影山、黃門山、飲馬川、芒碭山、枯樹山等；開黑店的：十字坡的張青、孫二娘夫婦等；攔路打劫的：潯陽江上的張橫、張順；小偷小摸的：「鼓上蚤」時遷、「金毛犬」段景住等。雖然寫了這些人，而且這些人都上了梁山，赫然在一百零八人之列，但不能簡單結論說《水滸傳》寫的是一幫強盜。從全書結構布局來看，這些人不是以宋江為首的梁山集團的主流，除了張橫、張順外，他們都不在前三十六名之內，張橫、張順列入，可能是他們並不隨便殺人，最痛恨的是「平日最會詐害做私商的」人。事實上，作者並沒有用欣賞贊同的態度去描寫他們如何搶劫殺人，第五回「小霸王醉入銷金帳，花和尚大鬧桃花村」寫桃花山大王「小霸王」周通要強娶民女，魯智深路見不平，在洞房裡痛揍了周通一頓，作者對周通的強盜行徑是持批評態度的。這些亡命江湖的強盜上了梁山以後，都服從了宋江的「只反貪官不反皇帝」、「替天行道」的綱領，只與貪官污吏、地方豪強惡霸為敵，不但不再禍害百姓，而且成為保境安民、維護正義的力量。不能依據梁山隊伍中一些人的經歷，就對梁山的性質匆忙作出結論。

《水滸傳》的主要情節是描述魯智深、林沖、晁蓋、宋江、武松等人在貪官污吏、地方豪強劣紳和地方邪惡勢力壓迫下奮起抗爭，被逼上梁山的悲壯曲折過程，以及聚義梁山後剷除地

方豪強惡霸、保境安民，接受招安建功立業之後的悲劇結局。最膾炙人口的情節還是「逼上梁山」。

反抗強暴，打抱不平，是《水滸傳》描寫得最生動的情節，也是《水滸傳》思想的精髓。八十萬禁軍教頭林沖本有一個溫馨的小家庭，他只求過安穩平靜的生活，但是他的這個並不算過分的希求卻被噩夢般的現實徹底粉碎。他的上司高俅的兒子看上了他的妻子，一意要霸占。高俅憑藉自己的權勢，設計陷害林沖，想要殺夫奪妻。他先是以看刀為名，招林沖進入白虎堂，卻反誣他私闖軍機禁地，要扣他死罪。未果後，又吩咐押解公差在流放途中的野豬林了結他的性命，不料被魯智深所救。最後派人放火燒了林沖看守的大軍草料場，林沖能從火場逃脫，卻逃脫不了死罪。林沖一再忍讓，總希望刑期服滿後回去與家人團聚，一場大火把他逼入絕境，不得不在山神廟前手刃了高俅派來的陸謙、富安和幾個爪牙，從此與常態社會決裂，踏上了江湖亡命之路。「殺夫奪妻」是小說的古老話題，宋初樂史〈綠珠傳〉的司馬倫是公然搶奪，高俅卻是用「合法」的手段，利用權勢對付林沖，治死林沖然後逼其妻改嫁。林沖風雪山神廟之後，也不像傳奇小說中的復仇者，潛入高俅府邸取其首級，而是落草為「寇」，與權勢對抗。林沖與高俅的矛盾，已超越了個人恩怨情仇，它反映了封建統治階級與被壓迫人們的對抗性衝突，官逼民反的歷史邏輯得以展現。

第三章 《水滸傳》

魯智深和林沖不同，他原本是渭州小種經略相公麾下的提轄軍官，官階雖低，卻也在體制之下灑脫地生活，並沒有哪個上級要欺凌或迫害他，他之所以也亡命江湖，完全是因打抱不平，惹出人命官司。唱曲的金老和他的女兒被地方惡霸鄭屠凌辱盤剝，魯智深聞知氣憤不過，資助這父女逃走，本想痛打鄭屠一頓，不料三拳便打死了這號稱「鎮關西」的土霸，不得不逃亡去五臺山做了和尚。他其後還大鬧桃花村為一民女解困，火燒瓦罐寺除掉了兩個殺人放火的強賊，大鬧野豬林救了林沖，都是路見不平拔刀相助，絕無半點私人恩怨，但就是這樣一位仗義的漢子也不能為當局所容，只得上了梁山。

宋江出身地主家庭，在鄆城縣衙做書吏押司，他性篤孝悌，好濟人急困，在江湖上頗有名氣。晁蓋劫了生辰綱，事情敗露，衙門將要抓捕，宋江聞訊即透信助晁蓋逃走。他與晁蓋的非同小可的關係，被懷有二心的「外室」閻婆惜發現並以告官相威脅，情急之下殺了這個忘恩負義的女人，從此陷入囹圄。梁山的晁蓋等人要在他發配途中救他上山入夥，他寧可按國家法度做個囚徒，也不肯落草做個不忠不孝之人。但他在發配之地的酒樓上興發題詩，被人舉報有造反之心，打入死牢。刑場上被梁山好漢救出，此時再無退路，不得不上了梁山，而且坐上了忠義堂的第一把交椅。

武松因景陽岡打虎，被陽谷知縣舉薦做了都頭，與兄嫂一

起生活。其嫂潘金蓮與發跡財主西門慶通姦，並謀殺了兄長武
大。武松自外地出差回來知此冤情，到縣衙告發姦夫淫婦，但
知縣已得西門慶賄賂，不予受理。武松無奈，便動用私刑殺了
潘金蓮和西門慶，由是被發配到孟州。在孟州為幫結拜兄弟施
恩奪回被搶走的快活林地盤，打了蔣門神。蔣門神買囑張都監
設圈套坑陷武松，並要在發配途中奪他性命。武松殺了四名解
差，返回孟州城潛入張都監府邸，殺了蔣門神、張團練和張都
監一家十多口，從此亡命江湖，最後也上了梁山。

　　晁蓋上梁山又別有一番情由。他是鄆城縣東溪村保正，饒
有財富，平生仗義疏財，專愛結交天下好漢，這一點與宋江性
格相近；不同的是，他結交之人，不論好歹，凡來投奔他的都
一概接納，意在江湖由來已久。所以劉唐來報告梁中書要送十
萬貫金珠寶玩給蔡京做壽的消息，他即動了劫持之念，隨即與
吳用、公孫勝、阮氏三兄弟和劉唐七人聚義，周密布置設計奪
下生辰綱。七人的觀念：不義之財，取之何礙！但他們劫富並
不濟貧，參與其事的白勝被捕時，分得的金銀全埋在床底下。
漏網的晁蓋等人逃上梁山，除掉妒賢嫉能、心胸偏狹的梁山寨
主王倫，開啟了梁山事業的新風貌。此時的他們在主觀上還沒
有明確的政治綱領，但客觀上已成為與朝廷對立的武裝集團。

　　宋江上了梁山，雖坐第二把交椅，但實際上是梁山的領
袖。晁蓋死後，宋江成為名副其實的首席。在擊潰了朝廷軍隊

討伐和清除梁山周邊地方豪強之後，舉行盛大祭拜醮事，排了一百零八人的座次及每人分擔之職事，明確提出「替天行道」和「忠義雙全」的綱領，宋江對天盟誓所說：「但願共存忠義於心，同著功勳於國，替天行道，保境安民。」規定「途次中若是客商車輛人馬，任從經過；若是上任官員，箱裡搜出金銀來時，全家不留。所得之物，解送山寨，納庫公用；其餘些小，就便分了」。害民的大戶、欺壓良善的暴富小人，一律嚴懲，將他們的家私盡數收拾上山。從此，一心尋求招安，招安以後去打方臘，「只反貪官，不反皇帝」，宋江的政治綱領得以實現。

梁山一百零八人中反對招安，主張推翻趙宋皇帝、自家做皇帝的大有人在。李逵便叫喊「殺去東京，奪了鳥位」，當聽到宋江〈滿江紅〉唱到「望天王降詔早招安」時，吼道：「招安，招安，招甚鳥安！」連桌子也踢翻了。但是宋江的綱領占據梁山的主導地位，也是《水滸傳》整部小說的政治思想傾向。《水滸傳》現存最早百回本題名《忠義水滸傳》，特別點明了這個主題。一方面不反皇帝，另一方面卻又要聚嘯山林，真刀實槍與官府對抗，這本身就是一種悲劇性矛盾。歷史上的趙鐩宣稱不反皇帝，被擒後剝下皮來製成鞍鐙，正德皇帝騎乘以洩其恨。宋江當然跳不出這個歸宿，招安後奉詔滅掉方臘，功勳顯赫，還是被朝廷用毒酒賜死。宋江死前對李逵說：「我為人一世，只主張忠義二字，不肯半點欺心。今日朝廷賜死無辜，寧可朝廷

負我，我忠心不負朝廷。」因擔心李逵造反，又把毒酒給李逵服了。宋江忠心如此堅貞，結局如此悲慘，令人噓唏，亦完成了全書的忠義主題。

《水滸傳》所寫的「義」，與儒家思想中的義是不同的。《論語‧述而》曰：「不義而富且貴，於我如浮雲。」是指社會正義或道德規範。《水滸傳》的「義」，是指朋友的恩義情誼，並不含有「正義、道德」的準則。武松和施恩的結義，是武松發配到孟州，施恩的父親是掌握武松生死的管營相公，免了武松入獄一百殺威棒，又日日酒肉款待，武松由是與施恩結為兄弟，幫施恩奪回了被蔣門神霸占的快活林。施恩仗著父親是管營，自己又小有武功，在快活林開酒店設賭坊、兌坊，連過路妓女要營生，也須參拜交錢，是快活林一霸。但蔣門神武功高於施恩，又仗著背後的張團練、張都監官位高於一個管營，遂奪了快活林這塊生財的地盤。兩人皆為土霸，只是蔣門神更惡而已。武松醉打蔣門神，只是為兄弟出氣，並不管什麼正義道德。石秀與楊雄結為兄弟，是因為楊雄酒醉被人欺侮，挑柴的石秀出手相助。楊雄之妻與人通姦，嫌石秀礙事，讒言楊雄欲攆石秀出門，楊雄獲知真相，為不損他們兄弟之情，殘忍地殺掉了妻子。《水滸傳》寫的是江湖義氣。儒家的道德倫理是建立在宗法血緣關係基礎上的，江湖上的人氏已經離開了家族，他們要維護自己的利益，要在江湖上生存和發展，依靠的就是

兄弟義氣。晁蓋專愛結識天下好漢，不論好歹，就是「義」的最簡明的解讀。《水滸傳》對這種義氣是欣賞並加以渲染的。此外，小說描寫一些殺戮場面過於殘忍血腥，如武松血濺鴛鴦樓，不論男女老少見人就殺，過於暴力；還有明顯的歧視婦女傾向，「女人禍水」，這也是江湖亡命漢的偏見。《水滸傳》描寫的都是江湖亡命漢，他們身上帶有濃厚的江湖習氣是真實的，但這些內容大多不能為現代社會所接受。

第四節　《水滸傳》的藝術成就

《水滸傳》的藝術成就首先表現在它塑造了許多性格鮮明的人物形象，如魯智深、林沖、武松、李逵、宋江、石秀、燕青等等。作者在刻畫人物方面所表現出來的藝術創造能力，在中國白話小說史上可謂空前。

作者主要透過對人物行動的描述來刻畫人物的性格，很少作靜態的描寫。林沖是一個武人，「生的豹頭環眼，燕頷虎須，八尺長短身材」，簡直就是活生生的張飛；但他的行事卻像一個儒生。他的儒雅舉止使讀者不太能接受作者給他描畫的「豹子頭」外貌，以至清代以後的繪畫和戲劇舞臺臉譜都被修改成清雅的鬚生。高衙內調戲他妻子，他上前將那廝扳將過來，舉拳時瞧見是上司高俅的乾兒子，「先自手軟了」。中了高俅圈套，發配滄州，出發前定要給妻子寫封休書，他料知高衙內不會甘

休，為了不耽誤妻子青春，也為了妻子安全，執意留下休書。在發配路上，對解差口口聲聲自稱「小人」，忍氣吞聲，逆來順受。野豬林被魯智深救下，卻懇求魯智深不要打殺那兩個動手害他性命的公人，說他們也是奉命行事。這與武松血濺鴛鴦樓任由性子殺人完全不同。在柴進莊上洪教頭挑戰比武，一再自謙，開棒便自認輸了，待柴進拿出大錠銀子權為利物，定要林沖顯露真功夫時，遂幾下輕鬆地打翻了對手。林沖是個心細內斂的人。林沖到了滄州，先看守天王堂，後去草料場管事，都是謹謹慎慎、安分守己，總指望有一天回去與家人團聚。直到高俅派陸謙、富安等人來草料場放火，若燒不死林沖，也可治他死罪，他才挺著花槍，先戳倒富安，再提翻陸謙，拿刀抵在陸謙臉上，喝道：「潑賊！我自來又和你無甚麼冤仇，你如何這等害我！正是殺人可恕，情理難容。」憤怒像火山爆發出來，連差撥也殺了。事後來到一個草屋，見幾個看米囤的莊戶圍著地爐喝酒，向他們買些酒吃，遭到拒絕後竟把這夥莊戶打走，自己痛飲一頓。這時的林沖已完全變成個「強人」，與火燒草料場之前的林沖判若兩人，作者雖然沒有直接描寫他的心路歷程，但透過情節的演進和人物的行為動作，真實而生動地展示了林沖從忍辱到反抗的心理轉變。《水滸傳》的人物多半都有傳奇式經歷，作者總是用白描的方式描述人物在激烈矛盾衝突中的行動來表現人物的氣性風貌，相當成功。魯提轄拳打鎮關西，作

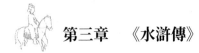

者寫他安排金氏父女逃走，在肉鋪前尋釁激怒鎮關西，給鎮關西三拳，每拳都表現出他的瞬間心態，其疾惡如仇、粗中有細的性格躍然紙上。梁山上的好漢們都是以自己應對挑戰和危機的方式，來展現與眾不同的性格。

表現人物個性，除了行動的描述外，還有一個重要的手段，那就是人物語言。《水滸傳》用白話寫成，與《三國志演義》淺近文言不同，它在創造人物個性化口語方面有著天然的優勢。魯智深和李逵都暴烈直爽粗魯，但說話是顯有差別的。魯智深與人說話常自稱「洒家」，但初與人相識還是很有禮數，謙稱「小僧」。第五回寫到離開五臺山投往東京，途經桃花村，想投宿一宵，莊上正遭桃花山周通強娶之厄，莊客拒絕接待，魯智深並沒有生氣，只是請求，「胡亂借洒家歇一夜，明日便行」。莊客說他休要在這裡討死，他還是平靜地問：「也是怪哉！歇一夜打甚麼不緊，怎地便是討死？」直到莊客嫌他綿纏，要捉他來捆上，他這才發作。李逵說話就毫無禮數了，第三十八回寫李逵初見宋江，問戴宗道：「哥哥，這黑漢子是誰？」戴宗責備他說話粗魯，他不服，戴宗道：「兄弟，你便請問『這位官人是誰』便好，你倒卻說『這黑漢子是誰』。這不是粗魯，卻是甚麼？」戴宗告訴他這位是他想要投奔的義士哥哥，他悟道：「莫不是山東及時雨黑宋江？」直言叫喚宋江名號，不識一點高低。這就是李逵。魯迅曾說：「高爾基很驚服巴爾扎克小說裡寫對話

的巧妙，以為不描寫人物的模樣，卻能使讀者看了對話，便好像目睹了說話的那些人。中國還沒有那樣好手段的小說家，但《水滸傳》和《紅樓夢》的有些地方，是能使讀者由說話看出人來的。」（《花邊文學‧看書瑣記》）

《三國志演義》寫的是漢末三國的一段歷史，在情節結構上有《資治通鑑》和《通鑑綱目》這些編年史書做依憑，《水滸傳》雖以北宋末年宋江三十六人為題材，但沒有現成的史書可以依靠，民間傳說、《宣和遺事》之類的話本以及元雜劇相關劇碼，也都只是些片斷故事，並沒有提供系統的前後接續的情節框架，《水滸傳》全書情節結構完全由作者出自機杼的謀劃，其創造性是顯而易見的。

《水滸傳》，顧名思義，作者是要為梁山泊英雄作傳，結構方式必然受史傳體例的影響。全書以宋江上梁山為界，前半部主要寫各個英雄的傳奇事蹟，類似史傳體例的「列傳」，後半部分主要寫宋江領導梁山眾好漢「替天行道」，清除地方官府和地方勢力，挫敗朝廷軍隊的圍剿，尋求招安並征討方臘，類似史傳體例的「紀事本末」。它的結構受史傳影響，但它畢竟是小說，本質上還是文學的結構方式。

在宋江上梁山聚義之前的部分，主要寫了高俅、王進、史進、魯提轄、林沖、楊志、晁蓋、宋江、柴進、武松等眾多角色。安排高俅第一個出場，作者的深意在於凸顯「亂自上作」

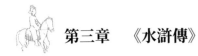

的思想，高俅這樣的市井無賴借踢得一腳好毬飛黃騰達，博得皇帝的寵愛，竟做到殿帥府太尉，執掌了朝廷軍權。他首先要報當年使棒被打翻之仇，要整治麾下的教頭王進。王進走為上著，連夜攜了母親逃離東京投奔延安府老種經略相公，途中向一莊院借宿，引出九紋龍史進。在史進莊上與少華山強人朱武、陳達、楊春結識，然後繼續西行，到達渭州結識了魯提轄。在這裡情節傳遞到魯提轄頭上。他打死了鎮關西，逃到五臺山出了家，因不守清規，下山到東京，又引出林沖。情節就傳遞到林沖頭上。林沖欲上梁山，引出狹路相逢的楊志，情節便傳遞給了楊志。楊志負責押送生辰綱，就引出晁蓋一夥，生辰綱一案被官府所破，晁蓋等人便上了梁山。晁蓋為感謝宋江修書送金，於是就開始了宋江的傳奇。宋江殺閻婆惜後逃亡至柴進莊上，結識了武松，情節轉移到武松。敘武松打虎、殺嫂，醉打蔣門神，血濺鴛鴦樓，逃亡至白虎山孔太公莊上又與宋江相會，情節又傳遞到宋江頭上。接著寫宋江發配至江州，結識多名好漢，潯陽樓吟反詩被判死罪，法場被救，上了梁山，下山回鄉接父，遭追捕躲進九天玄女廟，得授天書。李逵見宋江、公孫勝回家安頓父母，也下山接母，情節轉移到李逵，他除掉假李逵，殺死傷他老母的四隻老虎後回山，又引出戴宗下山去薊州尋找探母未歸的公孫勝，在薊州邂逅石秀、楊雄。筆鋒又轉向這二人，敘述他們殺掉楊雄之妻以及與她奸通

的淫僧，然後投奔梁山燒了祝家莊的酒店，引發梁山三打祝家莊。這時已到第五十回，其後便以梁山為中心，打高唐州、青州、曾頭市等，直至一百零八人齊聚梁山，受招安，征遼、征方臘。前五十回並沒有一個貫穿情節的主幹人物，出場的角色魚貫登場，他們一個一個像接力棒一樣傳遞下去，各人的遭遇都自成情節單元，但每個情節單元都有一種張力：逼上梁山。這種結構並不鬆散，卻又難以做情節編年，似「列傳」又非「列傳」，在長篇小說結構上是充滿創造性的。

第五節　流傳與版本

現存的明代《水滸傳》刊本較多，形態多樣，相互的關係複雜。一般把它們分為繁本和簡本兩個系統。「繁」、「簡」指的是敘述同一故事的文字的繁與簡，不是指情節故事的多與少。現存繁本以明萬曆十七年（西元一五八九年）天都外臣序、容與堂刊一百回為最早，它的祖本應當是高儒《百川書志》著錄的一百卷《忠義水滸傳》。現存簡本以明萬曆二十二年（西元一五九四年）福建建陽余氏雙峰堂刊《新刊京本全像插增田虎王慶忠義水滸全傳》二十四卷一百二十四回殘本為最早，此外還有回數參差的一百十四本、一百一十五回本、一百二十四回本、二十五卷本、三十卷本等。簡本除敘述文字較簡外，它們在故事上都插增了平田虎、王慶的情節，故號稱「插增本」。

第三章 《水滸傳》

應當肯定，繁本的百回本比較接近原作，簡本所述的平田虎、平王慶的情節是後加的。根據是：一、嘉靖年間高儒《百川書志》著錄為百卷本，這是迄今所知對於《水滸傳》的最早著錄。二、第四十二回九天玄女給宋江的「四句天言」暗示了宋江以後經歷：「遇宿重重喜，逢高不是凶。北幽南至睦，兩處見奇功。」、「宿」指殿前太尉宿元景，宿太尉奉旨招安，故曰「重重喜」；「高」指「高俅」，高俅率軍征討梁山，三敗於宋江，故曰「不是凶」；「北幽」指「遼」，「睦」指方臘造反之地，宋江征遼、平方臘「兩處見奇功」。沒有暗示有平田虎、王慶之舉。三、插增田虎、王慶，緣由是第七十二回睿思殿屏風後面御書有四大寇姓名：「山東宋江，淮西王慶，河北田虎，江南方臘。」百回本中方臘有了著落，而田虎、王慶未著一字，於是有了增補的根據。可是增補的這一部分實在寫得庸劣，藝術的生命在於創造，這部分偏多模仿痕跡，前有一個道法高妙的公孫勝，這裡又出現一個道士喬道清，前有一個神行的戴宗，這裡又出現一個行走速度相伯仲的馬靈，連王慶發配的遭遇也與林沖相類似，如此缺乏想像力，不可能出自百回本作者之手。四、百回本寫征遼凱旋，轉到征方臘，銜接無縫，前後均有照應，原是有機一體；插入田虎、王慶，多了許多人物，田虎、王慶手下的幹將有死有降，未死而被宋江招降者在征方臘中就不能不有所交代，為此增補者必須對原百回文字進行增刪

改動，但捉襟見肘、顧此失彼，難以嚴絲合縫。

　　插增也好，簡化敘事文字也好，都是書商牟利之作為。插增，可號稱他出版的是「全本」、「真本」、「古本」，是推銷產品的有效手段；簡本，回數增多，文字卻少了，節省了刻工紙張和刷印裝訂成本。所以明代後期書坊樂此不疲，造出了名目繁多的簡本。

　　明萬曆四十二年（西元一六一四年）袁無涯刊《忠義水滸全書》一百二十回以百回本為底本，加上簡本系統的田虎、王慶的那一部分，加以潤色編定。此本成為影響較大的刊本。

　　明末金聖歎生活在起義風起雲湧的年代，他和當時一般士人一樣仇視起義，他十分欣賞《水滸傳》的文學描寫，但認為不該給宋江等人報國立功的機會，於是依據繁本的一百回，刪去排座次以後的招安、征遼、征方臘的部分，添上盧俊義驚噩夢作為結尾，又將第一回改為「楔子」，並對全書文字作了一些改動和潤飾，加上評點，修訂成七十回本。金聖歎評點本刊行之後，大受歡迎，很快壓倒此前的各種版本，成為清代最流行的版本。一些早期刊本要麼湮滅了，要麼流傳到海外。

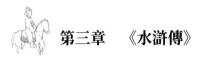

第三章 《水滸傳》

第四章

按鑑演義與紀傳小說

第一節　按鑑演義小說興起的時代背景

明代嘉靖以降，按鑑演義小說如雨後春筍，演繹歷朝歷代興亡的作品，幾乎可以與正史分簽並架。

講史書是「說話」的一大家，書面化的講史平話在元代就顯現出規模和影響。《三國志演義》異軍突起，更成為歷史演義小說的楷模。明代嘉靖以降，掀起歷史演義小說編刊出版的熱潮，是小說創作傳統的延續和發展。然而這個熱潮的出現，同時還有其時代政治文化的原因，即與朝廷宣導閱讀《通鑑綱目》有直接的關係。

明代中期曾流行一陣「通鑑綱目」熱。這緣於明成化帝宣導閱讀朱熹的《資治通鑑綱目》。「綱目」的「綱」相當於《春秋》的「經」，是歷史大事的提要；「目」相當於左氏的「傳」，是給「經」作注腳，敘述該大事的始末。朱熹對司馬光的《資治通鑑》進行綱目處理，綱舉目張，言簡意賅，更便於閱讀。朱熹不只是做體例和傳播，他生活在南宋，北方是遼、金兩個少數民族政權，面對這樣的政治格局，就有一個誰是中國歷史政治統系的合法承傳者的問題，即誰是正統的問題。朱熹認為南宋是正統，並且用正統論的觀點評述歷史，比如尊劉備為正統，貶梁、唐、晉、漢、周皆不配為正統，等等，如此，《通鑑綱目》就貫穿了朱熹的正統歷史觀。正統論維護了明朝政權的合法性，朝廷當然是接受並加以宣揚的。成化帝認為《通鑑綱

目》所載,「明君良輔有以昭其功,亂臣賊子無所逃其罪,而疑事悖禮,咸得以折衷焉,俾後世為君為臣者因之以鑑戒勸懲,而存心施政,胥由正道,圖臻於善治,其於名教豈小補哉!然則是書誠足以繼先聖之《春秋》,為後人之軌範,不可不廣其傳也」[01]。他明確指示《通鑑綱目》可以輔經而行。《通鑑綱目》止於五代,沒有宋、元歷史,成化帝又命商輅等儒臣纂修《續通鑑綱目》記宋、元史,上接《通鑑綱目》,親制序曰:「觀是篇者足以鑑前代之是非,知後來之得失,而因以勸於為善,懲於為惡,正道由是而明,風俗以之為厚,所謂以人文化成天下者,有不在茲乎。」[02]次後,弘治帝以為《通鑑綱目》正續編深切治道,然而篇帙浩繁,事端分散,宜「摘其尤切治道者,各照原文,通加節省,貫穿成編」[03],命纂《歷代通鑑纂要》。書成,弘治帝已去世,正德帝作序云:「惟我皇考孝宗敬皇帝萬幾之暇,遊覽史籍,每好《通鑑綱目》。患其繁多,特敕翰林儒臣,撮其要略。既又謂周威烈王以上,溯於三皇;宋以下,迄於元季,欲通為一書,以便檢閱。賜名《歷代通鑑纂要》。」[04]

　　成化、弘治、正德三代皇帝推崇《通鑑綱目》及《續通鑑綱目》,上有所好,下必趨之。朝野聞風而動,數十年間,「通

01　《明憲宗實錄》卷一一三。

02　《景印文淵閣四庫全書》第六九三冊〈史部〉卷四五一〈史評類・御批續資治通鑑綱目・成化御制原序〉,臺灣商務印書館。

03　《明孝宗實錄》卷一九九。

04　王重民:《中國善本書提要》,上海古籍出版社1983年版,第97頁。

鑑綱目」一系列書成為時尚讀物。當年之熱度，從一些片斷歷史記錄和版刻翻印的情形可知一斑。明末太監劉若愚《酌中志》記宮內藏書，「綱鑑」之類就不少。劉若愚說：「皇城中內相學問，讀《四書》、《書經》、《詩經》，看《性理》、《通鑑節要》（即《少微通鑑節要》）、《千家詩》、《唐賢三體詩》……十分聰明有志者，看《大學衍義》、《貞觀政要》、《聖學心法》、《綱目》，盡之矣。」[05]

「綱鑑」一類的書，周弘祖（嘉靖三十八年進士）《古今書刻》著錄內府刻本就有《朱子綱目》、《宋元綱目》、《續資治通鑑》、《歷代通鑑纂要》，雲南布政司刻有《通鑑類要》、《通鑑總類》，四川蜀府刻有《通鑑綱目》，等等。這些是官刻本，而坊刻本則遍見南北各地，僅以福建建陽清江堂一家書坊為例，所刻版本尚存於今的就有：

> 弘治十年刊《增修附注資治通鑑節要續編大全》三十卷（劉剡輯，張光啟訂正，劉弘毅釋義）
> 弘治十年刊《增修附注資治通鑑節要續編大全》三十卷（劉剡輯，張光啟訂正，不才子釋義）
> 正德元年刊《續資治通鑑綱目》二十七卷
> 嘉靖十年刊《新刊紫陽朱子綱目大全》五十九卷
> 嘉靖十四年刊《資治通鑑綱目》〈前編〉十八卷、〈舉要〉三卷、〈外紀〉一卷

---

05 《明宮史》，北京古籍出版社 1982 年版，第 93 頁。

嘉靖十五年刊《新刊資治通鑑》〈漢唐綱目經史品藻〉十二卷、〈宋元綱鑑經史品藻〉五卷

嘉靖前後讀書熱潮，由此不難想像，按鑑演義小說不過是「綱鑑」更通俗的讀本而已。

第二節　按鑑演義發軔之作─《大宋中興通俗演義》

明代中期按鑑演義小說之首出者為嘉靖三十一年（西元一五五二年）的《大宋中興通俗演義》。此書初版未標識「按鑑演義」，不過作者自序稱「按《通鑑綱目》而取義」。朱熹的《通鑑綱目》寫到五代為止，這裡所謂《通鑑綱目》指的是商輅等人奉敕編撰的《續資治通鑑綱目》。此書被建陽余氏三臺館翻刻時便改題《新刊按鑑演義全像大宋中興岳王傳》。

作者熊大木，號鐘谷，福建建陽人，是建陽的著名出版商。《唐書志傳通俗演義》嘉靖三十二年李大年序稱他「書林熊鐘穀」，他也自署「書林熊大木」。他的書坊號為「忠正堂」。他自稱「鼇峰後人」，鼇峰在建陽，因鼇峰書院而享有盛名。熊氏祖上多有顯貴，唐末的熊祕、熊袞並登臺閣，並建立鼇峰書院。其祖輩的熊宗立是正統至成化的刻書家，還是一位著名的醫師，嘉靖、萬曆年間熊姓書坊有九家之多。熊大木出身刻書世家，亦有書香門第傳統，在建陽書商中被譽為「博洽士」，是

一位難得的寫手，其作品除此書外，還撰有《唐書志傳》、《全漢志傳》、《南北宋志傳》等。

關於編撰《大宋中興通俗演義》的緣起，熊大木在該書自序中說：「武穆王《精忠錄》原有小說，未及於全文，今得浙之刊本，著述王之事實甚得其悉。然而意寓文墨，綱由大紀，士大夫以下遽爾未明乎理者，或有之矣。近因眷連楊子素號湧泉者，挾是書謁於愚，曰：『敢勞代吾演出辭話，庶使愚夫愚婦亦識其意思之一二。「余自以才不及班、馬之萬一，顧奚能用廣發揮哉？既而懇致再三，義弗獲辭，於是不吝臆見，以王本傳行狀之實跡，按《通鑑綱目》而取義⋯⋯」[06] 約請熊大木將《精忠錄》編成通俗小說的楊湧泉，是建陽另一家著名書坊清江堂的主人，清江堂創始於元末，在當時已是一個擁有兩百年歷史的老字號書坊。作為一個書商，刻書選題主要考慮市場需求，目的是要營利。楊湧泉「懇致再三」，肯定認為是上好選題。

這個選題的確迎合了時代的需求。「綱鑑」熱在延續之中，按鑑演義符合當時政治文化潮流，而宣傳岳飛更恰逢其時。楊湧泉供給熊大木作為底本的浙本《精忠錄》是當時鎮守浙江的劉太監的增訂重刊本，此本有時任巡按浙江監察御史李春芳的〈重刊《精忠錄》後序〉，李春芳為嘉靖二十六年進士，他作序的時間當在此年之後至本書成書的嘉靖三十一年之前。當時正

06　嘉靖三十一年序刊本《大宋中興通俗演義》影印本，見中華書局 1991 年《古本小說叢刊》第三十七輯。

是權奸嚴嵩當道之時，李春芳〈後序〉的關鍵字是忠與奸、正氣與邪氣，大意謂岳飛忠臣雖死，其所持正氣卻永生於天地。這些言論自然不是無的放矢。

此時明朝立國已接近二百年。朱棣發動「靖難」從侄兒建文帝手中奪得皇位，且不論明成祖在明朝歷史上的建樹，單就儒家宗法思想而衡之，「篡弒」二字難以洗脫。堅持儒家宗法原則的方孝孺等人被滅族，明成祖的殘酷鎮壓無異於打斷了傳統士人的脊樑。明英宗「奪門」復辟殺害了保衛北京、化解了明朝面臨覆亡危機的于謙，讓天下人都知道忠臣沒有好下場。嘉靖初年，嗣位的明世宗追尊生父為皇考，公然蔑視儒家宗法禮制，掀起「議禮」政治風波。世宗帝以此畫線，凡據理仗節持反對意見者，一概嚴懲，朝臣下獄者達一百九十人，其中十七人被杖死；凡是附和世宗大禮者，皆擢拔重用，奸臣嚴嵩因此爬上權力巔峰，把持國柄，排擠迫害敢於直言的大臣，弄得吏貪官橫，民不聊生，內憂外患日益嚴重。「靖難」、「奪門」、「議禮」三大事件深刻影響了有明一朝，是非如此顛倒，不能不使得人們對占統治地位的儒家思想發生信仰危機。鎮守浙江的劉太監增訂刻印表彰岳飛的《精忠錄》，由巡按浙江監察御史李春芳作序，正是鑑於朝政的黑暗和忠臣的稀見，有感而為。楊湧泉挾《精忠錄》請熊大木演為辭話，可以說在一定程度上順應了那個時代民眾的情緒，相信會獲得廣大市場。

《精忠錄》是一部彙編有關岳飛文獻的書，卷一〈宋史本
傳〉迻錄自《宋史》卷三六五〈岳飛傳〉，卷二「武穆事實」是
岳珂《鄂王行實編年錄》（見《金陀粹編》）的節縮本，卷首
有武穆王像和戰功列圖數十幅。熊大木說他編撰《大宋中興通
俗演義》是「以王本傳行狀之實跡，按《通鑑綱目》而取義」，
所謂「本傳行狀」即《精忠錄》的卷一、卷二，《精忠錄》的
圖像也被翻刻在小說中作為插圖。但熊大木更倚重《續通鑑綱
目》，《大宋中興通俗演義》全書八卷，其體例完全沿襲《續通
鑑綱目》，每卷之首標明敘事起止時間，比如卷一：「起靖康元
年丙午歲，止建炎元年丁未歲，首尾凡一年事實。」《續通鑑綱
目》相同時段在卷十一，卷首標「起丙午宋欽宗靖康元年，盡
丁未宋高宗建炎元年，凡二年」。《大宋中興通俗演義》按「綱
目」依時敘事，小說開頭從宋欽宗靖康元年（西元一一二六年）
金兵南下，徽宗、欽宗棄京城而逃，李綱臨危受命，任東京留
守措置禦敵寫起，岳飛出場已是第七節「岳鵬舉辭家應募」。全
書八卷，各卷分七、八、九、十節不等，共七十四節。到卷七
末、卷八初，岳飛被害，岳飛一生就已敘述完畢。卷八的主要
情節是講岳飛死後宋金形勢以及秦檜遭到報應的故事。就是卷
一至卷七的六十三節中，岳飛名字見於節目的僅十四節，節目
標題未出岳飛之名並不等於敘述當中沒有講到岳飛，但直接敘
寫岳飛的文字，在全書篇幅中未占大半，所以此書並不是岳飛

傳記，而是以岳飛為中心人物的南宋初三十年的戰爭歷史。誠如「凡例」所說：「是書演義惟以岳飛為大意，事關他人者不免錄出，是號為中興也。」在情節敘述中，熊大木抄《續通鑑綱目》的文字比比皆是。他依憑的本子應當是商輅等撰、周禮發明、張時泰廣義的《續資治通鑑綱目》二十七卷本，他插在敘事中的「綱目斷語」，有的就是周禮（字德恭，別號靜軒，餘杭縣人）的「發明」文字。熊大木抄史也不限於《續通鑑綱目》一書，敘述中所引之奏章、檄文、書信等等就不完全見於《續通鑑綱目》，有些來自《宋史》相關人物傳記，書中頻繁出現的詩贊，有的標有作者姓氏，有的則不知所出。敘事中有不合史書者，熊大木又特別標出，「此小說如此載之，非史書之正節也」。

　　熊大木抄史書，也並不是沒有一點自己的想像發揮，史書文字畢竟太簡練，小說卻離不開細節描寫，在場景、細節方面，他還是盡力有所創造。卷二〈岳飛與澤談兵法〉敘岳飛犯法將刑，宗澤惜才而釋之這段情節，《宋史》中宗澤之傳有記，岳飛本傳未記，《續通鑑綱目》據岳珂《鄂王行實編年錄》，記曰：「秉義郎岳飛犯法將刑，澤一見奇之曰：『將材也！』會金人攻汜水，以五百騎授飛，使立功贖罪，飛大敗金人而還。升飛為統制。」岳飛所犯何罪判處死刑？語焉不詳。熊大木發揮想像，說他「強奪民人雨具」，違反留守軍令當刑。想像、虛構是小說創作必需的，但熊大木的這個想像卻不符合歷史，也不符合

岳飛性格和為人。岳家軍的口號是「凍死不拆屋，餓死不擄掠」，軍紀是「卒有取民麻一縷以束芻（軍中草料）者，立斬以徇」（本書卷八〈秦檜矯詔殺岳飛〉），岳飛所以戰無不勝，奧祕就在得到民眾擁護，他怎麼會去「強奪民人雨具」？岳飛獲罪，在於他不肯再受王彥節制，率領部曲自為一軍與金人作戰。[07]

　　作為一部小說，單是在編年史框架內填充一些細節，修飾一些文字，顯然是遠遠不夠的，小說的情節應當是人物之間矛盾衝突的過程，人物性格矛盾是情節衝突的基礎。熊大木不能像《三國志演義》那樣把情節構築在人物性格衝突的基礎上，對於歷史脈絡和紛繁事件的把握，也不能像《三國志演義》那樣融會貫通，熔歷史與虛構為一爐，他雖然也學習《三國志演義》和《水滸傳》的某些筆法，但「其結果為非史抄，非小說，非文學，非考定」[08]的四不像「小說」。

　　《大宋中興通俗演義》倉促成書，版刻也粗糙，完全是商業操作，然而版行後大受歡迎，翻刻本和刪節本，從明到清接連不斷，直到乾隆時小說《說岳全傳》問世以後，方漸漸淡出圖書市場。它當年在圖書市場的成功，極大地鼓舞了按鑑演義小說的編撰，僅熊大木自己，就連續編撰了《唐書志傳》、《全漢志傳》、《南北宋志傳》等作品，至萬曆、天啟時，按鑑演義已成為一種有影響的講史小說流派。

07　詳見鄧廣銘《岳飛傳》，生活‧讀書‧新知三聯書店 2007 版，第 33—35 頁。
08　孫楷第：《日本東京所見小說書目》，人民文學出版社 1958 年版，第 38 頁。

第三節　按鑑演義系列小說

　　熊大木《大宋中興通俗演義》版行暢銷之後，按鑑演義小說的創作形成一股熱潮，建陽書坊爭相編刊，起先並沒有系統的朝代列序計畫，各家書坊見空補缺，至天啟、崇禎，竟構成了中國歷代幾乎完整的系統。如果按作品描述的朝代序列排列，明代編刊的按鑑演義小說有：

　　《盤古至唐虞傳》二卷七則
　　《有夏志傳》四卷十九則
　　《有商志傳》四卷十二則
　　《開闢衍繹通俗志傳》六卷八十回
　　《列國前編十二朝》四卷五十四則
　　《列國志傳》八卷二百二十六則
　　《新列國志》一百零八回
　　《全漢志傳》十二卷一百二十一則
　　《兩漢開國中興傳志》六卷四十二則
　　《西漢通俗演義》八卷一百零一則
　　《東漢十二帝通俗演義》十卷一百四十六則
　　《東西晉演義》十二卷五十回
　　《東西兩晉志傳》十二卷三百四十七則
　　《隋唐兩朝志傳》十二卷一百二十二回
　　《唐書志傳通俗演義》八卷八十九節
　　《殘唐五代史演義傳》八卷六十回
　　《南北兩宋志傳》二十卷一百回

《大宋中興通俗演義》八卷七十四則

　　熊大木編撰《大宋中興通俗演義》受清江堂主人楊湧泉約請，由清江堂刊行。原刊本未見，今存清白堂挖改重印本，此本後附嘉靖三十一年清白堂刊《會纂宋岳鄂武穆王精忠錄後集三卷》。清白堂與清江堂都是楊氏書坊，經營者同屬楊氏家族，但畢竟是兩家書坊，刊行者轉手，說明此書在當時的確暢銷。此書還有嘉靖內府精抄本（藏國家圖書館），足見得到皇室青睞。以後不斷被翻刻，並被改題《大宋中興岳王傳》、《全像武穆精忠傳》、《岳武穆盡忠報國傳》等。這成功的嘗試之後，熊大木陸續編纂了《京本通俗演義按鑑全漢志傳》、《新刊參採史鑑唐書志傳通俗演義》、《全像按鑑演義南北兩宋志傳》，這幾部作品的編纂方式皆沿襲《大宋中興通俗演義》，唯《唐書志傳》吸納傳說較多，有顯違史實者，該書李大年〈唐書演義序〉為之辯解曰：「《唐書演義》，書林熊子鐘谷編集。書成以視餘。逐首末閱之，似有紊亂《通鑑綱目》之非。人或曰：『若然，則是書不足以行世矣。』余又曰：『雖出其一臆之見，於坊間《三國志》、《水滸傳》相仿，未必無可取。且詞話中詩詞橅書頗據文理，使俗人騷客披之自亦得諸歡慕。豈以其全謬而忽之耶？』」[09]

09　嘉靖三十二年清江堂刊《唐書志傳》卷首。《古本小說叢刊》第四輯，中華書局1991年版。

當時輿論對於此類小說的批評，敘次情節必須依從《通鑑綱目》是最重要的原則。從文學角度來看，《唐書志傳》的所謂臆說，如尉遲恭大戰美良川、秦王三跳澗之類，倒是其精彩之處，這些不經的故事多被後世小說所採納。萬曆四十七年（西元一六一九年）有《隋唐兩朝志傳》，在熊大木的《唐書志傳》的基礎上加以補充和修訂成書。《唐書志傳》敘事起自隋煬帝大業十三年（西元六一七年），迄於唐貞觀十九年（西元六四五年），實與「唐書志傳」之名不完全相符，其一，它寫了隋朝的事情，隋在唐前；其二，唐太宗以後十餘朝均未敘及，不能說不是一大遺憾。《隋唐兩朝志傳》第九十一回以前部分，情節大致與《唐書志傳》相仿，第九十二回以後增補高宗至僖宗十餘朝三百年事，然以三十回篇幅演述如此漫長之歷史，與前九十一回述三十年事相比，敘事密度不合理，粗略草率自不可避免。

　　《隋唐兩朝志傳》為《唐書志傳通俗演義》的修訂增補本，作者卻署「東原貫中羅本」，卷前所列楊慎〈隋唐史傳序〉和林瀚〈隋唐志傳敘〉皆為偽託。今存《隋唐兩朝志傳》之最早刊本為萬曆四十七年（西元一六一九年）金閶龔紹山刊本，晚於《唐書志傳通俗演義》六十多年。〈林瀚序〉稱「惟唐一代闕焉，未有以傳」，意思是說按鑑演義朝代序列中就只有唐朝一代空缺，按鑑演義已成序列是萬曆後期的事情，林瀚正德元年（西

元一五○六年）官南京兵部尚書，二年閏正月降浙江參政，致仕，怎麼能見到按鑑演義小說「惟唐一代闕焉」？明人刊印通俗小說，署作者常常偽託名人，《淮南子》云：「世俗之人，多尊古而賤今。故為道者必托之於神農、黃帝而後能入說。」[10]

小說作者偽託之事古已有之，而於明代為烈。《隋唐兩朝志傳》卷末〈木記〉稱，「繼此以後，則有《殘唐五代志傳》詳而載焉，讀者不可不並為涉獵。以睹全書云」，而《殘唐五代志傳》亦署「貫中羅本編輯」。《列國志傳》的編者為余邵魚，但在卷前題「全像列國傳引」卻說該書作者是抱朴子，「抱朴子性敏強學，故繼諸史而作《列國傳》」。抱朴子是晉代人葛洪（西元二八四至西元三六四年）的號，著有《神仙傳》、《西京雜記》等，何以能依《十七史綱目通鑑》撰《列國志傳》？這類託名更是荒唐了。

按鑑演義小說刊行當時，滿足了一般民眾對於瞭解歷史的需求，且有程度不同的故事性，也是一種消閒的讀物，故而暢行於世，成為小說中一種引人注目的類型。這個類型的作品固然比元刊《三國志平話》之類的講史平話多一些「史」的意味，但編撰者既無鉤稽史書之學力，又乏文學想像的能力，更不能像《三國志演義》作者那樣將史書和想像結合而融為一體，因而行之不遠，《西漢通俗演義》的作者甄偉就說：「予為通俗

---

10 《淮南子》卷十九〈修務訓〉。

演義者，非敢傳遠示後，補史所未盡也。不過因閒居無聊，偶
閱西漢卷，見其間多牽強附會，支離鄙俚，未足以發明楚漢故
事，遂因略以致詳，考史以廣義。越歲，編次成書。」（〈西漢
通俗演義序〉）甄偉所謂「西漢卷」，當指《全漢志傳》和《西
漢開國中興志傳》，但所指之毛病，卻是按鑑演義小說的共性。
崇禎年間可觀道人〈新列國志敘〉也批評說：「小說多瑣事，故
其節短。自羅貫中氏《三國志》一書以國史演為通俗，汪洋百
餘回，為世所尚。嗣是效顰日眾，因而有《夏書》、《商書》、
《列國》、《兩漢》、《唐書》、《殘唐》、《南北宋》諸刻，其浩
瀚幾與正史分簽並架。然悉出村學究杜撰……識者欲嘔。……
鋪敘之疏漏，人物之顛倒，制度之失考，詞句之惡劣，有不可
勝言者矣。」可觀道人對嘉、萬以來的按鑑演義小說做了一個總
結性的批評，基本上是中肯的，但他的動機是要為馮夢龍編撰
的《新列國志》張目，言辭過於苛刻。

　　《新列國志》是明代按鑑演義的收官之作，也是這類作品中
出類拔萃者。作者馮夢龍（西元一五七四至西元一六四六年），
崇禎三年貢生，曾任福建壽寧知縣，明末著名通俗文學家，代
表作有話本小說集「三言」。馮夢龍編撰此書之前，敘述東周列
國的小說已有元刊《七國春秋平話》、《秦並六國平話》和明余
邵魚編撰之《列國志傳》，馮夢龍認為這些舊作敘述不連貫，內
容蕪雜，於是重起爐灶，以史傳為本，兼採雜史雜傳，寫成《新

列國志》一百零八回。此作頗近於《三國志演義》，所敘歷史從周宣王荒淫失政、平王東遷，至七國爭雄、秦並六國，人物事件大致遵從史實，除去了舊有小說之荒誕無稽和史實錯亂者，如該書〈凡例〉所言，「凡列國大故，一一備載。令始終成敗，頭緒井如，聯絡成章，觀者無憾」。但也不是抄史，「其描寫摹神處，能令人擊節起舞，即平鋪直敘中，總屬血脈筋節，不致有嚼蠟之誚」。從而成為繼《三國志演義》之後的歷史演義小說的又一佳構。此書流傳到清，乾隆元年（西元一七三六年）蔡元放略為潤飾並加評點，改題《東周列國志》版行，以致人們只知道《東周列國志》而不知道《新列國志》，只知道評點者蔡元放，而不知道作者馮夢龍。

第四節　紀傳小說

按鑑演義是編年體，描述歷史的還有一種是寫某個或某些個人物傳奇的小說，類似史書的紀傳體，故稱「紀傳小說」。《盤古至唐虞傳》余季岳（余象斗）刊本卷末〈識語〉云：「邇來傳志之書，自正史外，稗官小說雖輒極俚謬，不堪目睹。是集出自鐘、馮二先生著輯，自盤古以迄我朝，悉遵鑑史通紀，為之演義。一代編為一傳，以通俗諭人，總名之日『帝王御世志傳』。不比世之紀傳小說，無補世道人心者也。」題署「帝王御世」的作品今存此書外，還有《有夏志傳》和《有商志傳》，皆

署鐘惺編輯、馮夢龍鑑定，書坊主人余季岳的計畫是從上古編
到明朝，取代以往的按鑑演義。此龐大計畫似乎並未實現。這
裡值得注意的是他提出了一個「紀傳小說」的概念，紀傳小說
與按鑑演義可籠統稱為歷史小說，他們的敘事體制相當於史書
的紀傳體和編年體。

《識語》指紀傳小說「無補世道人心」，沒有具體點明作
品，不過，明代演述歷史的哪些作品屬於紀傳小說，不難識別。
《水滸傳》應列其首，故而魯迅《中國小說史略》將它納入「元
明傳來之講史」加以論說。明代沈德符（西元一五七八至西元
一六四二年）《萬曆野獲編》直稱《英烈傳》是通俗的紀傳：「武
定侯郭勳……乃出奇計，自撰開國通俗紀傳，名《英烈傳》者。
內稱其始祖郭英，戰功幾埒開平、中山。」[11]

明代紀傳小說的作品，存世的以寫明朝人物事蹟的為多，
按題材的時間順序排列，計有：

《孫龐鬥志演義》二十卷二十回（《前七國孫龐演義》）
《隋煬帝豔史》八卷四十回
《楊家府演義》八卷五十八則
《皇明開運英武傳》八卷六十則（《英烈傳》、《雲合奇蹤》）
《承運傳》三十九則
《三寶太監西洋記通俗演義》二十卷一百回
《于少保萃忠傳》十卷七十回

11　沈德符：《萬曆野獲編》卷五，中華書局 1959 年版，第 139 頁。

《皇明大儒王陽明先生出身靖難錄》三卷

《戚南塘剿平倭寇志傳》殘三卷

紀傳小說寫歷史人物，不比按鑑演義可以依賴《通鑑綱目》大段抄史，它寫人物，必須有場景、細節和人物動作、語言，敘事密度要大得多，作者不能不想像虛構，其文學性要高於按鑑演義，而歷史的真實性卻要低於按鑑演義。《三國志演義》與《水滸傳》的差異就是範例。

《孫龐鬥志演義》（《前七國孫龐演義》）二十卷二十回，作者「吳門嘯客」，真實姓名不詳，另著時事小說《鎮海春秋》。本書敘述孫臏與龐涓的恩怨情仇，二人本是同門弟子，然身居魏國統帥的龐涓忌憚孫臏才高一籌，欲置之死地，孫臏被刖足，逃到齊國，指揮馬陵道之役大敗龐涓，終於雪恥報仇。紀傳小說並不局限於史書紀傳體例，此書不是要寫孫、龐二人完整的一生事蹟，它的視角始終聚焦在孫、龐二人的矛盾衝突方面，使情節具有較濃厚的戲劇性，人物性格也得以彰顯。

《隋煬帝豔史》八卷四十回，一名《風流天子傳》，作者署「齊東野人」，崇禎年間成書。作者在〈凡例〉中說：「歷代明君賢相，與夫昏主佞臣，皆有小史。或揚其芳，或播其穢，以勸懲後世。如《列國》、《三國》、《東西晉》、《水滸》、《西遊》諸書，與二十一史並傳不朽，可謂備矣。獨隋煬帝繁華一世，所行皆可驚可喜之事，反未有傳述，殊為闕典。故爰集其

詳，匯成是帙，庶使弔古者得快睹其全云。」作者也不是全面傳述隋煬帝一生，如〈凡例〉所說，「煬帝繁華佳麗之事甚多，然必有幽情雅韻者方採入。如三幸遼東，避暑汾陽等事，平平無奇，故略而不載」。其實，該書大事悉遵正史，而所謂「幽情雅韻」之事，來自前人稗史筆記，如〈隋遺錄〉、〈大業雜記〉、〈海山記〉、〈迷樓記〉、〈開河記〉等。重點在表現隋煬帝好大喜功、荒淫奢侈，昭示酒色所以喪身，土木所以亡國的道理。此書寫於明朝末代，顯然寓含譏諷規諫之意，其現實性遠遠超過萬曆、天啟、崇禎時期的同類小說。《金瓶梅》寫一個市儈的家庭生活，《隋煬帝豔史》寫一個昏君的宮廷生活，其結構、敘事以及版刻製作，在當時都稱得是上乘之作。其中的一些章回被清代小說《隋唐演義》所吸納。

　　《楊家府演義》八卷五十八則，題目全稱《楊家府世代忠勇通俗演義》，作者署「秦淮墨客」，秦淮墨客是紀振倫（字春華）的號，江寧人，萬曆時期在世，校訂之戲曲傳奇有〈七勝記〉、〈三桂記〉、〈西湖記〉和〈折桂記〉。此書萬曆三十四年（西元一六〇六年）天德堂刊本序末鈐有「紀振倫」、「春華」二印，可證「秦淮墨客」與紀振倫為一人。《楊家府演義》敘北宋楊業祖孫五代忠勇抗擊契丹、遼國的英雄事蹟。《宋史》卷二七二有楊業、楊延昭、楊文廣之傳。按史傳，楊延昭號稱「楊六郎」，是楊業的第六子，楊文廣是楊延昭之子，是為祖孫三代，

小說卻虛構一個楊宗保，派為楊延昭之子，楊文廣變成楊宗保之子，成為祖孫四代，又寫文廣之子楊懷玉舉家上太行，共寫了五代。情節中楊宗保陣前招親穆桂英，大破天門陣，十二寡婦征西夏，以及焦贊、孟良草莽式英雄等，皆為虛構，這些情節有聲有色，傳奇動人，成為膾炙人口的故事。本書表現楊家將勇武善戰的同時，又以濃墨重筆描述朝廷奸臣陷害楊家種種令人髮指的惡行，卷末寫楊懷玉為避滅族之禍，率全家隱居太行，他對勸阻他隱居的周王說：「始祖繼業，王佋排陷狼牙，撞李陵之碑而死；七郎遭逢仁美萬箭攢身而亡；六郎被王、謝之害，充軍充徒。迨及狄青、張茂，吾祖（宗保）、吾父（文廣）貶職削官。聖主不明，詞章之臣，密邇親信；枕戈之士，遼隔情疏，不得自達。讒言一入，臣等性命須與懸於刀頭。此時聖主未嘗少思臣等交兵爭鬥之苦而加矜恤，豈臣造為虛謬之談以欺殿下乎？」這段話概括了楊家世代忠勇而結局悲慘的全部情節，反映了權臣奸佞當道、正不壓邪的政治現實。明代中期以後的小說、戲曲，忠奸相鬥是一個醒目的主題，《楊家府演義》是其代表作之一。

　　寫到楊家將的小說，按鑑演義中有《南北兩宋志傳》，其北宋卷開端有按語云：「今續後集一十卷，起宋太祖再下河東，至仁宗止，收集《楊家府》等傳，總成二十卷，取其揭始要終之義。」《南北兩宋志傳》按編年敘事，它吸收了《楊家府演義》的少量情節，敘事要粗略得多，不在同一藝術程度上。

　　在今存的明代紀傳小說中以記述明代前朝人物的作品居多。當朝人寫當朝的人和事，具有新聞性，當屬時事政治小說，不在本節論述之列。

　　《皇明開運英武傳》八卷六十則，又名《皇明開運輯略武功名世英烈傳》、《英烈傳》、《雲合奇蹤》。作者佚名，一說是嘉靖時武定侯郭勳所作，見《萬曆野獲編》卷五；一說是嘉靖萬曆時徐渭所作，見〈雲合奇蹤序〉。二說皆無根據。今存最早刊本為萬曆十九年（西元一五九一年）楊明峰刊本，卷一署「原版南京齊府刊行，書林明峰楊氏梓行」，書中多處注明出自舊本。但舊本為「南京齊府」之說似不可靠。齊王榑是朱元璋的庶七子，洪武三至十五年、永樂一至四年在南京，宣德三年去世而國除。此書刊行不至早在宣德三年以前。楊明峰為萬曆間南京書坊主人。《英烈傳》（《雲合奇蹤》）以八卷六十則本為底本，稍加剪裁，訂為二十卷八十則。此書從元順帝荒淫失政起，至沐英平定雲南，朱元璋建立明朝，分封諸王為止。作者收集了不少記載元末明初的史料，極力按史實記敘[12]，較少場景和細節描寫，文字雖通暢，人物形象卻不鮮明。沈德符《萬曆野獲編》認為該書為郭勳自撰，根據是該書突出郭勳始祖郭英戰功，由此邀得嘉靖帝寵信。此說明代已有陳建《皇明從信錄》卷三十說郭勳「仿《三國志》俗說及《水滸傳》為《國朝英烈

12　參見趙景深〈英烈傳本事考證〉，引自《中國小說叢考》，齊魯書社 1980 年版。

記》，言生擒士誠，射死友諒，皆英之功。傳說宮禁，動人聽聞，已乃疏乞祀英廟廡」。第三十九回〈陳友諒鄱陽大戰〉敘郭英左臂中箭受傷，不顧血染素袍，一箭射中陳友諒的左眼，透出後顱，登時而死。按《太祖實錄》陳友諒中箭斃命，是由降卒報告：「未幾，有降卒來奔，言友諒在別舸，中流矢貫睛及顱而死。」[13] 並不及此箭為誰所射，當時箭銃齊發，亦不可能確認是誰射出這致命一箭。《英烈傳》將此功歸於郭英，有宣揚郭氏之嫌，但郭勳之飛黃騰達，實因大禮之爭他站在嘉靖帝一邊，是嚴嵩一流的奸佞之徒，不太可能因為一部稗官小說表彰了他的始祖就得到皇帝的恩寵。至於《皇明從信錄》說小說中郭英「生擒士誠」乃是張冠李戴，小說第五十九回寫生擒張士誠的是沐英，不是郭英。陳建、沈德符之說雖然可疑，但小說批評把白話小說和現實政治勾連，則是小說史值得注意的新的現象。

朱元璋去世，按長子繼承制，太子此前已死，接替皇位的是他的皇太孫朱允炆，是為建文帝。朱元璋多子，且多在開國戰爭中立有戰功，被朱元璋封為藩王。藩王勢大，年輕的建文帝採納黃子澄等人削藩之策，激起鎮守北京的燕王朱棣武力對抗，朱棣打著「清君側」的旗號舉兵南下，最後攻陷南京，從姪兒手中奪得皇位，是為明成祖。這就是明朝歷史上著名的「靖難」事件。建文帝繼承大統是朱元璋生前的旨意，按封建宗法

---

13 轉引自錢謙益《國初群雄事略》，中華書局 1982 年版，第 103 頁。

嫡長制，建文帝繼位也是合理合法的；依封建法統和倫理，朱棣當為篡弒。朱棣以非常殘酷的手段鎮壓朝中持異議者，雖然維持了統治，但難以壓服人心，此後有明一代始終暗伏翻案危機。明代白話長篇小說中，唯有一部描述這段爭議極大的歷史，即《承運傳》四卷三十九則。今存萬曆刊本，不題撰人。其卷一開頭《古風短篇》末句云：「南都開基《英烈》書，北甸中興《承運傳》。」作者讀過《英烈傳》，且有意撰《承運傳》接續其後。作者是站在維護朱棣的立場來演述這段歷史的。將朱棣屠殺方孝孺諸臣之事避而不寫，還編造朱棣請建文帝登位的動作，又說建文帝扮作道士雲遊去了，似乎朱棣無奈登基。這部作品在文學上乏善可陳，其觀點顯有逢迎當局之嫌。明代人明知是非顛倒，亦不敢挑戰當朝皇帝的合法性。傳世的《續英烈傳》是為建文帝翻案之作，但它不是明代小說，它作於清代。批評《承運傳》，清代昭槤《嘯亭雜錄》卷十〈稗史〉說「近有《承運傳》，載朱棣篡逆事，乃以鐵、景二公為奸佞。……此皆以忠為奸，使人豎髮」。

　　《三寶太監西洋記通俗演義》二十卷一百回（簡稱《西洋記》），作者羅懋登，字登之，號二南裡人，萬曆間人。通俗文學家。其著述除小說《西洋記》外，還創作有戲曲〈香山記〉傳奇，注釋丘濬的〈投筆記〉，為〈西廂記〉、〈拜月亭〉、〈琵琶記〉作過音釋。清代黃文暘《曲海總目提要》稱羅懋登為陝

西人，向達〈論羅懋登著三寶太監西洋記通俗演義〉指出「《西洋記》裡面所用的俗語如『不作興』、『小娃娃』之類，都是現今南京一帶通行的言語，似乎羅懋登不是明時應天府人，便是一位流寓南京的寓公」。趙景深《三寶太監西洋記》則又指出，「書中方言不僅只是一方面的，即如書中常見的『終生』一詞（意云畜生），恐怕只有太湖系的語言裡才有，南京話是只叫作『畜生』的」。如果羅懋登為陝西人，那他也曾在江南一帶生活過相當長的時間。《西洋記》卷首有萬曆丁酉歲羅懋登自序，萬曆丁酉即萬曆二十五年（西元一五九七年），在日本豐臣秀吉遠征朝鮮，想「一超直入大明國」的一五九二年之後的第五年。其自序云「今者東事佟倥，何如西戎即序，不得比西戎即序，何可令王鄭二公見當事者，尚興撫髀之思乎！」[14]

羅懋登眼見倭患嚴重、國事危急，而當朝文武又柔弱無能，遂「攄懷舊之蓄念，發思古之幽情」，演繹明初鄭和下西洋之盛舉來激勵民氣和諷喻當局。史載鄭和奉永樂帝之命，於永樂三年（西元一四〇五年）首次率艦船六十二艘，水兵二萬七千八百餘人，自蘇州劉家河（今太倉瀏河鎮）出發至福建，從五虎門揚帆出海，出使西洋三十餘國，後又出海數次，至宣德五年（西元一四三〇年）第七次遠航，方成就七下西洋的壯

14　羅懋登：《敘西洋記通俗演義》。羅懋登：《三寶太監西洋記通俗演義》，陸樹侖、竺少華校點，上海古籍出版社 1985 年版，第 19、20 頁。

舉。鄭和將自己經歷寫成《通番記》，跟隨鄭和下西洋的隨員馬歡和費信分別著《瀛涯勝覽》和《星槎勝覽》二書，記敘了他們航海所歷各國的見聞。羅懋登依據這幾部文獻和有關傳說並雜糅進一些其他的民間傳說，撰成一百回小說。鄭和下西洋，是一次艱險的海上遊歷，與唐高僧玄奘西行取經在「遊歷」這點上相同，作者在小說結構和情節編織方面有明顯模仿《西遊記》的痕跡。在鄭和下西洋的隨員中有金碧峰禪師，小說將他神化，寫他一路降妖伏魔，有孫悟空式的護衛功能。在嘉靖、萬曆道教信仰風靡之際，神魔小說盛行一時，《西洋記》受此風影響不足為奇。此外，小說還收編了其他小說的故事情節，如第九十一回田洙遇薛濤的故事來自李禎《剪燈餘話》，第九十二回玉通和尚私紅蓮的故事來自《清平山堂話本》之〈五戒禪師私紅蓮記〉，第九十五回五鼠鬧東京的故事來自〈五鼠鬧東京包公收妖傳〉等。全書一百回的種種神魔描寫，是作者意在將這一歷史壯舉加以神化，但結果反而沖淡了鄭和下西洋的深遠歷史意義。

《于少保萃忠傳》十卷七十回，作者孫高亮，字懷石，錢塘（今杭州）人，萬曆時在世。該書林從吾序云：「裡友孫懷石君，其先為公世交，傳其事與予所聞懸合。因衷採演輯，凡七歷寒暑，為《旌功萃忠錄》。夫萃者，聚也。聚公之精神德業，種種叢備，與夫國事及他人之交涉於公者，首尾紀之，而後公

之事蹟無弗完也。其為演義蓋雅俗兼焉，庶田夫野叟，粉黛笄褘，三尺童豎，一覽了了。悲泣感動，行且遍四方矣。」于謙（西元一三九八至西元一四五七年）字廷益，浙江錢塘人，是明朝少有的清廉能幹的官員，土木堡之役明英宗被俘，留守北京的英宗之弟繼位，于謙成功地保衛了北京，解除了社稷危機，英宗也被放歸回京，於代宗景泰八年發動政變，殺了代宗和于謙等人，史稱「奪門」，也是對明朝歷史產生深遠影響的一次事件。《于少保萃忠傳》寫有萬曆二十一年的事情，則此書寫成不會早於萬曆二十一年。此時于謙早已平反，成化二年（西元一四六六年）復官賜祭，弘治二年（西元一四八九年）諡肅湣，賜祠於其墓，日旌功，萬曆中改諡忠肅。所以孫高亮在撰寫小說時沒有什麼忌諱，可以秉筆直書。《于少保萃忠傳》在明代紀傳小說中是最接近史書紀傳的，它從于謙出生寫起，直至萬曆改諡「忠肅」止，是一部于謙的個人傳記。其中雖有一些神怪描寫，如徐有貞為避刑勘作法，夢見于謙而殂；石亨獄中忽見于謙魂靈，少刻之間被勒死，渲染冤報之速，但終其全篇，基本上據實敘述。清代道光元年（西元一八二一年）于謙十一世孫于世燦為該書作〈跋〉云：「有石甫孫君所纂《萃忠錄》一集，皆載先公行事功跡，宛存手澤之新，可溯遺行之實，不特我子孫足以恪遵，即公諸斯世，亦可想見前型。」可見《于少保萃忠傳》是一部以章回小說形式包裝且有一定文學色彩的于謙傳記。

　　與《于少保萃忠傳》同樣具有傳記性質的小說還有《皇明大儒王陽明先生出身靖難錄》三卷，署「墨憨齋新編」。「墨憨齋」為馮夢龍的號。馮夢龍所著長篇小說前已述及《新列國志》，此書以小說的形式為王陽明立傳。作者認為明朝道學公論必以陽明先生為第一，開卷簡述道學的歷史，「講學一途，從來依經傍注，惟有先生揭『良知』二字為宗，直抉千聖千賢心印，開後人多少進修之路。只看他一生行事，橫來豎去，從心所欲，勘亂解紛，無不底績，都從良知揮霍出來，真個是卷舒不違乎時，文武惟其所用。這才是有用的學問，這才是真儒」。全書依《王文成公年譜》演述，王陽明一生重大事蹟，上疏觸怒奸宦劉瑾，受廷杖，貶謫貴州龍場驛，創建貴陽書院，平江西巨寇及寧王宸濠叛亂，撫定廣西，均據實記述，文筆簡賅雅飭。結尾敘說「先生歿後，忌其功者，或斥為偽學。久而論定，至今道學先生尊奉陽明良知之說，聖學賴以大明」，這也是符合史實的。馮夢龍此作，亦說明通俗小說家崇奉陽明「良知」之說的事實。

　　為武將作傳的有《戚南塘剿平倭寇志傳》，惜僅存殘本三卷。本書敘嘉靖三十二年（西元一五五三年）海盜汪直勾結倭寇大舉入侵浙江，戚繼光率部抗擊並最終剿滅倭寇的歷史事件。其中真實地描寫了明朝政治黑暗、官軍腐敗和客兵作亂的社會實相，揭示了倭寇之所以能夠肆無忌憚的深層原因。

第四章　按鑑演義與紀傳小說

第五章

《西遊記》

第五章　《西遊記》

第一節　玄奘取經故事的演變

　　《西遊記》敘說的是一個流傳已久的唐僧西天取經的故事，但它不是現實化的描述，而是把故事魔幻化了。唐僧西天取經是真實的歷史事件。

　　唐代貞觀年間僧人玄奘隻身西行，經中亞去天竺（今印度）取經，歷時十七載，途經一百三十八國，往返數萬里，寫下了佛教文化史和中印文化交流史上的輝煌的一頁。玄奘（西元六○二至西元六六四年）俗姓陳，名褘，唐代洛州緱氏（今河南偃師縣陳河村附近）人。當時的佛經多是轉手從中亞和新疆一帶的一些古代語言轉譯過來，或者佶屈聲牙，或者義多紕繆，玄奘決心親赴天竺，取佛經原著對譯，以釋佛經真諦。即如〈大慈恩寺三藏法師傳〉所說，他「既遍謁眾師，備餐其說，詳考其義，各擅宗途；驗之聖典，亦隱顯有異；莫知適從，乃誓遊西方，以問所惑」。西行之路，雖有前人開拓，但峻峰惡水、沙漠草地、猛獸異國，險象叢生，玄奘以當時近於原始的旅行工具，往返來回，真可謂是九死一生。玄奘傳奇式經歷很快在民間流傳，隨著時間的推移和傳播空間的擴展，這些傳說越來越多被塗上了神奇的色彩。

　　唐代李冗《獨異志》記有玄奘西行途中遇虎豹當道，得一老僧口授《多心經》，誦之則山川平易，道路開闊，虎豹藏形，魔鬼潛跡。這故事顯示玄奘傳說已開始神魔化了。

宋代傳說的唐僧故事已有猴行者加入並擔當取經護衛。宋元之際的《大唐三藏取經詩話》中，已有「花果山」、「殺白虎精」、「除虯龍」、「降深沙神」、「偷吃蟠桃」等故事，雖然相當粗糙，還算不上什麼情節，但它已把猴行者放在取經隊伍裡，擔當保駕的角色，從而勾勒出《西遊記》故事框架的粗略輪廓。

　　到了元代，唐僧取經的故事已有了很大的發展，經過許多無名的民間藝人的加工，它的情節豐富起來，故事性大大加強。這裡有平話《西遊記》（《朴通事諺解》稱《唐三藏西遊記》），惜已不傳，明初《永樂大典》第一萬三千一百三十九卷「送」韻「夢」字條輯有「夢斬涇河龍」條，約一千二百字，內容相當於明代世德堂本《西遊記》第九回〈袁守誠妙算無私曲，老龍王拙計犯天條〉的前一部分。唐僧取經故事很早就搬上戲曲舞臺，金院本有《唐三藏》，元雜劇有吳昌齡的《唐三藏西天取經》，均已散佚。元末明初人楊訥編有《西遊記雜劇》六本二十四折，以唐僧出身的「江流兒」故事開頭，計有「鬧天宮」、「收孫行者」、「收沙僧」、「收豬八戒」、「女人國逼配」、「火焰山借扇」等情節。這說明唐僧取經的故事傳到明代，已具備了小說《西遊記》的大致格局。

　　具有小說《西遊記》的大致格局，並不等於《西遊記》小說就已成書。有論者據《朴通事諺解》中敘及《唐三藏西遊記》

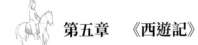

的情節，有「車遲國鬥聖」[01]，其內容相當於世德堂本《西遊記》第四十六回〈外道弄強欺正法，心猿顯聖滅諸邪〉，不過要簡略些。《朴通事諺解》在講到唐三藏西天取經如何艱難處有注曰「法師往西天時，初到師陀國界，遇猛虎毒蛇之害，次遇黑熊精、黃風怪、地湧夫人、蜘蛛精、獅子怪、多目怪、紅孩兒怪，幾死僅免。又過棘鈎洞、火炎山、薄屎洞、女人國及諸惡山險水，怪害患苦，不知其幾，此所謂刁蹶也。詳見《西遊記》」[02]。這些關目大多在《西遊記》小說中均可見到。於是判斷《西遊記》小說在元代已經成型，吳承恩充其量只是《西遊記》的編輯者。

這個結論略嫌匆忙。第一，《朴通事》成書在高麗朝末期（約相當於中國元末明初），但《朴通事諺解》卻成書在朝鮮顯宗時期，大約在中國康熙十六年（西元一六七七年）。《朴通事》是高麗朝漢語口語教科書，經過一百多年，在明代成化年間，朝鮮宮廷發現書中口語與當時中國口語差別甚大，據《李朝實錄》成宗十一年（西元一四八〇年）、十四年（西元一四八三年）記載，對《朴通事》進行了修改，改題《翻譯朴通事》。又過了一百多年，李朝對《翻譯朴通事》又作修改，這才是我們今天引以為據的《朴通事諺解》。從《朴通事》到《翻譯朴通事》

01　詳見汪維輝編《朝鮮時代漢語教科書叢刊》第一冊，中華書局 2005 年版，第 292—295 頁。

02　汪維輝：《朝鮮時代漢語教科書叢刊》第一冊，中華書局 2005 年版，第 285 頁。

再到《朴通事諺解》，在《西遊記》的敘述文字上作了哪些改動，由於《朴通事》未見，《翻譯朴通事》僅存上卷，而有關《西遊記》的文字在下卷，故不得而知。《朴通事諺解》在修訂時，百回本《西遊記》已是人們耳熟能詳的小說，朝鮮的漢語專家未必不知道，不能排除引用百回本《西遊記》的可能性。第二，《朴通事諺解》包括注釋在內的敘述，也只是「車遲國鬥聖」與百回本《西遊記》相關情節相近，即使是吳承恩像吸納「夢斬涇河龍」一樣編入《西遊記》，也不能以點代面，認為吳承恩只是一位編輯者。至於一些重要關目早已存在，如蜘蛛精、火炎山、女人國之類，也不能說吳承恩寫了他們就不是創作，而是編輯。如同《三國志平話》的許多關目都被《三國志演義》繼承一樣，不能說《三國志演義》只是對《三國志平話》的編輯修訂。《西遊記》是一部含有時代精神和個人藝術風格的長篇小說，是一位作家在世代累積的題材基礎上獨立創作出來的不朽之作。

第二節　作者與版本

　　《西遊記》成書於明代，它的作者是誰，歷史上曾經有過誤傳，至今也仍然存在著爭議。《西遊記》最早的幾種明刻本均未署明作者，世德堂刊本、楊閩齋刊本等僅署「華陽洞天主人校」，《李卓吾先生批評西遊記》則署「李卓吾先生評」。這些

版本的序言中也沒有說明誰是作者。在《西遊記》傳世印行之初，作者便是一個謎。

清初汪象旭箋評之《西遊證道書》卷首載元人虞集的《西遊證道書原序》，稱作者是元初道士邱處機。邱處機（西元一一四八至西元一二二七年），道教全真道北七真之一，成吉思汗曾在西域召見他，封為國師，賜號「長春真人」，故俗稱「邱長春」。他的弟子李志常撰有《長春真人西遊記》，記述西域道裡風俗，足資考證，絕非小說。汪象旭箋評之《西遊證道書》宣揚道家金丹大旨，謂《西遊記》出自道教龍門派創始人之手，不足為奇，但距離事實不啻十萬八千里。紀昀《閱微草堂筆記》記曰：「吳雲岩家扶乩，其仙亦云邱長春。一客問曰：『《西遊記》果仙師所作，以演金丹奧旨乎？』批曰：『然。』又問：『仙師書作於元初，其中祭賽國之錦衣衛，朱紫國之司禮監，滅法國之東城兵馬司，唐太宗之大學士、翰林院中書科，皆同明制，何也？』乩忽不動，再問之，不復答。知已詞窮而遁矣。然則《西遊記》為明人依託無疑也。」[03]

江蘇山陽（今淮安）人阮葵生（西元一七二七至西元一七八九年）《茶餘客話》云：「按舊志稱：射陽（吳承恩號射陽山人）性敏多慧，為詩文下筆立成。復善諧謔，著雜記數種。惜未注雜記書名，惟《淮賢文目》載射陽撰《西遊記通俗

---

03 紀昀：《閱微草堂筆記》卷九〈如是我聞三〉，中華書局 2014 年版，第 610 頁。

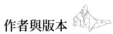

演義》。是書明季始大行，里巷細人樂道之，而前此未之有聞也。世乃稱為證道之書，批評穿鑿，謂吻合金丹大旨，前冠以虞道園一序，而尊為長春真人祕本。亦作偽可嗤者矣。……觀其中方言俚語，皆淮上之鄉音街談，巷弄市井婦孺皆解，而他方人讀之不儘然，是則出淮人之手無疑。」[04]魯迅《中國小說史略》將清代學者的論見搜集起來加以考訂，認為吳承恩確是《西遊記》的作者。不過，對於作者為吳承恩之說，現在仍有異議，但置疑的意見尚不足以根本動搖此說。

吳承恩（約西元一五〇〇至西元一五八二年），字汝忠，號射陽山人。祖籍江蘇漣水，後徙淮安山陽（今江蘇淮安）。其曾祖吳銘曾任浙江餘姚縣學訓導，祖父吳貞曾任浙江仁和縣教諭，父親吳銳幼時即好讀書，曾就讀社學，因孤弱家貧，不得不棄儒從商，承襲妻家綢布店，成為一個小商人。吳銳雖為商人，卻在精神上不入商賈市井之流，仍喜研讀群書，好談時政，被市井嘲為「癡翁」。出生在這樣家庭的吳承恩自幼好學，立志科舉進身。年輕時即博涉群籍，受到督學使者讚揚，文名著於鄉里。然而吳承恩屢試不第，中年以後才補為歲貢生。此後數年仍不能金榜題名，於嘉靖四十三年（西元一五六四年）受同鄉名宦李春芳的「敦諭」，進京謁選，大約一二年後才謀得浙江長興縣丞的官職。縣丞為知縣助手，正八品小官，與主簿

04　轉引自孔另境編輯《中國小說史料》，上海古籍出版社1982年新1版，第71頁。

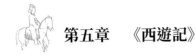

第五章　《西遊記》

「分掌糧馬、巡捕之事」。吳承恩自不得意,「又不諧於長官」,不久便罷官回鄉。後來又補為荊府紀善,紀善是荊王府屬吏,正八品,是一個閒職。吳承恩是否赴任,尚有疑問。他晚年歸居鄉里,以詩文自娛,終老林下。

　　據明代天啟《淮安府志》載,吳承恩「性敏而多慧、博極群書,為詩文下筆立成」。他與當時著名文人李春芳、文徵明、徐中行、歸有光、陳文燭等有交往,一生創作詩、詞、文數量頗多,因生前家貧無力刊刻,死後又絕世無繼,手澤大多散佚。後來他的表外孫丘度從他的親友中遍索其遺稿,編訂成《射陽先生存稿》四卷。吳承恩生活在明代中葉「前、後七子」宣導「文必秦漢,詩必盛唐」的文學擬古主義的時代,但他的詩文創作卻能直抒胸臆,不事模擬,具有自己的個性。清代著名的明詩選本,如朱彝尊《明詩綜》和陳田《明詩紀事》都選有他的詩作。吳承恩的文學成就主要還在小說方面。他幼年時就愛好野言稗史,他在〈禹鼎志序〉中說,「在童子社學時,每偷市野言稗史,懼為父師訶奪,私求隱處讀之,比長,好益甚,聞益奇」。他特別喜愛牛僧孺《玄怪錄》和段成式《酉陽雜俎》等傳奇志怪小說,曾經寫過一本志怪小說集《禹鼎志》,記有十數事,「吾書名為志怪,益不專明鬼,時記人間變異,亦微有鑑戒寓焉」。吳承恩正當嘉靖時期政治腐敗、社會黑暗日趨嚴重之時,個人因屢困場屋,沉鬱下寮,對世態人情有深切體認,

加之性格倔強，「平生不肯受人憐，喜笑悲歌氣傲然」（〈贈沙星士〉），雖無力在政治上有所作為，但卻能運用手中之筆，以文學的方式對現實進行批判。「野夫有懷多感激，撫事臨風三嘆息。胸中磨損斬邪刀，欲起平之恨無力」（〈二郎搜山圖歌〉），在神魔小說《西遊記》裡，可以說熔鑄了吳承恩的人生感悟，表現了他對現實的強烈批判精神。

　　現存《西遊記》的版本以明代萬曆二十年（西元一五九二年）世德堂刊本為最早，全稱《新刻出像官板大字西遊記》，二十卷一百回。未署作者姓名，僅題「華陽洞天主人校」。二十卷以邵雍〈清夜吟〉：「月到天心處，風來水面時，一般清意味，料得少人知」二十字分別標識卷名。卷首有陳元之的〈刊西遊記序〉，此序稱舊本《西遊記》為唐光祿所獲，舊本有敘，「亦不著其姓氏作者之名」，可能出自藩王府內文學之士，世德堂本乃據舊本校訂而成。可知《西遊記》成書要早於萬曆二十年。

　　稍後有評點本《李卓吾先生批評西遊記》，不分卷，一百回，卷首有署名「幔亭過客」題詞，刊有「白賓」、「字令昭」印記。次有「凡例」及圖一百葉二百幅。正文有眉批、夾批及總評，以回末總評的文字為最多。題詞作者「幔亭過客」當為明末文學家袁於令，袁於令字令昭，號白賓、幔亭過客、幔亭仙史等，生於明萬曆二十年（西元一五九二年），卒於清康熙十三年（西元一六七四年）。如若題詞不是偽託，則此本刊刻大

137

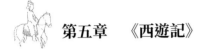

第五章 《西遊記》

約在萬曆末年至天啟、崇禎年間。而所謂「李卓吾先生批評」則顯為假託，評點者究為何人，尚不可知。此本出自「世德堂本」系統，正文文字與「世德堂本」差異極小，唯第九十九回總結唐僧所經歷的八十一難，在個別的次序和文字上與「世德堂本」不同，這些改動比較合理。此外，「世德堂本」第十七、十八兩回正文連接不分，此本把文中「祥光靄靄凝金像」七律作為十七回的結束，以「行者辭了菩薩」作為十八回開頭，抹去了「世德堂本」的瑕疵。

「世德堂本」刊行以後，書坊多有覆刻者，覆刻之外，以「世德堂本」系統的本子作底本的節略本（或稱簡本）也紛紛刊行。現知有四種明代的節略本：

其一為《唐三藏西遊記》二十卷一百回，署「華陽洞天主人校」，卷首題「唐僧西遊記」。正文少數地方有夾評。第十七、十八兩回正文連接不分，保留著「世德堂本」的狀態，然而全書文字不及「世德堂本」的三分之一。此書有「朱繼源本」和「蔡敬吾本」兩種刊本。

其二為《鼎鍥京本全像唐僧取經西遊記》二十卷一百回，署「華陽洞天主人校，清白堂楊閩齋梓」。上圖下文。此書第十七、十八兩回正文沒有斷開，仍依從「世德堂本」。此本刪節原書中的大量韻文、某些細節描寫和某些情節中的說明性質的文字，但全書文字比《唐三藏西遊記》要多得多。

其三為《新鍥三藏出身全傳》四卷四十回，署「齊雲陽至和編、天水趙毓真校、芝潭朱蒼嶺梓」。此本乃刪節「清白堂楊閩齋刊本」而成，不僅版式相似，而且圖像有明顯模仿痕跡。全書僅七萬多字，是最簡的簡本。

其四為《唐三藏西遊釋厄傳》十卷六十七則，內封題「全像唐僧出身西遊記傳」，署「書林劉蓮臺梓」。卷一、二、三、五、六、七、八、十題「唐三藏西遊傳」，卷四、九題「唐三藏西遊釋厄傳」。卷一、四署「羊城沖懷朱鼎臣編輯，書林蓮臺劉永茂繡梓」，書末有「書林劉蓮臺梓」的牌記。此本有三個顯著特徵：第一，插增「世德堂本」所沒有的「唐僧出身」一節，全書十三萬字，這「唐僧出身」一節便占去了全書的十分之一的篇幅。第二，情節敘述前繁後簡，虎頭蛇尾。前六卷相當於「世德堂本」的前十三回，後四卷卻容納了「世德堂本」的後八十七回的內容，完全不成比例。第三，前六卷除「唐僧出身」之外，據「世德堂本」系統百回本的前十三回文字壓縮，而後四卷則因襲陽至和（楊致和）本《西遊記》，並參考了「世德堂本」系統百回本文字。

清初出現一種新版本，題《新鐫出像古本西遊證道書》一百回，署「西陵殘夢道人汪澹漪箋評，鐘山半非居士黃笑蒼印正」。汪澹漪即汪象旭，黃笑蒼即黃周星，二人都是明末清初的著名文學家。此本托元人虞集之名作序，序稱《西遊記》為

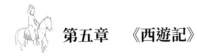

元初道士邱長春所作。此本具有三個特點：第一，比「世德堂本」多出一回「唐僧出身」，插入在「世德堂本」的第八回、第九回之間，將「世德堂本」的第九回至第十二回並作三回，仍維持一百回的總數。第二，除第九回外，皆據「世德堂本」系統百回本略作刪改和潤飾，使文字更加雅馴，情節更加精密，然而也減少了作為俗文學的某些俚趣。第三，正文有評點，回前有總評，中心思想認為《西遊記》的主旨是「證道」，即闡發道教金丹奧義。《西遊證道書》影響極大，清代流行的各種版本，如陳士斌《西遊真詮》、劉一明《西遊原旨》、張含章《通易西遊正旨》、含晶子《西遊記評注》等，正文都是依據《西遊證道書》，這些評點思想並不相同，如魯迅《中國小說史略》所說，「或云勸學，或云談禪，或云講道」，儒、釋、道各家認為《西遊記》是在闡明自家的理法，他們不把《西遊記》看成小說，脫離小說形象體系而索隱附會，這是他們的相同之處。《西遊證道書》流行於清代，「世德堂本」系統百回本反而長期被塵封起來。

第三節　魔幻與現實

《西遊記》展開的是一個神魔世界，但虛幻的神魔世界是現實的投影，神魔無不秉承著人性，作者的魔幻筆法處處寓含著對現實的針砭。

「世德堂本」《西遊記》一百回按情節可分為兩個部分。第一部分為第一回至第十二回，敘孫悟空、沙僧、八戒和白龍馬皈依佛門的故事以及夢斬涇河龍和唐太宗入冥的故事，這一部分的十二回中又以前七回描寫孫悟空的出世、求師、鬧龍宮、鬧冥府、大鬧天宮的故事最為突出。第二部分的第十三回至第一百回，敘唐僧師徒西行取經，克服種種磨難，終於達到目的的故事，是全書的主體。前一部分有類似「楔子」的作用，但它又不同於一般古代章回小說結構中的「楔子」，它具有情節和主題的相對獨立性。這一部分寫魏徵斬龍、太宗入冥是久已流傳的民間故事，與情節主幹最為疏離，唯第八回敘如來佛在大雷音寶剎說法，派觀音菩薩去東土尋一個善信來求取真經，這才切入正題。

歷史上的玄奘去天竺是要求得佛經原典，以探究佛教的真諦。《西遊記》的西天取經，按第八回描寫，是如來佛一手策劃的，如來佛見南贍部洲（即指中國）「貪淫樂禍，多殺多爭，正所謂口舌凶場，是非惡海」，稱他有三藏真經，可以勸人為善，需要有一個虔誠的僧人苦歷千山、遠經萬水取了來勸化眾生，觀音菩薩便舉薦了玄奘。這個取經緣起已遠離歷史，完全是針對明朝現實。此前發生的「靖難」、「奪門」、「議禮」三大事件，當事者的明成祖、明英宗、明世宗都是顛倒是非，凡要明辨是非者，無不落得悲慘下場，而迎合皇帝的奸佞之徒無

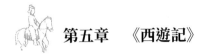

不飛黃騰達。嘉靖初年的「議禮」是吳承恩經歷過的事件，正德皇帝荒淫無嗣，也無兄弟，去世後經朝廷議定迎立他的叔伯兄弟朱厚熜繼承皇位，是為明世宗，年號嘉靖。明世宗做了皇帝後，要將自己的生父興獻王稱為「皇考」，將正德帝的生父即弘治孝宗皇帝改稱「皇伯考」，這個做法當然不合宗法大禮。廷臣反對者系於監獄達一百九十人之多，附和者張璁、桂萼、嚴嵩等人皆加官晉爵，以致嚴嵩把持權柄，一意媚上，殘害忠良，作惡數十年。嚴嵩以大學士主持內閣，大權獨攬，言官凡彈劾者均遭迫害。如來佛稱南贍部洲陷入「貪淫樂禍，多殺多爭」，「口舌凶場，是非惡海」，準確地概括了明朝當時的政治局面和社會風氣的特點。西行取得三藏真經，方能改變這種險惡的局面。作者在描寫取經緣起時，就是有現實指向的。

　　《西遊記》描寫的天宮，是現實朝廷的翻版，玉皇大帝如同現實中的皇帝，在孫悟空眼裡不過是一個毫無生氣的老頭，他的文武仙卿個個是媚上壓下的尸位素餐的草包，森嚴的等級和煩瑣的禮數更是矯揉造作、滑稽可笑。對於孫悟空這樣的挑戰仙界秩序的叛逆者，先是武力鎮壓，壓不下去便招安，這些招數在現實的社會中已是常套。阻撓唐僧四人取經的妖魔，多是現實社會惡勢力的變形，正如烏巢禪師所說，「精靈滿國城，魔主盈山住。老虎坐琴堂，蒼狼為主簿。獅象盡稱王，虎豹皆作御」，豺狼當道正是明朝中葉社會政治狀況的寫照。車遲國國王

寵信三個妖道，稱他們為「國師兄長先生」，三個妖道「上殿不參王，下殿不辭王」，禍國殃民，把車遲國弄得烏煙瘴氣，這與明代嘉靖皇帝崇奉道士邵元節、陶仲文的事實很是相像，海瑞上疏批評嘉靖皇帝說：「陛下受術於陶仲文，以師稱之，仲文則既死矣，彼不長生，而陛下何獨求之？」比丘國的國王相信道人獻的延年益壽的海外祕方，要用一千一百一十一個小兒心肝做藥引；滅法國的國王許下羅天大願，要殺一萬個和尚，這些故事也都是嘉靖皇帝佞道滅佛、昏庸殘暴的政治現實的折射。

　　小說描寫的許多妖魔鬼怪總是與天國的權貴有著某種關係，在寶象國霸占公主、為非作歹的黃袍怪是天上的奎木狼，平頂山蓮花洞專要吃唐僧肉的金角、銀角大王是太上老君的看爐童子，篡奪了烏雞國江山的妖魔是文殊菩薩的坐騎青毛獅子，誠如烏雞國王的鬼魂向唐僧哭訴的：「他的神通廣大，官吏情熟：都城隍常與他會酒，海龍王盡與他有親，東嶽天齊是他的好朋友，十代閻羅是他的異兄弟。因此這般，我也無門投告。」凡是這些有來頭有後臺的妖魔，被擒服後都沒有受到應有的懲處，他們的身居高位的主子，如太上老君、觀音菩薩、西海龍王、如來佛祖、文殊菩薩、普賢菩薩、南極壽星、李天王、太乙救苦天尊、太陰星君等，對他們先是縱容，後又包庇，使他們終於逍遙法外。孫悟空對此憤憤不平，揚言要告這些主子「鈐屬不嚴的罪名」，但也知道無濟於事，僅此一句牢騷

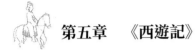

而已。唐僧師徒歷經艱難，受了「萬蜇千魔」，才到得大雷音寺，指望取得三藏真經，不料如來佛身邊的阿儺、伽葉向他們索要賄賂未果，只把無字白紙當真經給了他們，他們上告如來佛，如來佛卻說：「經不可輕傳，亦不可以空取。」還說前次傳經，「只討得他三斗三升米粒黃金回來，我還說他們忒賣賤了，教後代兒孫沒錢使用」。唐僧到底還是奉上太宗賜予的紫金缽盂，方才得到五千零四十八卷，乃一藏之數。這佛家聖地與世俗的社會有何兩樣？

《西遊記》中的神魔都被賦予了人性。仙界的玉皇大帝不再像志怪小說和傳說中的那樣洞悉一切，掌控宇宙的至上尊者，他只是一個沒有主見的昏庸之君，十代冥王也外強中乾、欺軟怕硬；魔界的妖怪各據一方、為非作歹，把個世界弄得昏天黑地，是阻撓唐僧取經的死敵，他們分明是地方黑勢力的代表；其實孫悟空、豬八戒是妖精出身，但他們已脫胎換骨，成為護衛唐僧取經的幹將。孫悟空童心未泯，藐視權威，神通廣大，無私無畏，幽默樂觀，是一個為世難容的睿智勇士。豬八戒憨厚笨拙、私心多多，且好進讒言，完全是一個自私者的靈魂。

此前的志怪傳奇小說描寫的神魔，雖然也具有某些人性，人神戀、人鬼戀中神鬼對情愛的需求，猿精攫取人間婦女，等等，但神鬼畢竟是神鬼，妖魔畢竟是妖魔，沒有像《西遊記》這樣將神魔完全人格化的。孫悟空是猴精，他的好動和機靈似

如猴子，七十二般變化，卻變不掉自己屁股後面的尾巴。豬八戒是豬精（雖然是天蓬元帥臨凡），憨笨貪吃好睡，他雖能變化，卻只能變成呆大的物事，就是變女子，也還是肚子胖大，郎伉不像，總不能脫盡他原身的特性。《西遊記》的神魔形象是獸性、神性和人性的結合，但他們最本質的還是人性。基於神魔的人格化，他們之間的衝突，實質上也是現實社會的矛盾衝突。《西遊記》的世界是虛幻的，這虛幻不過是現實在想像中的變形，它的精神完全是現實主義的。

第四節　《西遊記》的主旨

關於《西遊記》的思想主旨，明清兩代有種種說法。明代謝肇淛〈讀西遊記〉（《五雜組》卷十五）認為《西遊記》微言而有大義，這大義可用「求放心」三個字來概括。「求放心」是王陽明心性學的基本思想，也叫作「致良知」，其含義是使受外物迷惑之心回歸到良知的自覺境界，「放心」指那被外物迷惑的放逸之心。孫悟空（猿）是心之神，大鬧天宮乃是心之放縱，是良知的喪失，皈依佛門，加之緊箍咒，才使放縱之心得以馴服。這種理解恰恰與我們一般讀者閱讀《西遊記》的感受完全相反。

孫悟空大鬧天宮是《西遊記》中最膾炙人口的情節。孫悟空從石頭裡誕生，跳動著的是一顆未經世俗浸染的童心，他除了與一群猴兒做伴，天生就沒有社會關係，無所牽掛，不明世

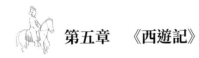
故，也無所畏懼。他鬧龍宮得了金箍棒，鬧幽冥銷了猴類的生死簿，弄神通不服拘喚，玉皇大帝無奈招安他做了個弼馬溫。他根本不知道官銜品從，也不計較俸祿高低，但是當他知道這是玉帝在耍弄他，他便毅然棄官而去，遠離官場，去過他的逍遙自在的山野生活。玉帝下旨要擒拿他，並嚴懲他，多路兵馬都拿他不得，不得不再派個差事拘束他，令他管理蟠桃園。派猴子守桃，「分明使貓管魚」，是個滑稽的任命，玉帝昏庸至極。孫悟空樂得蟠桃受用，卻又因蟠桃嘉會沒有邀請他，大耍脾氣，冒充赤腳大仙混進宴會之所，先吃為快，醉中又誤入丹房，將那太上老君煉製來孝敬玉帝的金丹如吃炒豆一般吃個罄盡。禍越鬧越大，乃至不可收拾，他與天庭的衝突發展到刀兵相見的程度，演進成對抗性矛盾。大鬧天宮的孫悟空確實非常率性，他的鬧其實充滿了孩童氣，是真率的童心與封建等級禮儀的衝撞。這種衝撞所傳達出來的資訊，是對傳說中視為神聖而崇高的權威的揶揄，是對傳統禮教秩序和這種秩序所造就的世俗心態的調侃。中國古代小說中很少有適合兒童閱讀的作品，獨《西遊記》的「大鬧天宮」是世代兒童都喜歡的故事。其原因就在孫悟空的作為能深深引起童心的共鳴。要說作品是在批判孫悟空，主張把他永遠壓在五行山下，放得出來也要在他頭上安上一個緊箍，也就是所謂「求放心」，實在是脫離作品的描寫實際，只是一種刻意的主觀闡釋。

清初汪象旭、黃周星評點的《西遊證道書》稱《西遊記》的宗旨在闡述道家的思想，把《西遊記》與道家陰陽五行學說聯繫起來。孫悟空大鬧天宮，按他們的評點，花果山本是陰陽五行俱備的洞天福地，「花果者，木也；水簾者，水也；鐵板橋者，金也；山石福地，則皆土也；心猿以火居其中，可謂五行俱備，故曰『天造地設的家當』。即此便是金丹大旨」。這就是說孫悟空大鬧天宮，乃是五行偏枯所致，與社會因素毫無關係。孫悟空為心猿，屬火，封他弼馬溫，是以火濟火，讓他管蟠桃園，木生火，則火更盛，太上老君八卦爐煉他不得，因為爐中五行是以火攻火，「以火濟之，二火互煽」，導致燥酷決裂。只有如來深得調理五行的金丹奧旨，故以五行山才糾正其五行偏枯，使心猿遂定。汪象旭、黃周星的方法是一種索隱法，這種方法撇開小說的形象系統，只把形象看作是一種概念的符號，認為由這些符號表達的資訊才是小說的真實含義。比如他們把唐僧師徒四眾加上龍馬，合為五項，五項恰是五行，孫悟空屬火，豬八戒屬木，沙僧屬金，唐僧屬土，龍馬屬水，於是五行和合，這五人的關係便成了金木水火土相生相剋的關係。不可否認，吳承恩生活在金丹大道盛行的時代，他在創作《西遊記》時不可能超脫陰陽五行的語境，因此在某些構思和描寫中難免不知不覺地採納了它的思想元素，但把這些附於形象體系的一些思想元素誇大到小說主旨的地位，則嚴重地曲解了小說的本

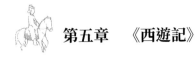
義。小說是講故事，是透過人物和情節來表達意念和情感的，脫離人物情節的形象體系，把人物情節肢解為一系列卦象，把敘事語言當成一大堆謎語，就根本背離了文學把握世界的特殊規律。《西遊證道書》影響極大，步其後塵者累世不絕。不過，事實上只有少數持有特別眼光的學者才有本事從小說中演繹出金丹妙旨之類的奧義來，持常人心態的讀者還都是把《西遊記》當作小說來讀的。

　　《西遊記》用八十七回的主要篇幅描述唐僧師徒披荊斬棘、沿途斬妖降怪的取經歷程。在往西天的路上，無論是山野叢林，還是鄉村城鎮，到處都潛藏著危險。橫亙在取經路上的妖魔，有的是自然力的幻化，如火焰山，但大多數都是社會惡勢力的變形。他們有的明火執仗，有的巧妙偽裝，有的控制操縱國君權柄，魔力強大，不只要阻撓過境，更要生擒唐僧殺而食之。而面對漫長的征途和難以預測的危險，即使是陷入極端的絕境和美色的誘惑，唐僧也從未改變過初衷。孫悟空則帶領豬八戒、沙僧與妖魔鬼怪進行殊死的搏鬥，尤其是孫悟空，不但要與妖魔正面作戰，而且還要不時地克服來自豬八戒的干擾和唐僧的牽制，在誤解和委屈中堅持執行自己的使命。九九八十一難，無一不驚心動魄，這些情節絕不是在演繹道教丹法，而是在表現唐僧師徒為了神聖的目的，不畏千難萬險、堅持到底的百折不撓的精神。

第五節　《西遊記》的藝術特色

　　《西遊記》是一部遊記體神魔小說。玄奘西行取經著《大唐西域記》，小說《西遊記》卻並不依傍這部紀實性的遊記，它完全出自想像，將這個經歷千難萬險的旅行神魔化，這是中國長篇小說創作的歷史性開拓。《三寶太監西洋記》受其影響，人物配置和某些情節有模仿痕跡，夾雜一些神怪情節，但羅懋登撰著時距離鄭和下西洋的時間畢竟不遠，他基本上是以現實描寫的方式演述這一海上絲綢之路的壯舉的。

　　將唐僧取經的歷程描述成戰勝各種妖魔鬼怪的征程，妖魔鬼怪各不相同，孫悟空、豬八戒、沙僧與之搏鬥的情狀也絕不雷同，把這個征程寫得驚心動魄、精彩紛呈，最需要的是豐富的想像。誠然，許多故事都由來有自，猴行者、西王母蟠桃會、太上老君、二郎神、托塔天王、鬼子母、女人國等，明初楊訥《西遊記》雜劇已有「神佛降孫」、「鬼母皈依」、「女王逼配」、「鐵扇凶威」、「水部滅火」等情節，但吳承恩在前有素材的基礎上進行了創造性的改造，充實了大量的細節。以過火焰山為例，楊訥《西遊記》雜劇敘孫悟空向鐵扇公主借扇，調戲鐵扇公主稱要與她「湊成一對妖精」，結果被扇到半空中，無奈去求觀世音，觀音著風雨雷電神用水澆熄了火焰山。小說《西遊記》用第五十九、第六十、第六十一回這三回的篇幅來演述這段情節，在人物配置上插入牛魔王，牛魔王與鐵扇公

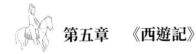

主是夫妻，且生有一子紅孩兒，牛魔王在外又被玉面公主招贅為夫，關係要複雜得多。而且孫悟空在花果山做妖精時曾與牛魔王結拜為兄弟，但孫悟空皈依佛門跟隨唐僧後，與盤踞火雲洞、攝了唐僧要生吃的紅孩兒惡鬥了一場，結果紅孩兒被觀音菩薩收去做了善財童子，弄得他們母子分離。鐵扇公主懷著「害子深仇」，當然不肯借扇給孫悟空，孫悟空跑到積雷山摩雲洞去求牛魔王，牛魔王只記「害子深仇」，全不顧什麼兄弟情分，兩人大打出手不分勝負，孫悟空於是假扮牛魔王往翠雲山芭蕉洞從鐵扇公主手中騙得扇子，得意之際，卻又被扮作豬八戒的牛魔王奪走，最後是佛祖派的四大金剛和玉帝派的托塔李天王及哪吒太子等天兵天將將牛魔王鎖住，逼鐵扇公主交出扇子滅了火焰。三調芭蕉扇，情節回轉，出人意料，亦在情理之中，且人物性格鮮明，趣味橫生，與雜劇相比，已是另一種藝術境界。「過火焰山」是一個可以相對獨立的情節單元，但它與此前的人物情節並非沒有關聯，全書結構是一個有機的整體。

　　吳承恩的神奇瑰麗的想像，不但表現在人物性情和能力的設計、虛幻情節的編織上，還表現在環境、器物的變幻描寫上。如寫流沙河難以擺渡，說它波濤洶湧，寬闊八百里，「鵝毛飄不起，蘆花定底沉」；形容火焰山，「就是銅腦蓋、鐵身軀也要化成汁」；說人參果是「遇金而落，遇木而枯，遇水而化，遇火而焦，遇土而入」。可以扇熄火焰山的芭蕉扇，變大可一丈

二尺，縮小則杏葉兒大小，可噙在嘴裡，而它的威力，一扇要把人扇出八萬四千里遠。諸如此類，令人目不暇接。

　　《西遊記》的成功，還在於它塑造了幾個不朽的人物形象。唐僧、孫悟空、豬八戒、沙僧性格鮮明，內涵豐富，成為家喻戶曉的藝術形象。西行取經，唐僧本是主角，但在小說中，主角地位讓給了孫悟空。唐僧出身的傳說早已有之，《唐三藏西遊釋厄傳》卷四以一卷的篇幅描述唐僧父親登科及第、成婚及被害，出世後被金山寺和尚收養等。世德堂百回本只寫孫悟空出身，不寫唐僧出身，說明作者將孫悟空擺在了第一主角的位置上。對於取經師徒四人的配置，作者頗具匠心。孫悟空天真純正，疾惡如仇，神通廣大，樂觀機敏，更有一對火眼金睛，是一切妖魔鬼怪的剋星。如果只寫他與妖魔鬼怪廝鬥，一元結構顯然單調，亦不能完全彰顯他的性格的全部，有了私心重而又愛在師父耳根進讒的豬八戒，以及信仰篤實卻偏聽偏信的唐僧，就構成多元交織的內外矛盾，孫悟空常常在師父的誤解和牽制下去和妖魔鬥爭。矛盾多元，其性格的多向性便得以展示，情節也就更富於戲劇性。

　　第二十七回〈屍魔三戲唐三藏，聖僧恨逐美猴王〉比較典型地展現了這種蘊含豐富的衝突。白骨精化成一個美麗的少婦向唐僧送齋飯，豬八戒先已被女色傾倒，再加上香噴噴的齋飯，早已人鬼不分，孫悟空從山頂摘桃回來，一見妖精舉棒便

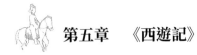

打，唐僧責備孫悟空無故傷人性命，豬八戒乘勢進讒，讓唐僧念起緊箍咒，孫悟空背了惡人的汙名，還要哀告討饒。白骨精害怕孫悟空的手段，卻喜唐僧有眼無珠，又變成一個八十歲的老婦，豬八戒認定她是來尋找女兒的，而孫悟空的暴躁脾氣，不由分說舉棒便打，這一下驚倒了唐僧，緊箍咒足足念了二十遍，疼得孫悟空滿地亂滾。這次唐僧執意要他走人，他無奈只好答應，但要講一個條件，豬八戒立刻說這是要和師父分行李 —— 豬八戒一直懷著拆夥分行李的念頭 —— 原來孫悟空是要脫掉頭上的緊箍兒，唐僧卻不知鬆緊箍兒的咒，只得收留孫悟空繼續前進。白骨精二計不成，再扮作白髮老頭，豬八戒一見便向唐僧報告，老頭是來尋女兒和老婆的，都是孫悟空犯下死罪，不能讓我們頂缸。這次孫悟空不再莽撞了，先穩住妖精，請了本處土地、山神來照應做證，打殺了妖精使他原形畢露。唐僧看見地上一堆骷髏，本已相信確為妖精，但頂不住豬八戒又進讒言，耳軟的唐僧念起緊箍咒，再不容他留在身邊，寫了一封貶書，打發孫悟空快走。孫悟空悽悽慘慘，對唐僧拜了又拜，囑託沙僧好好保護師父，留心防著豬八戒進讒，腮邊墜淚，回花果山了。

　　三打白骨精這一場衝突，主要矛盾是唐僧師徒與白骨精的矛盾，孫悟空與豬八戒、唐僧的矛盾是次要矛盾，多種矛盾的交織，加強了故事的戲劇性，同時也突顯了衝突中各個角色的

性格。這其中深含著作者的人生感悟，清醒者往往是孤獨的，孫悟空天不怕地不怕的性格中也有忍辱負重和淒涼的一面。

　　幽默是《西遊記》藝術的一大特色。在中國古代小說所塑造的眾多人物形象中，孫悟空是獨一無二的幽默人物。大鬧天宮，他對至高無上的權威和固若金湯的封建秩序進行了調侃式的解構；取經路上，面對各種妖魔鬼怪，他總是以一種嘲弄的方式與之搏鬥，機智中透射出詼諧；對「慈悲」為懷而有時是非不分的唐僧，以及心性「戇直」、愛打小算盤的豬八戒，不時加以揶揄和善意的嘲笑。孫悟空的幽默來源於他的樂觀自信和對人事的敏銳的洞察力，來源於他對邪惡勢力的藐視和對人性弱點的寬容。《西遊記》的幽默是貫穿全書的書寫風格，滲透在人物、情節和細節的描寫中，有時插科打諢不免失於油滑，但總體上的諧趣是中國小說中十分難得的。

第五章　《西遊記》

第六章

《封神演義》及其他宗教神魔小說

第一節 《封神演義》

　　《封神演義》的「封神」指姜太公封神，不過，封神只是小說的大結局，小說情節主要內容還是描述殷紂王如何荒淫無道，周武王如何被逼舉兵討伐，框架仍是武王伐紂的歷史。《封神演義》一百回成書大約在隆慶、萬曆年間，稍後於《西遊記》，今存有萬曆金閶舒載陽刊本。此刊本卷二題「鐘山逸叟許仲琳編輯」，據此一般認為作者是許仲琳。許仲琳生平事蹟不詳。作者還有另外一說，《傳奇匯考》卷七〈順天時〉記曰：「按《封神傳》系元時道士陸長庚所作，未知的否。觀《傳》內燃燈、慈航、接引、准提，皆稱道人，文殊、普賢、懼留孫，皆稱元始弟子，其崇尚道家，疑必道家之作。」[01]

　　陸長庚非元代人，乃明代嘉靖、萬曆時期人。陸西星（西元一五二○至西元一六○一年），字長庚，曾九次參加科舉考試不第，而入於道家，晚年皈依佛教密宗，是嘉靖、萬曆間道教全真派的著名人物，《揚州興化縣誌》有傳。此可備一說。

　　姜太公封神的傳說由來已久。《史記·封禪書》記載說「始皇遂東遊海上，行禮祠名山大川及八神，求仙人羨門之屬。八神將自古而有之，或曰太公以來作之。」[02]《舊唐書·禮儀志》引《六韜》云：「武王伐紂，雪深丈餘，五車二馬，行無轍跡，

---

01 《傳奇匯考》，書目文獻出版社 1994 年影印本，第 547、548 頁。
02 《史記》第四冊卷二十八，中華書局 1959 年版，第 1367 頁。

詣營求謁。武王怪而問焉，太公對曰：『此必五方之神，來受事耳。』遂以其名召入，各以其職命焉。既而克殷，風調雨順。」姜太公在古代傳說是一位熟知神異之事並且代表上天授予各神以職司的人物。這位姜太公在民間信仰中具有崇高的地位，直到近現代，還有人會在窗戶上張貼「姜太公在此，諸神回避」的小條幅 —— 傳說他封了眾神後卻沒有了自己的位置，只好坐在窗戶上。在《封神演義》之前，演述武王伐紂的小說，先有元刊《武王伐紂平話》，平話中已述及姜太公封神，但風格基本寫實，主要還是講歷史。次後有明嘉靖間成書的《列國志傳》（卷一部分），從情節和文字與《武王伐紂平話》比較來看，它是據後者再編撰的。《封神演義》的作者在寫作時肯定參照過《武王伐紂平話》和《列國志傳》，但是他的創造遠遠多於因循，不只是在人物情節上別開生面，就是在創作方法上也另闢蹊徑。歷史事件只是一個引子，只是一個虛空的框架，作者馳騁想像，吸納了大量民間信仰的神仙故事，獨具匠心地編織出人神共事的小說情節，把西周與殷商的戰爭描寫成神與魔的戰爭。神與聖君集結在仁義的旗幟下，魔與暴君沆瀣一氣倒行逆施，雙方你死我活反覆較量，正義得到伸張，邪惡被徹底消滅，人間歸於西周一統，神的世界秩序也重新得以確定。在戰爭中陣亡的將士，不論是善還是惡，靈魂都統統歸趨到封神臺受封，似乎經過鐵血的洗禮，所有靈魂都得到超脫和昇華。受

封的神靈各領職司，就如周武王大封天下，天下諸侯的封建秩序
從此而定一樣，神界品位職司的完整譜系也因封神而編制完成。
小說描繪的這個神界譜系對中國民間信仰產生了深遠的影響。

　　《封神演義》是一部神魔小說，但它的旨趣決不在談神說
怪，作者選取武王伐紂這段歷史做題材，編創闡教和截教的鬥
爭，具有針砭現實的寓意。

　　武王伐紂發生在西元前一〇六六年。武王的西周與紂王的
殷商不是部族與部族的關係，而是侯國與中央共主的關係，這
種關係在先秦典籍《尚書》、《詩經》中均有記載，也是被後世
公認的。武王伐紂，其性質便是以「臣」伐「君」，用儒家「君
為臣綱」的倫理考量，當然是大逆不道。但是儒家十分推崇周
武王，這就與自己的倫理發生了矛盾。戰國後期齊宣王就向孟
子提出了這個尖銳的問題，《孟子・梁惠王下》記齊宣王問孟子
云：武王伐紂，「臣弒其君，可乎？」孟子回答說：「賊仁者謂
之『賊』，賊義者謂之『殘』。殘賊之人謂之『一夫』。聞誅一
夫紂矣，未聞弒君也。」孟子認為君主不仁不義便是獨夫，討伐
獨夫不能叫作弒君，為武王伐紂找到了合理性。孟子從這個歷
史實踐中產生了他的著名的民本思想，《孟子・離婁上》曰：「桀
紂之失天下也，失其民也；失其民者，失其心也。得天下有道：
得其民，斯得天下矣；得其民有道：得其心，斯得民矣；得其
心有道：所欲與之聚之，所惡勿施爾也。」基於此，孟子給儒家

君臣關係的原則加上了條件，《孟子·離婁下》曰：「君之視臣如手足，則臣視君如腹心；君之視臣如犬馬，則臣視君如國人；君之視臣如土芥，則臣視君如寇仇。」《孟子·盡心下》又說：「民為貴，社稷次之，君為輕。」孟子的民本思想含有寶貴的民主因素，它實際上否認了君為臣綱的絕對性，這不但制約了君主的至高無上的絕對權力，而且為臣民推翻一個暴君提供了理論根據。

每個在位的君主，大概心裡都不會喜歡孟子的民本思想，但礙於孟子是儒家聖人，表面上還是要尊重它作為孔孟之道的一部分。唯有明朝開國皇帝朱元璋公開表示不能接受，洪武二十六年（西元一三九三年）詔令翰林學士劉三吾等人將這些言論從《孟子》一書刪去，刪節過的《孟子》改題《孟子節文》頒行天下。沒有了孟子民本思想的束縛，明朝皇帝自然就敢隨心所欲、膽大妄為。明朝皇帝對待他的大臣，雖然沒有使用過紂王的炮烙、蠆盆，卻有「廠衛」、「廷杖」、「詔獄」等拷問，剝皮、凌遲、抽腸之類的酷刑，暴虐並不下於紂王的手段，如魯迅所說，「大明一朝，以剝皮始，以剝皮終，可謂始終不變」（《且介亭雜文·病後雜談》）。至正德時期，劉瑾「閹黨」專權，劉六、劉七起義，江西寧王叛亂，階級矛盾和統治階級內部矛盾白熱化。嘉靖皇帝登基未久，又鬧出「禮儀」之爭，那些伏闕爭大禮的耿直之臣，笞杖的笞杖，流放的流放，奸臣遂

得以進用。這位皇帝又迷信丹藥方術，日以齋醮為事，長期不理朝政。海瑞上疏指責說：「吏貪官橫，民不聊生，水旱無時，盜賊滋熾，陛下試思今日天下為何如乎？」嘉靖皇帝讀疏怒不可遏，但他知道海瑞已有一死的準備，只得哀嘆道：「此人可方比干，第朕非紂耳。」[03] 可見武王伐紂那段歷史還纏繞在他的頭腦中，儘管他不承認自己就是紂王。

　　嘉靖時代小說家余邵魚在〈題全像列國志傳引〉中說：「騷人墨客沉鬱草莽，故對酒長歌，逸興每飛雲漢，而捫虱談古，壯心動涉江湖，是以往往有所托而作焉。」《封神演義》作者是有所寄託的。他描寫紂王失道是用寫實的筆法，置炮烙，造蠆盆，剖胎敲骨，弄得朝綱萎墮，民不堪命。第六回寫紂王炮烙敢於直諫的梅伯，黃飛虎議論道：「據我末將看將起來，此炮烙不是炮烙大臣，乃烙的是紂王江山，炮的是成湯社稷。古云道得好：『君之視臣如手足，則臣視君如腹心，君之視臣如土芥，則臣視君如寇仇。』今主上不行仁政，以非刑加上大夫，不出數年，必有禍亂。」《孟子》中那些被朱元璋刪掉的話語，悉數被《封神演義》撿了回來，且不用「孟子曰」，而是用「古云」之類的話頭，永樂年間朝廷頒刻《孟子》時已恢復了原貌，小說這樣處理，顯然有點醒人們不要忘記朝廷曾有禁毀孟子民本思想的舉措，其指向性不言而喻的。

03　《明史》第十九冊卷二二六〈海瑞傳〉，中華書局 1974 年版，第 5928—5930 頁。

作為一部長篇章回小說，《封神演義》的成功之處在於它生動地描述了周文王姬昌、周武王姬發、姜子牙以及他們統率的將領們，怎樣從殷商的忠臣轉變成殷商的叛臣和掘墓人這樣一個艱難痛苦的歷程。這個歷程的艱難，與其說在戰爭，毋寧說是在觀念的轉變。姬昌被紂王囚禁七年，長子伯邑考被紂王剁成肉醬，做成肉餅強迫姬昌吞食。姬昌受此肉體和精神的非常人能夠承受的折磨，卻未萌生反叛紂王之意，他臨終告誡兒子姬發，無論如何都要恪守君臣之道，「縱天子不德，亦不得造次妄為，以成臣弒君之名」。紂王派遣大軍幾次進剿西岐，西岐的姜子牙在抵禦了幾次大規模進攻之後，主張反守為攻，東征殷商，武王姬發仍堅持尊崇父王的遺囑，「雖說紂王無道，為天下共棄，理當征伐；但昔日先王曾有遺言：『切不可以臣伐君。』……總紂王無道，君也。孤若伐之，謂之不忠。孤與相父共守臣節，以俟紂王改過遷善，不亦善乎？」直到紂王無休止地反覆施虐所逼，武王無可忍讓，遂決定弔民伐罪，推翻商紂的統治，孟子的民本思想扮演思想轉變的關鍵作用。

　　從「忠」到「叛」是怎樣一個艱難的轉變，在黃飛虎這個人物形象身上體現得最為真實和生動。黃飛虎的妹妹是紂王的西宮黃妃，他自己身居武成王，是殷商的股肱大臣。紂王寵信妲己，炮烙忠良，黃飛虎已義憤填膺；隨即他的夫人不堪紂王凌辱而跳樓殉命，黃妃被紂王摔下樓身亡。辱妻殺妹，他的兄

弟黃明鼓動他反出殷商，他卻說：「黃氏一門七世忠良，享國恩二百餘年，難道為一女人造反？」後來他終於起身反抗了，從殷商出走，投奔西周。西行途中，每闖一關，必有一場惡戰，每場惡戰前都有一場觸及靈魂的忠與叛的論戰，最嚴重的考驗發生在界牌關下，第三十三回寫界牌關的守將恰是他的父親黃滾，黃滾以忠臣嚴父的面孔斥責他不忠不孝，使他得之不易的「君不正，臣投外國」的信念有頃刻瓦解之態，黃飛虎身旁的將軍黃明立即提醒他，紂王無道，乃失政之君，不必聽其驅使，堅定了黃飛虎的信念，最後連同老父也成了殷商的「叛亡之士」。

《封神演義》認為，「君不正，臣投外國；父不慈，子必參商」。與黃飛虎反叛君主相對應的是哪吒忤逆父親的故事。第十二回至第十四回寫哪吒鬧海以及他與封建宗法秩序的種種衝突，其天真無畏使人很容易聯想到大鬧天宮的孫悟空。但哪吒又不是孫悟空，他不是從石頭裡蹦出來的，雖然在胎裡孕育了三年，出生時從肉球裡跳出，但畢竟有生身父母，不能像孫悟空那樣超脫以血緣關係為紐帶的封建倫常關係。他的父親李靖是陳塘關總兵官，曾求仙不成，現在卻享有不淺的人間富貴，為了保守這份榮華富貴，他為人為官謹小慎微，極力維護現存秩序。哪吒卻率性行事，藐視權威，先是打死了仗勢欺人的夜叉，接著又打死了不可一世的龍王三太子，還抽了他的筋。李靖聞訊驚恐萬分，不問是非曲直，只恨哪吒惹下滅門之禍。哪

吒聲言「一人做事一人當」，竟抓住上天庭告狀的龍王，痛打了一頓，還揭了他的龍鱗。李靖為保全自己身家性命，將哪吒交出任由龍王處置。而哪吒亦不願連累父母，在龍王面前剖腹、剜腸、剔骨肉，一死了卻此案。在哪吒看來，肉體既已還給父母，他的靈魂也就與李靖沒有了任何關係。可是祭祀他靈魂的祠廟，仍不能見容於李靖，李靖害怕招來「私造神祠」的罪名，將其砸毀。靈魂無以依附的哪吒要向李靖討回公道，打得李靖狼狽不堪。他的二哥木吒跳出來幫助父親，斥責哪吒是「子殺父，忤逆亂倫」，且教訓說「天下無有不是的父母！」其實情節展示李靖不僅自私而且怯懦，完全喪失了慈父之情，木吒此說，極富反諷意味。封建宗法的君臣之道是從父子之道引申出來的，哪吒的故事無疑在更深的層次上批判了絕對化的君臣之道。為了控制孫悟空，觀音菩薩授予唐僧一個緊箍咒；為了制服哪吒，燃燈道人給李靖一座金塔，祭起金塔即可罩住哪吒。這說明作者的批判仍是有限的。

　　同樣處在父與子的矛盾中的殷洪、殷郊，其命運更具悲劇性，他們兄弟是紂王的親子，同時又是紂王的臣屬，他們的母親被妲己誣陷慘死於紂王之手，他們也被紂王判處死刑。父與子，君與臣，都已恩斷義絕。他們被仙人救走，也曾發誓要報殺母之仇，不過最終沖不破君臣父子綱常，在申公豹蠱惑下，「浪子」回頭，最後做了紂王的殯葬品。在《武王伐紂平話》

中，太子殷交是逆子貳臣，他在「浪子神廟」裡得神人所授「破紂之斧」，隨武王東征，一路所向披靡，直搗朝歌，用此斧斬殺了自己的父親紂王。《封神演義》對這一情節的改動，實顯示出傳統觀念之難以克服的惰性力量，同時從另一個側面揭示出君臣父子綱常絕對化的荒謬性和悲劇性。

武王伐紂，按《史記·周本紀》記載，發生在西元前一〇六六年，一月出兵，二月即攻下朝歌，可以說是摧枯拉朽。《封神演義》不但把這場戰爭渲染得複雜化、曲折化和激烈化了，而且在這場戰爭中注入了宗教內容。以武王為首的西周高舉仁義的旗幟，輔佐西周的是道家的闡教。闡教眾人秉承天命，深悟玄機，支持仁義，征討邪惡，同時還聯合隱指釋家的西方教主。極力維護殷商腐朽統治的是道家的截教。截教眾人如通天教主、申公豹之流，有的是逆天道、助紂為虐的名利之徒，有的是不解天意、不識時務的愚頑癡迂之輩，申公豹頭向背後，便是他們倒行逆施的象徵。

闡教和截教，道教史上並無此等教派，顯然出自作者杜撰。闡教、截教的取名出自何典，不得其詳，魯迅從字義上解釋：「『闡』是明的意思，『闡教』就是正教；『截』是斷的意思，『截教』或者就是佛教中所謂斷見外道。」（《中國小說的歷史的變遷》）闡教為正，截教為邪，小說就是如此描寫。把道教寫成正邪兩派，是有所喻義的。

武王伐紂時還沒有道教，道教尊崇的老子和佛教創造人釋迦牟尼是孔子同時的人，他們都在武王伐紂的五百年後才誕生，《封神演義》描寫的宗教情形絕不是歷史的摹寫，而是作者那個時代的現實的投影。中國道教由多個派別發展到元末，逐漸形成正一道和全真道兩大派，正一道以符籙為主，全真道以內丹修煉為主。明朝立國後，朝廷正式將道教定為正一、全真兩大派，朱元璋於洪武七年（西元一三七四年）作〈御制齋醮儀文序〉云：「朕觀釋道之教，各有二徒：僧有禪有教，道有正一、有全真。」又說：「禪與全真，務以修身養性，獨為自己而已；教與正一，專以超脫，特為孝慈子親之設，益人倫，厚風俗，其功大矣哉。」基於倫理教化以維護其統治的需要，朱元璋看重正一道。洪武五年（西元一三七二年）御制公誥，命正一道第四十二代天師張正常「掌天下道教事」，確認了正一道在道教中的至尊地位。

　　明朝歷代受皇帝寵信的道士，絕大多數都是正一道的人物，正一道掌管天下道教，很多首領不事性命雙修卻熱衷俗世的富貴榮華，並且仗恃權勢胡作非為。史書記載，第四十六代天師張元吉於正統、景泰、天順、成化年間執掌天下道教事，「寵賚獨盛，朝野榮之」，此人「素凶頑，至僭用乘輿器服，擅易制書。奪良家子女，逼取人財物，家置獄，前後殺四十餘

人」[04]。余繼登《典故紀聞》亦記載張元吉兇暴貪淫，感嘆朝廷「不能執論絕其根源，致令其徒奉行，至今自若，深可惜也」[05]。受嘉靖皇帝寵信的道士陶仲文、邵元節也都是正一道中人，兩人都官拜禮部尚書，弄得朝廷烏煙瘴氣，被《明史》列入「佞倖」類。

被排斥在邊緣位置的明代全真道，在寂寞中以修身養性為務，隱棲潛心苦修，在道教理論上卓有貢獻。即以疑為《封神演義》的作者陸西星為例，他著有《玄膚論》、《參同契測疏》、《金丹就正篇》等，於道教內丹學有重要建樹。全真道強調心性的修煉，吸收了佛教禪宗思想，宗教實踐主張「苦己利人」，全真道士一般均能保持出家人的樸素作風，與那些崇尚符籙、迷戀黃白之術的正一道士判然有別。

《封神演義》描寫的闡教和截教同屬道家，但截教助紂為虐，極力維護商紂的腐朽統治，對抗順應天意的新興的西周。第八十二回〈三教大會萬仙陣〉是闡教與截教的大決戰，雙方都擺出了自己的全部陣容。黃龍真人斥責截教隊伍說：「自元始以來，為道獨尊，但不知截教門中一意濫傳，遍及匪類，真是可惜工夫，苦勞心力，徒費精神。不知性命雙修，枉了一生作用，不能免生死輪回之苦，良可悲也。」燃燈道人等指著截教徒

---

04 《明史》第二十五冊卷二九九，中華書局 1974 年版，第 7655 頁。

05 余繼登：《典故紀聞》，中華書局 1981 年版，第 261 頁。

眾說:「人人異樣,個個凶形,全無辦道修行意,反有爭持殺伐心。」第八十四回鴻鈞道人則指責截教領袖通天教主熱衷名利,放縱邪欲,不守清淨,「名利乃凡夫俗子之所爭,嗔怒乃兒女之所事」,豈是道家人的心性!這些批評,正切中明朝中期正一道的要害。《封神演義》所描寫的神魔大戰,曲折地反映了明朝中期政治與宗教的現實。

《封神演義》成書稍晚於《西遊記》,並且接受《西遊記》的某些影響。哪吒是《封神演義》塑造得比較鮮明且招人喜愛的人物形象,關於哪吒的傳說由來已久,宋代普濟《五燈會元》卷二附〈西天東土應化聖賢〉有哪吒小傳:「哪吒太子析肉還母,析骨還父,然後現本身,運大神力,為父母說法。」《西遊記》第八十三回敘哪吒奉如來佛之命來解救被老鼠精地湧夫人劫持的唐僧,有一小段文字介紹哪吒的身世,鬧龍宮,割肉剔骨還給父母,後以碧藕為骨,荷葉為衣,都寫到了,只是使用兵器是一口劍,變成三頭六臂時,六隻手所持六般兵器中有一種「火輪兒」;《西遊記》第四十一回又寫了一個紅孩兒,牛魔王和鐵扇公主的兒子,他站在一輛小車上,舉著火尖槍。《封神演義》將《西遊記》的哪吒、紅孩兒合而為一,讓哪吒手持火尖槍,腳踏風火輪,成為古代文學人物形象長廊中哪吒的標準形像。

作為神魔小說的《封神演義》與古代神話仙話以及宗教有千絲萬縷的關係。哪吒原是佛教故事中的人物,廣成子最早見

於《莊子‧在宥》，趙公明之名首見於《搜神記》，趙公明之妹
三霄娘娘則是民間信仰的紫姑脫胎而來，諸如此類不勝枚舉。
小說所描寫的一些人物變化有三頭六臂，法身異像而如藍靛，
鬚似朱砂，巨齒獠牙，有的還多一隻天眼，這些又源自佛教密
宗的尊神造像。小說描寫戰爭的情節模式，大致是因襲黃帝與
蚩尤之戰的神話。代表正義的黃帝指派應龍出戰，蚩尤則命令
風伯雨師迎戰，兩年難決勝負，天女下來助黃帝一臂之力，於
是擊敗了蚩尤。《封神演義》寫兩年對壘難決雌雄時，總會有一
位神仙下來助戰，從而扭轉了戰局。《封神演義》許多靈感來自
神話仙話，但也不能低估作者的想像力，如散布瘟疫的武器「瘟
丹」，窺測敵情的千里眼和順風耳，日行千里的風火輪，這些願
望在現代都被實現了。

　　就神魔小說的藝術而論，《封神演義》不及《西遊記》。它
描寫了數以百計的人物，而性格豐富的形象並不多。在情節編
織方面，矛盾衝突往往是兩極化，寫殷商朝廷內部鬥爭，只有
昏君奸臣與忠臣這一組矛盾；寫黃飛虎叛逃西周，只有叛將與
朝廷這一組矛盾；武王與紂王的戰爭也是如此，人物性格於是
趨於兩極，好人或者壞人，不像《西遊記》寫孫悟空與妖魔戰
鬥，中間還有唐僧、豬八戒的掣肘，由是情節更富於戲劇性，
人物性格的色調也更豐富。

第二節　道教小說

　　《西遊記》和《封神演義》寫了神魔，有宗教色彩，但它
們不是宗教小說，它們不過是借了神魔來曲折地表現人世和人
性，寄託著對現實人生的愛憎。宗教小說也寫神魔，其故事也
有可讀性和一定的愉悅功能，但宗旨如《搜神記》，是證神道之
不誣。誠如鄧志謨在《鐵樹記》篇末所說，編撰此小說的目的，
是要讓讀者知道，「仙凡有路，而吾人可以興好道之心」。明代
宗教小說雖然可以歸在神魔小說類型中，但它們與《西遊記》、
《封神演義》是無法相提並論的。

　　宣揚道教的小說，以鄧志謨所著《飛劍記》、《咒棗記》和
《鐵樹記》影響較大。鄧志謨主要生活在萬曆時期，江西饒州
安仁縣人，字景南，號竹溪散人，又號百拙、百拙生、風月主
人，室名養拙齋。是一位科場不得意的士人，功名不成，轉而
到福建建陽做塾師，同時為書商編撰小說和其他暢銷書。鄧志
謨編撰的出版物，除小說外，尚有《藝林聚錦故事白眉》、《事
類捷錄》、《花鳥爭奇》等十多種，用他自己的話說，「不佞譾
譾學，糊口書林，所刻帙，不知殃梨棗、汗剗藤幾許」（《續得
愚集》卷二〈與張淳心丈〉）。鄧志謨的著述多由建陽著名書坊
余氏萃慶堂刊刻版行，實際上他就是該書坊所雇寫手。同治年
間編修的《安仁縣志》有他的小傳，《饒州府志》著錄有他的部
分著作書目，其文集《得愚集》、《續得愚集》尚存。

第六章 《封神演義》及其他宗教神魔小說

　　《飛劍記》二卷十三回，署「安邑竹溪散人鄧氏編，閩書林萃慶堂餘氏梓」。此書敘呂洞賓修道成仙過程中斬妖除怪、扶危濟困、度人成仙的諸多靈應傳奇。呂洞賓姓呂名喦，字洞賓，唐河中府永樂縣人氏，出身於官宦之家，本為儒生，早年即有仙道志，在長安酒肆中遇鐘離權祖師，祖師以黃粱夢點化，並授長生之術，後修煉得道，兼明天遁劍法，乃遊天下，行化度人，後乃升仙，世稱純陽祖師。北宋宣和元年（西元一一一九年），徽宗封為「妙通真人」，元代加封為「純陽演化孚佑帝君」。道藏典籍《純陽帝君神化妙通記》、《歷世真仙體道通鑑》等均載有他的傳記和事蹟，然摻入傳說頗多。呂洞賓的詩文著述，《宋史·藝文志》神仙類著錄有《九真玉書》一卷，《全唐詩》錄其詩四卷，後人彙編成《純陽真人渾成集》，不過這些詩文是否皆為呂洞賓手筆，實大有可疑。元明雜劇有《呂洞賓黃粱夢》、《呂洞賓戲白牡丹》等多種。鄧志謨搜集了道家典籍關於呂洞賓的資料，又襲用了有關戲曲情節和民間傳說，發揮自己的想像力，撰成了章回小說《飛劍記》。篇末作者自云：「予素慕真仙之雅，爰捃其遺事為一部《飛劍記》。」《飛劍記》從呂洞賓出生寫起，說他是神仙鐘離子的徒弟慧童思念人間繁華而下凡，雖學識超群，詩文不凡，卻屢試不第，直到六十四歲才中得進士，赴任途中在旅舍邂逅鐘離子，被鐘離子黃粱夢點醒，遂看破紅塵，棄官修道。經過鐘離子七次考驗，證實他

道心已定，鐘離子於是授他以丹訣。接著火龍真人又贈他飛仙劍。呂洞賓攜劍遨遊寰宇，斬了呂梁洪水中的蛟龍，殺了永寧之害人白虎。但在金陵被白牡丹美色所動，泄了丹田之寶，受黃龍禪師教訓，再次精心修養。復了本原之後，又再遨遊天下，化名「回道人」（「回」字抽出小口，即「呂」）、「無心昌老」、「昌虛中」、「無上宮主」（皆隱「呂」字），幻化成衣衫襤褸道人、漁夫、乞丐等，為人除災袪病，施展種種法術，最後度脫何惠娘成仙，此女即八仙之一何仙姑。

　　《咒棗記》二卷十四回，卷首有萬曆三十一年（西元一六○三年）竹溪散人（鄧志謨）的〈薩真人咒棗記引〉。薩真人名薩守堅，五代蜀之西河人，因誤藥死人，遂棄醫學道，遇虛靖天師授五雷諸法，道成端坐而化。《神仙通鑑》有傳。《咒棗記》所謂「咒棗」，乃葛仙翁傳授與薩守堅的咒棗之法，但念咒語，即有棗生，其大如梨，每食三棗，則有一日之飽。小說敘薩守堅前身二世皆修有善緣，出生後聰穎異常，曾做過縣衙刑房吏員，因厭惡生此殺彼的刀筆生涯，遂轉而行醫，不料誤投藥劑釀成三死，悔恨之極便出家修道。求道途中邂逅三位神仙，葛仙翁傳他「咒棗之法」，王方平傳他「返魂之扇」，張虛靖傳他「五雷之法」，他持此三法，一路濟民利物，用「返魂之扇」起死回生，用「五雷之法」收服魍魎之精，到江西龍虎山拜見張天師，被表為「真人」。小說第六回另起頭緒，寫衡州

湘陰有猴精馬精在地方傷人性命，當地有素性兇狠、膂力過人的王惡除掉了二精，卻因體力透支而亡，死後成為地方兇惡神道，每年要地方供奉童男童女給他吞食。薩真人路過此處，用驅雷使火之法除去王惡神道，王惡神道向城隍告狀，城隍允諾王惡神道暗中監視薩真人十二年，若有過錯，允許王惡神道用鞭打死以復前仇。小說從此敘述薩真人的各種高尚德行，拾金不昧、遠絕女色、殮老惜幼、驅治疫鬼、遊遍地獄超度幽魂，十二年無一過錯，修行功滿。王惡神道亦悔過前非，被薩真人改名王善，收為部下將帥。第六回寫高老向薩真人敘說王惡神道要吃童男童女一段文字，幾乎全抄自《西遊記》第四十七回車遲國陳家莊老者向孫悟空的敘說，透露出鄧志謨編寫此書，搜檢殘編，襲用現存材料的情形。此篇情節，構思的特別之處，在於薩真人的一舉一動皆在王惡監視之中，平添了一些波瀾和趣味。

　　《鐵樹記》二卷十五回，今存萬曆三十一年（西元一六○三年）萃慶堂刊本，書題全稱《新鐫晉代許旌陽得道擒蛟鐵樹記》。卷首有竹溪散人〈豫章鐵樹記引〉。許旌陽原名許遜，字敬之，西晉太康（西元二八○至西元二八九年）初曾為旌陽縣令，故稱許旌陽。後棄官訪道，遇黃堂諶母，得淨明五雷諸法術，後舉家拔宅飛升，被尊為西山淨明法派祖師。鄧志謨在《鐵樹記》篇末說：「予性頗嗜真君之道。因考尋遺跡，搜檢殘編，

匯成此書，與同志者共之。」此篇以〈旌陽許真君傳〉為主要依據，敘許遜出生，開悟學道，在蜀郡旌陽縣令任上惠濟民生，西晉動亂之時解官東歸，一心向道，得吳猛傳授道術，時南昌郡有孽龍害民甚烈，許遜以玉帝所付斬妖神劍與之搏鬥，未能取勝，遂往丹陽謁見諶母求助，諶母傳授金丹寶鑑、銅符鐵券並飛步斬邪之法，再與孽龍一族較量，六次斬蛟，終將孽龍鎖於深井之中，驅使神兵鑄鐵為樹鎮之。許遜功行圓滿，舉家飛升。本書主要情節是斬蛟，斬蛟的仙話來源於治水，這部分情節比較曲折生動，可能多採自江西豫章地區的民間傳說。《鐵樹記》被作為道教小說的代表收入《三教偶拈》一書，改題〈許真君旌陽宮斬蛟傳〉，不分卷回，文字略有改動。馮夢龍亦將此篇刪削改編，題為〈旌陽宮鐵樹鎮妖〉，輯入《警世通言》為第四十卷。

　　《飛劍記》、《咒棗記》和《鐵樹記》皆是道教神仙人物的傳記體小說，重在表現他們修煉得道，積累功德和飛升成仙的歷程，雖然三部作品的描述各有側重，但其結構框架和主題思想大致相同，他們與戲曲的「神仙道化」劇是一脈相連的。

　　神仙道教小說還有萬曆間建陽余象斗編刊的三種：《五顯靈官大帝華光天王傳》、《八仙出處東遊記》、《北方真武祖師玄天上帝出身志傳》。

　　《五顯靈官大帝華光天王傳》四卷十八則，又名《南遊記》、

《南遊華光傳》、《華光天王南遊志傳》。署「三臺館山人仰止余象斗編」。余象斗（約西元一五六一至西元一六三七年），又名世騰、象烏，字仰止、文臺、子高、元素，號仰止子、三臺山人、三臺館主人，福建建陽著名出版家。華光是民間信仰的火神。明田汝成《西湖遊覽志》卷十七「華光廟」記曰：「在普濟橋上，本名寶山院，宋嘉泰間建。紹興初，丞相鄭清之重修，以奉五顯之神。」[06]

　　此小說敘火神華光原是靈山寺如來面前的一盞油燈，長期聽經問法，被如來咒成人身。多次鬧事，反覆投胎，最後投胎於婺源范氏腹中，范氏是吉芝陀聖母附體，以吃人為事，被打入酆都。華光探尋母親，鬧東嶽、闖陰司，降諸妖，得知王母仙桃可治其母吃人之癖，遂冒充孫悟空之名盜得仙桃，其母食之果愈，孫悟空聞訊討伐華光，華光被如來收回靈山，玉帝命他永鎮中界。此篇受《西遊記》的影響甚明，孫悟空、鐵扇公主、哪吒等人物出自《西遊記》，鑽進敵人肚皮的戰術亦出自《西遊記》，華光大鬧天宮等情節皆模仿《西遊記》，而華光救母情節則脫胎於目連救母故事。華光雖為道教神祇，但小說摻有不少佛教元素。

　　《八仙出處東遊記》二卷五十六回，又名《東遊記》，《八仙傳》署「蘭江吳元泰著」，余象斗刊。吳元泰生平不詳。此

06　田汝成：《西湖遊覽志》，浙江人民出版社 1980 年版，第 203 頁。

書卷首有余象斗〈八仙傳引〉云：「不佞斗自刊《華光》等傳，皆出予心胸之編集，其勞軼掌矣，其費弘鉅矣。乃多為射利者刊，甚諸傳照本堂樣式，踐人轍跡而逐人塵後也，今本坊亦有自立者固多，而亦有逐利之無恥與異方之浪棍遷徙之逃奴，專欲翻人已成之刻者，襲人唾餘，得無垂首而汗顏無恥之甚乎！故說，三臺山人仰止余象斗言。」此引言雖不及本小說，但透露出《五顯靈官大帝華光天王傳》乃是一部暢銷書，反映出當年盜版嚴重，沒有政府法令可循，單靠如此咒罵肯定不會喚醒盜刻者的良心。由於此類作品暢銷，於是又有《八仙出處東遊記》問世。八仙為鐵拐（李玄）、鐘離權（漢鐘離）、呂洞賓、韓湘子、曹友（曹國舅）、張果、藍采和、何仙姑。本書依次敘八仙出處，即成道經歷，鐵拐李首先得道，然後度脫戰敗逃亡漢將軍鐘離權，鐘離權又度呂洞賓，鐘、呂二人又度韓湘子等五人，八仙同赴王母蟠桃大會，會後各持寶物渡海，所謂各顯神通。藍采和所踏玉板被龍王太子奪走，困於海底，七仙於是與龍王大戰，齊天大聖也持棒助戰，雙方難解難分，最後觀音出面調停，方平息了這場東海惡鬥。本篇開頭從老君道教源流敘起，至篇末呂洞賓、鐵拐李現身當朝明代，時間跨度極大。中間插入呂洞賓與鐘離權賭氣下凡助北蕃蕭后與宋朝作戰，情節源自《楊家府演義》，作者雜湊成書如此。

《北方真武祖師玄天上帝出身志傳》四卷二十四回，又名《北遊記玄帝出身志傳》、《北遊記》。余象斗編撰。有萬曆壬寅三十年（西元一六○二年）余氏雙峰堂刊本。玄天上帝，按道家典籍所載，乃元始化身，太極別體，後化生為淨樂國太子，潛心修煉，拒嗣王位，飛升成仙。此小說寫他是玉帝三魂之一，因玉帝貪慕劉天君家的接天樹，以三魄之一投胎於劉家，修煉未果，一再轉世，最後轉世為淨洛國太子，經妙樂天尊指引，歷經考驗，終於得道復歸天界。時隋煬帝無道，四方作亂，妖怨二氣沖天，他受封北方真武大將軍，下凡收得作亂的龜蛇二怪、趙公明、黑虎神，得關羽之助收得沙刀精，在雍州神雷山收得新興王，落魄山收得田華大王，在山東寧海縣收瘟神，過火焰山收仕榮，昆侖山除六毒之害，如此種種，將中界黑氣掃除乾淨，玉帝遂加封他為混元九天萬法教主玉虛師相玄天上帝、蕩魔天尊。這些降妖除魔的故事均為東拼西湊而成，略無新意。

　　清代有人將《五顯靈官大帝華光天王傳》、《八仙出處東遊記》、《北方真武祖師玄天上帝出身志傳》，再加上楊致和《西遊記傳》四種小說合刊，題為《四遊記》，今存最早刊本為道光十年（西元一八三○年）刊本。以上三種道教小說與鄧志謨的作品比較，第一，宣教色彩較為淡薄；第二，雜湊各種故事傳說成書，敘事更為粗率。儘管如此，這類作品仍有廣大讀者，

《四遊記》的刊行即說明民間閱讀需求何其旺盛。

天啟三年（西元一六三二年）成書的《韓湘子全傳》三十回，署「錢塘雉衡山人編次」。「雉衡山人」真名楊爾曾，字聖魯，另撰有《東西晉演義》。韓湘子為道教傳說的八仙之一，然最早見於小說的是唐段成式《酉陽雜俎》前集卷十九，次後宋代《青瑣高議》前集卷九以及《太平廣記》均記有韓湘子與韓愈的故事。按《酉陽雜俎》所記，韓愈因諫佛骨被貶潮陽，雪阻藍關，逢本族子侄使階前牡丹在冬日開花，花色白紅歷綠，每朵有一聯詩曰：「雲橫秦嶺家何在？雪擁藍關馬不前。」韓愈有贈族侄詩：「擊門者誰子，問言乃吾宗。自云有奇術，探妙知天工。」此傳說演變成族侄為韓湘子，韓湘子在元代被列為八仙之一，藍關擁雪，度脫韓愈。元雜劇紀君祥《韓湘子三度韓退之》、趙明道《韓湘子三赴牡丹亭》，以及宋元佚名戲曲《韓文公風雪阻藍關記》、《韓湘子三度韓文公》等，皆演此故事。《韓湘子全傳》據戲曲情節和民間傳說，敘韓愈之侄韓湘子乃天上白鶴仙降世，得漢鐘離、呂洞賓指點得道，在韓愈貶去潮陽途中，於藍關點悟韓愈，自己化為韓愈往潮陽上任，為地方斬除妖魔，韓愈亦得道升仙。此小說糅合幾部戲曲故事而成，敘述中插有一百幾十支曲子，有些還注明曲牌。敘韓愈赴潮陽一路妖魔當道，顛險難行，頗有模仿《西遊記》的痕跡。第二十回樵夫所敘「玄豹為御史，黑熊為知府」的話，正像《西遊記》

第十九回烏巢禪師給唐僧提示西去路程的險惡。小說中描寫身背寶劍、手持漁鼓簡板的韓湘子造像，成為後世戲曲、繪畫、雕塑的標準像。在明代中後期的道教小說中，《韓湘子全傳》算是較好的一部。但此書煙霞外史《韓湘子敘》稱此作「有《三國志》之森嚴，《水滸傳》之奇變，無《西遊記》之謔虐，《金瓶梅》之褻淫」，則過於溢美了。

第三節 佛教小說

明代中後期的佛教小說不如道教小說熱鬧，那個時代道教比佛教更盛、更得勢，乃環境使然。

《錢塘湖隱濟顛禪師語錄》不分卷回，今存隆慶三年（西元一五六九年）四香高齋平石監刻、王龍刊本，署「仁和沈孟柈敘述」。沈孟柈，仁和（今屬杭州市）人，生平不詳。濟顛，俗稱濟公。宋釋居簡《北澗集》卷十《湖隱方圓舍利塔銘》題下側注「濟顛」，即為濟公爾。明嘉靖間田汝成《西湖遊覽志餘》卷十四記「風狂不飭細行，飲酒食肉，與市井浮沉，人以為顛也，故稱濟顛」。所錄贊詞，被本書轉錄為「無競齋贊湖隱」，綴於卷首作為圖贊。本書敘濟顛出生於南宋光宗三年十二月初八，乃國清寺羅漢堂紫腳羅漢轉世，幼年即無書不讀，舉筆成章，長成後入靈隱寺為僧，法名道濟。他悟性極高，唯不守佛寺清規戒律，舉止癲狂，日以酒肉為伴，但他能扶危濟困，普

濟眾生，屢顯神功。宋寧宗嘉定二年五月十六日辭世，死後累累顯應。這是一部濟顛的傳記，重在描述他以瘋癲遊戲的方式達成種種救世之功。結構完整，但敘事粗略。所敘多市井社會生活，頗受民間喜愛。馮夢龍對此篇略加修飾，改題〈濟顛羅漢淨慈寺顯聖記〉，作為釋教代表，編入《三教偶拈》。此篇又被清初天花藏主人分為二十回，改題《醉菩提全傳》。清初戲曲家張彝宣亦緣飾而成《醉菩提》一劇。

《達摩出身傳燈傳》四卷七十則，今存萬曆清白堂楊麗泉刊本，其卷三署「逸士朱開泰修選（撰）」，作者當為朱開泰，其生平不詳。本書演述菩提達摩禪師的出身、悟道和傳教事蹟，是佛教宣教小說，接近於俗講。達摩是印度香至國王第三子，早年即有志皈依佛門，遇高僧菩提多羅點悟得道。南朝梁普通元年（西元五二〇年）來中國，在嵩山少林寺面壁九年而圓寂。達摩傳法於神光（慧可），是禪宗的開創祖師。本書的社會影響遠遠不及《錢塘湖隱濟顛禪師語錄》。

《二十四尊得道羅漢傳》六卷二十三則，卷三首署「撫臨朱星祚編」，撫臨為江西撫州府臨川縣，朱星祚生平不詳。萬曆三十三年（西元一六〇五年）聚奎齋刊本（利用建陽楊氏清白堂舊板挖改重印），內封框內分上中下三欄：上欄題「全像十八尊」，中欄題十八尊羅漢名：長眉、伏魔、聰耳、抱膝、捧經、降龍、戲珠、飛錫、杯渡、振鐸、施笠、持履、伏虎、換骨、

浣腸、現相、賦花、卻水。除內封標出的十八尊羅漢之外，正文還敘有「勸善」、「緋衣」、「跨象」、「拊背」、「焚佛」五尊，此書實際講述了二十三尊羅漢，闕第二十尊羅漢本文。所敘羅漢並非佛經中所說的釋迦牟尼座下的大阿羅漢，而是由《五燈會元》、《高僧傳》、《景德傳燈錄》等釋典中摘選的歷代高僧的事蹟編撰而成，文學性比較稀薄。

　　與《達摩出身傳燈傳》、《二十四尊得道羅漢傳》屬於同一類型的作品還有《南海觀世音菩薩出身修行傳》，此書四卷二十五則，署「羊城沖懷朱鼎臣編輯」。朱鼎臣生平不詳，他編輯的小說除本書之外，還有《唐三藏西遊釋厄傳》、《新刻音釋旁訓評林演義三國志傳》等。本書寫觀音出身修行，大致依據宋普明禪師《觀世音菩薩本行經簡集》（又名《香山寶卷》），描述妙善不顧父母、姐姐以及宮女的勸阻，一心修道，經受種種考驗，終於修成觀音。得道後平亂救世，情節襲用《西遊記》套路，略無新意。本書意在宣教，如篇末作者所說：「自古修善以來，自如來以下，未有如我慈聖之顯靈顯聖者也。是故表而揚之，以為勸善之戒。」

第四節　三教合一及民間信仰小說

　　佛教傳入中國之後，信仰就有儒、道、釋三教。三教雖各立門戶，但在發展中互相借鑑和滲透，漸次形成三教同源、三

教合一的思想。這種思想在民間信仰中表現得格外鮮明。

　　《三教開迷歸正演義》二十卷一百回，萬曆白門萬卷樓刊本署「九華潘鏡若編次」。潘鏡若，號九華山士。卷首作者〈三教開迷序〉云：「三教道理，其來久矣，乃開迷奚自而傳耶？蓋予先嚴清溪道人喜談釋，嘗與名緇辯難，塵情萬種，觸景皆迷，誰能剖破？惜予垂髫，未悉其旨。壯而孔門不遂，首為鷹揚拔。淹蹇長安四十餘載，小試錫山，鬱鬱未展，而馬齒衰矣。」按此自敘，潘鏡若年輕時困於場屋，壯年棄文習武，得中武舉，閒居京城四十餘年才謀得無錫的一個官職，壯志未酬，人已老矣。此書之作，當在他晚年。所謂「開迷歸正」，顧起鶴〈三教開迷傳引〉說：「是傳開迷心，歸正路，欲以舉世盡歸王道之中，乃參三教而合一。」小說描述萬曆年間林兆恩及其弟子宗孔、僧寶光、道士袁靈明宣導三教合一，遊歷南北各地，驅邪蕩穢，引善化惡，開啟世人覺悟，重振倫理綱常。其中亦有降妖除魔的情節，但妖魔已不是《西遊記》中的妖魔，而多是人性齷齪意識的化身，如貨利迷、好色迷、忌妒迷、做官迷、阿諛迷之類，開迷則是說教。作者對當時社會道德淪喪、世情淡漠有切膚之痛，但所開出的藥方卻是如此平庸，且缺乏文學感人魅力。林兆恩實有其人，字懋勳，別號三教先生，嘉靖、萬曆間以主張三教合一而聞名，著有《林子全集》四十卷，黃宗羲《南雷文案》卷八有〈林三教傳〉，但本書並非其事蹟的實錄。

《唐鍾馗全傳》四卷三十四回，存萬曆年間安正堂刊本，未署作者。本書敘鍾馗出身不凡，形貌怪異，心性善良，極有文才，考中頭名狀元，卻因唐皇嫌其貌醜，黜而不錄，鍾馗憤而觸階而亡。玉帝本已賜筆賜劍鍾馗，可紀善惡、斬妖魔，亡靈到天庭，玉帝又賜降妖簡，封為「掌理陰陽降妖都元帥」，遂下凡人間降妖捉鬼。唐皇知其來歷，詔吳道子繪其圖像供奉內廷，敕封「護國佑民降妖大元帥」。從此屢屢顯聖，成為鬼怪妖魔的剋星。全書以鍾馗為主角，貫穿大大小小的各種降妖捉鬼的故事，結構簡單。而各種故事，大多來自民間傳說和現成小說，如《百家公案》之類作品。鍾馗專於捉鬼因而成為可以辟邪的神祇，自宋代以來就已是一種民間信仰，本書對這種信仰有推波助瀾的作用，入清以後，又出現以描寫鍾馗的小說《斬鬼傳》和《平鬼傳》。

　　《天妃濟世出身傳》二卷三十二回，萬曆潭邑熊龍峰刊本署「南州散人吳還初編」。吳還初，名遷，字還初，號南州散人，曾為《郭青螺六省聽訟錄新民公案》撰〈新民錄引〉，署「南州延陵還初吳遷」，可知吳遷為延陵（今江蘇丹陽）人。天妃或稱媽祖，是南宋迄今至中國東南沿海地區與臺灣崇奉的海神，本書敘天妃本為北天妙極星君之女玄真，漢明帝時下凡托生於福建莆田縣林長者為女，一心向道，白日飛升至湄洲，擒拿在世間作惡的各種精怪。猴精勾結蕃王興兵作亂，漢軍不敵，天

妃俗家之兄林二郎應召禦敵，天妃授以法術，先在鄱陽湖收復鬼精，在大同斬殺妖猴，蕃王敗績不得不稱臣進貢。天妃被漢皇封為「護國庇民天妃林氏娘娘」。次後又收服揚子江的白蛇和鰍精，除掉莆田的雞精，助龍王收服東洋的鱷精。林家功德圓滿，全家俱白日飛升。這部小說主要採集民間傳說而成，或參考過此前已成書的《三教源流搜神大全》中關於天妃的部分，書寫粗略。

　　《牛郎織女傳》四卷五十五則，萬曆余成章刊本署「儒林太儀朱名世編」，朱名世生平不詳。全書四卷，每卷則數不等，文字也長短不一，每則皆四字標題，如卷一〈牽牛出身〉、〈織女出身〉、〈織女訓織〉、〈天孫論治〉、〈牛女相逢〉、〈天帝稽功〉、〈天帝旌勤〉、〈陳錦激內〉、〈玉皇閱女〉、〈牛郎納聘〉等。本書採集牛郎織女民間傳說編成，敘牽牛（牛郎）居天河之西，織女居天河之東，玉皇見織女所織雲錦天衣，憐其獨居辛勞，許嫁河西牛郎。牛郎織女成婚後沉溺於夫婦恩愛，荒廢耕織，玉皇怒而貶謫織女回河東，後有仙人保奏，方許夫婦一年渡過鵲橋相聚一次。卷首詩曰：「最巧天河織女，玉皇配與牽牛。夫婦耽淫廢織，東西謫貶雲頭。保奏七夕一會，鵲鴉代為建橋。士女紛紛乞巧，芳名流播閻浮。」是全書情節的概括。牛郎織女的神話傳說由來已久，《古詩十九首》：「迢迢牽牛星，皎皎河漢女。纖纖擢素手，札札弄機杼。終日不成章，泣

涕零如雨。河漢清且淺,相去復幾許!盈盈一水間,脈脈不得語。」表現了織女與牛郎分離之後的悲苦,已經具備小說情節的輪廓。與本小說最為接近的敘說,見於明代馮應京《月令廣義·七月令》所引《小說》:「天河之東有織女,天帝之子也,年年機杼勞役,織成雲錦天衣。容貌不暇整,帝憐其獨處,許嫁河西牽牛郎。嫁後遂廢織紝。天帝怒,責令歸河東,但使一年一度相會。」牛郎織女的傳說不止一支,清末又有小說《牛郎織女傳》十二回,其情節與明代此本小說大不相同。

第五節　妖術小說

《醉翁談錄》將「小說」分為靈怪、煙粉、傳奇、公案、朴刀、桿棒、神仙、妖術八類。「妖術」類下的「說話」名目列有〈西山聶隱娘〉、〈村鄰親〉、〈嚴師道〉、〈千聖姑〉、〈皮籃袋〉、〈驪山老母〉、〈貝州王則〉、〈紅線盜印〉、〈醜女報恩〉。「妖術」與「靈怪」之不同,在於施術者是人而不是神魔。所謂「妖術」,實近於今天的魔術,歷史上的旁門左道和各神祕宗教常常利用其來蠱惑民眾。魏晉南北朝小說《靈鬼志》記外國道人能入小籠作息,口吐女人,女人又口吐另一男子,又能將人攝入水壺中,諸如此類即是。白話章回小說描述妖術和破除妖術的代表作品為《三遂平妖傳》。

《三遂平妖傳》,嘉靖晁瑮《寶文堂書目》著錄《三遂平妖

傳》上下卷,「南京刻」,未詳撰人和回數。嘉靖南京刻本未
見,今存錢塘王慎修校梓、金陵世德堂刊本四卷二十回,題「東
原羅貫中編次」。此本傳世僅兩部,一部藏北京大學圖書館,
一部藏日本天理大學天理圖書館。此本第一回、第十一回、第
十七回插圖署「金陵劉希賢刻」或「劉希賢刻」,劉希賢是萬曆
後期刻工,所刻有萬曆三十年(西元一六〇二年)佳麗書林刊
本《征播奏捷傳》和萬曆三十五年(西元一六〇七年)南京僧
錄司刊本《金陵梵刹志》。世德堂是南京著名書坊,萬曆二十
年(西元一五九二年)曾刻《西遊記》。可知今存四卷二十回並
非晁瑮《寶文堂書目》著錄的上下卷原本。此書署作者為羅貫
中則大有可疑。經馮夢龍修訂增補的四十回《三遂平妖傳》卷
首張無咎〈敘〉就認為二十回本遠不及《水滸》,「疑非羅公真
筆」。二十回本的第八回敘董超、薛霸押解卜吉至僻靜林中,將
卜吉捆綁起來要結果其性命,千鈞一髮之際被聖姑姑所派道士
張鸞所救,情節與《水滸》野豬林董超、薛霸要殺林沖的描寫
如出一轍,若為《水滸》作者所寫,當不致如此拙劣地抄襲自
己。又第十九回敘文彥博率官軍久攻貝州不下,馬遂獻「苦肉
計」投王則做內應,這又頗似《三國演義》的周瑜、黃蓋的「苦
肉計」。第十一回「杜七聖法術剁孩兒」的故事,南唐尉遲偓
《中朝故事》已有所載,敘施幻術,見斷頭兒不起,遂種甜瓜
子在臂上,須臾長出甜瓜,刀削甜瓜,小兒乃起,壞其術的和

尚則身首異處矣。但最接近《三遂平妖傳》敘述的是萬曆時謝肇淛的《五雜組》，其記曰：「相傳嘉、隆間有幻戲者，將小兒斷頭，作法訖，呼之即起，有遊僧過，見而哂之。俄而兒呼不起，如是再三，其人即四方禮拜，懇求高手，放兒重生，便當踵門求教，數四不應，兒已僵矣。其人乃撮土為坎，種葫蘆子其中，少頃，生蔓結小葫蘆，又仍前禮拜哀鳴，終不應，其人長籲曰：『不免動手也。』將刀砍下葫蘆，眾中有僧頭欻然落地，其小兒應時起如常，其人即吹煙一道，冉冉乘之以升，良久遂沒，而僧竟不復活矣。」[07]《平妖傳》所敘，和尚的頭落下，自己又將頭掇起安上，僅此不同而已。綜上幾點，四卷二十回本《三遂平妖傳》之成書，時間大概不會早於嘉靖。

貝州王則起義，史有其事。北宋仁宗慶曆七年（西元一〇四七年）冬十一月王則起義占據貝州（慶曆八年改為恩州，今河北清河縣），建國曰安陽，自號東平郡王，以張巒為宰相，卜吉為樞密使。至次年正月被文彥博、明鎬所擒，前後共六十六天。史稱「恩、冀俗妖幻，相與習《五龍》、《滴淚》等經及圖讖諸書，言釋迦佛衰謝，彌勒佛當持世」[08]，王則以此號召信眾起事。《三遂平妖傳》據此演繹，但它不是歷史演義，其意專在描述各種妖幻之術，畫上美女變為活人，焚仙畫而孕，

07　謝肇淛：《五雜組》卷六，上海書店出版社 2001 年版，第 112 頁。
08　《宋史》第二十八冊卷二九二《明鎬傳》，中華書局 1977 年版，第 9770 頁。

胡永兒得聖姑姑傳授變錢變米、撒豆成兵、剪草為馬、剪紙為月、佛肚別有天地、斷頭復活、泥燭可燃、憑空運錢等等。襄助文彥博平妖的「三遂」（諸葛遂智、馬遂、李遂）中唯馬遂《宋史》有傳，見卷四四六，事實並非以苦肉計入貝州城，而是公然入城招降，王則拒降，即投杯傷王則，為王則左右所擒殺。

　　小說中所敘聖姑姑、彈子和尚、胡永兒以及王則等若干妖術的故事，應當早已在民間流傳。《醉翁談錄》「妖術」類所記「說話」名目就有〈貝州王則〉，還有題〈千聖姑〉者，也許與聖姑姑有所關聯。《三遂平妖傳》將這些妖術故事略加連綴成篇，其中對市井及其名物的描述，分明還保有宋元遺存，與《宋四公大鬧禁魂張》風格相類。書名《三遂平妖傳》，王則當為主角，但王則的出場已是第十三回，「三遂」出來幫助文彥博平妖，則只在第十九、二十回，全書前半部講述胡永兒得聖姑姑傳授法術並展示各種手段，彈子和尚攝走三千貫銅錢並與杜七聖鬥法，寫得詳盡且有生色，但寫王則造反與三遂平妖距離較遠。張無咎給四十回《三遂平妖傳》作〈敘〉批評說：「余昔見武林舊刻本止二十回，首如暗中聞炮，突如其來；尾如餓時嚼蠟，全無滋味；且張鸞、彈子和尚、胡永兒及任、吳、張等，後來全無施設；而聖姑姑竟不知何物，突然而來，杳然而滅。」此說為稱讚四十回本，有貶抑過分之嫌。不過，二十回本在情節編織上不縝密、結構不勻稱，則是不爭的事實。

馮夢龍修訂增補《三遂平妖傳》成四十回，在泰昌元年（西元一六二〇年）。崇禎金閶嘉會堂四十回刊本內封有識語曰：「舊刻羅貫中《三遂平妖傳》二十卷，原起不明，非全書也。墨憨齋主人曾於長安復購得數回，殘缺難讀，乃手自編纂，共四十卷，首尾成文，始稱完璧，題曰《新平妖傳》，以別於舊。本坊繡梓，為世共珍。」四十回初刻本當為泰昌元年天許齋刊本，卷首張譽（無咎）泰昌元年〈敘〉。四十回本較二十回本，篇幅增加了一倍，前十五回情節為二十回本所無，大致講述聖姑、蛋和尚的來由，第十六回才相當於二十回本的第一回。馮夢龍的修訂彌補了原作情節的某些疏漏，但前十五回增補的情節加入九天玄女、狐狸精等神怪元素，似與原書「妖術」不甚協調。妖術近於幻戲，即近今之魔術，東晉荀氏《靈鬼志》記外國道人幻術，南朝梁吳均《續齊諧記》所記陽羨書生，以及《西遊記》所敘孫悟空在車遲國與三個妖道鬥法，都是這種類型的故事。《醉翁談錄》在「靈怪」、「神仙」之外單設「妖術」一類，是有其道理的。馮夢龍的修訂增補工作有得有失，二十回本仍有它存在的價值。

第七章

《金瓶梅》

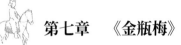

《金瓶梅》是繼《三國志演義》、《水滸傳》、《西遊記》之後，明代傑出的長篇章回小說，明末清初稱它們為「四大奇書」。與前三部「奇書」之不同，在於它的視野從英雄傳奇的世界轉移到凡庸的市井家庭。這種題材本來是「說話」四大家數之「小說」一家以及話本小說的世襲領地，長篇章回小說涉足這一領域，應該說是一個創舉。

第一節　　成書年代、作者和版本

《金瓶梅》出現在文人的視野裡，最早在萬曆二十四年（西元一五九六年），當年袁宏道（西元一五六八至西元一六一〇年）致信董其昌（西元一五五五至西元一六三六年）：「《金瓶梅》從何得來？伏枕略觀，雲霞滿紙，勝於枚生《七發》多矣。後段在何處，抄竟當於何處倒換？幸一的示。」[01] 次年，袁中道（西元一五七〇至西元一六二四年）見董其昌（字玄宰，號思白），「思白曰：『近有一小說，名《金瓶梅》，極佳。「予私識之。後從中郎真州，見此書之半，大約模寫兒女情態具備，乃從《水滸傳》潘金蓮演出一支。所云『金』者，即金蓮也；『瓶』者，李瓶兒也；『梅』者，春梅婢也」[02]。袁中道此言，佐證了袁宏道（字中郎，號石公）之說屬實。袁宏道看到的半部為抄本，

01　黃霖：《金瓶梅資料彙編》，中華書局 1987 年版，第 227 頁。
02　黃霖：《金瓶梅資料彙編》，中華書局 1987 年版，第 229 頁。

說明《金瓶梅》成書不會晚於萬曆二十四年。

關於《金瓶梅》成書的上限，學術界有較多爭議。一九三三年吳晗撰《金瓶梅的著作時代及其社會背景》[03]，從《金瓶梅詞話》第七回孟玉樓談話中說到「朝廷爺一時沒有錢使，還問太僕寺支馬價銀子來使」，找到一個時間座標，他考證明朝皇帝向太僕寺借支馬價銀，是萬曆十年（西元一五八二年）以後的事。一九八九年梅節的《金瓶梅成書的上限》[04]指出，第六十八回提到的「南河南徙」是明中葉以後漕運史上的大事，發生在萬曆五年，則《金瓶梅》成書不會逾越這條界線。此前有人說《金瓶梅》成書在嘉靖，如《金瓶梅詞話》廿公跋說「傳為世廟時一鉅公寓言」，沈德符《萬曆野獲編》[05]稱「嘉靖間大名士手筆」等，都只是臆斷。《金瓶梅》是萬曆前期的作品。

《金瓶梅》作者是誰？這是一個難解之謎。萬曆刻本《金瓶梅詞話》的欣欣子〈序〉謂「蘭陵笑笑生作」，未指明真名實姓。最早接觸到抄本的文人就不清楚其姓氏，只是一些猜測之詞。袁中道說是舊時京師一西門千戶家延請的「紹興老儒」[06]，謝肇淛說是某官僚家中的「門客」[07]，沈德符則說是「嘉靖間

03　此文被收入吳晗《讀史札記》，生活‧讀書‧新知三聯書店 1956 年版。

04　此文被收入梅節《瓶梅閒筆硯》，北京圖書館出版社 2008 年版。

05　《萬曆野獲編》卷二十五，中華書局 1959 年版，第 652 頁。

06　袁中道：《遊居柿錄》。轉引自黃霖編《金瓶梅資料彙編》，中華書局 1987 年版，第 229 頁。

07　謝肇淛：《小草齋文集》卷二十四。轉引自黃霖編《金瓶梅資料彙編》，中華書局 1987 年版，第 3 頁。

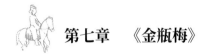

大名士」，入清之後直到當代，人們在前代各種猜測傳聞的基礎上企圖坐實作者身份，較有影響的有王世貞（西元一五二六至西元一五九〇年）、李開先（西元一五〇二至西元一五六八年）、賈三近（西元一五四三至西元一五九二年）、屠隆（西元一五四二至西元一六〇五年）等說。這些說法都是在沈德符「大名士」之說的基礎上演繹出來的，皆缺乏足夠證據。《金瓶梅》敘事，人物對話極多，俚俗而有個性；穿插民間說唱是常用手段；而傳統詩文的修養卻不見高明，且大量襲用現成的文言中篇小說如《懷春雅集》的詩作；有一些片段情節顯然是抄襲現成小說的。如第七十三回襲自白話本小說〈五戒禪師私紅蓮記〉等。這些恐怕都不是「大名士」所能為的。據這部小說的書寫風格，推想「蘭陵笑笑生」應該十分熟悉通俗文學，並對官僚市儈生活有著切身的體驗，很可能如袁中道、謝肇淛所說，是所謂門人館客之流，社會地位不高，然而他卻是劃時代的通俗小說家。

《金瓶梅》成書，初以抄本流傳。謝肇淛〈金瓶梅跋〉說：「此書向無鏤版，鈔寫流傳，參差散失。唯弇州家藏者最為完好。余於袁中郎得其十三，於丘諸城得其十五，稍為釐正，而闕所未備，以俟他日。」[08] 弇州，王世貞號弇州山人。丘諸城即

---

08 謝肇淛：《小草齋文集》卷二十四。轉引自黃霖編《金瓶梅資料彙編》，中華書局1987年版，第4頁。

丘志充，萬曆四十四年（西元一六一六年）至萬曆四十五年（西元一六一七年）與謝肇淛同在工部為官。謝肇淛就在此間向丘志充借抄得全書的一半。薛岡《天爵堂筆餘》說：「往在都門，友人關西文起士以抄本不全《金瓶梅》見示……」[09] 文起士即文在茲，萬曆二十九年（西元一六○一年）進士，初授翰林院庶起士，薛岡從文在茲那裡得見《金瓶梅》殘抄本，大約就在萬曆二十九年稍後。沈德符《萬曆野獲編》記抄本流傳情形更為詳實：「袁中郎《觴政》以《金瓶梅》配《水滸傳》為外典，予恨未得見。丙午（萬曆三十四年，西元一六○六年）遇中郎京邸，問曾有全帙否？曰：『第睹數卷，甚奇快。今惟麻城劉延白承禧家有全本，蓋從其妻家徐文貞錄得者。』又三年，小修上公車，已攜有其書。因與借抄挈歸。」[10] 中郎即袁宏道。劉承禧字延白，武舉出身，是徐階（字文貞）的門婿。小修，袁中道字小修，袁宏道之弟。

抄本轉變為刊本，按上引沈德符《萬曆野獲編》的說法，是在萬曆四十五年（西元一六一七年）前後，他從袁中道（小修）抄得全本後，馮夢龍「見之驚喜，慫恿書坊以重價購刻」。馬之駿（仲良）：「時榷吳關，亦勸予應梓人之求，可以療飢。」，

09　薛岡：《天爵堂筆餘》卷二。轉引自黃霖編《金瓶梅資料彙編》，中華書局 1987 年版，第 235 頁。

10　沈德符：《萬曆野獲編》卷二十五，中華書局 1959 年版，第 652 頁。

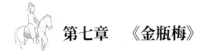

「未幾時，而吳中懸之國門矣」[11]。馬之駿榷吳關在萬曆四十一年（西元一六一三年），沈德符於萬曆四十六年（西元一六一八年）秋中舉，當年底上北京，上京前已見到「吳中懸之國門」的刊本。由此判斷，《金瓶梅》的刊刻當在萬曆四十五年（西元一六一七年）前後。今存十卷本《新刻金瓶梅詞話》有「萬曆丁巳季冬東吳弄珠客」序，「丁巳」即萬曆四十五年。

刊本有兩個系統：十卷本《金瓶梅詞話》和二十卷本《金瓶梅》。

《金瓶梅詞話》十卷，一百回。今存明刊本全稱《新刻金瓶梅詞話》。卷首有二序一跋：首「欣欣子」序稱該書為「蘭陵笑笑生」所作，「蘭陵」是山東嶧縣的古名，按此說，作者是山東嶧縣人；次〈東吳弄珠客序〉，署時「萬曆丁巳（萬曆四十五年，西元一六一七年）季冬」；又次〈廿公跋〉，謂「《金瓶梅傳》為世廟（嘉靖）時一鉅公寓言」。此本簡稱「詞話本」或「萬曆本」。此本於一九三三年馬廉等以古佚小說刊行會名義影印，底本所缺兩葉，影印本據二十卷本抄補，並增入二十卷本插圖二百幅。

《金瓶梅》二十卷，一百回。今存明刊本全稱《新刻繡像批評金瓶梅》。卷前有繡像二百幅，正文有評語。與「詞話本」相比，少了許多說唱韻文，故簡稱「說散本」，文中避崇禎帝名諱，又簡稱「崇禎本」。

11　沈德符：《萬曆野獲編》卷二十五，中華書局 1959 年版，第 652 頁。

「詞話本」與「說散本」基本相同，不同者大致有四個方面。

一、 開頭不同。「詞話本」從武松打虎敘起，前六回基本抄自百回本《水滸傳》第二十三至第二十六回。當然它也不是完全照錄，文字有所改動，尤其對潘金蓮的出身經歷作了貶損的改寫。「說散本」從「西門慶熱結十弟兄」開頭，這情節本在「詞話本」的第十一回。如此開場，突出了小說的主人公是西門慶，不是武松，同時也拉開了與《水滸傳》的距離。敘完西門慶熱結十弟兄之後，才接上「詞話本」的第一回。

二、 回目文字不同。「詞話本」的回目，每回兩句，但不一定都是偶句。例如第一回「景陽岡武松打虎，潘金蓮嫌夫賣風月」，上句七字，下句八字；第八回「潘金蓮永夜盼西門慶，燒夫靈和尚聽淫聲」，上句九字，下句八字。「說散本」的回目都是比較工整的對偶句。

三、「詞話本」有許多說唱韻文，「說散本」大量刪去，洗去了「詞話」色彩，使文本更加散文化。

四、「說散本」第五十三回、第五十四回與「詞話本」有較大差異。「說散本」第五十三回詳敘西門慶在劉太監莊上與黃、安二主事宴會情形，「詞話本」所敘情節雖大致相同，但文字簡略，差異較多。第五十四回兩個本子的情節文字差別甚大，「說散本」此回末敘任醫官給李瓶兒拿脈看病，

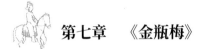

與下一回開頭的「卻說任醫官看了脈息，依舊在廳上坐下」相接無縫，而「詞話本」第五十四回敘任醫官給李瓶兒看完病即告辭離開了西門家，還接著寫李瓶兒吃了藥感覺好多了，而第五十五回開頭──「卻說任醫官看了脈息，依舊到廳上坐下」，明顯不銜接。

從「詞話本」與「說散本」的差異可以看出，「說散本」源自「詞話本」，但今存的「詞話本」和「說散本」並不是父子關係，它們有一個共同的祖本，只不過「說散本」對祖本作了修改而已。「說散本」在清康熙年間經張竹坡（西元一六七○至西元一六九八年，名道深，字自德，號竹坡）修訂評點出版，成為社會流行的版本。

第二節　晚明社會現實的一面鏡子

《金瓶梅》一問世，就造成轟動，評價分兩個極端。貶之者斥為「淫書」，贊之者謂之「奇書」。

持貶斥觀點的沈德符，從袁中道那裡借抄得全書後，馬仲良勸他拿給書商付刻，他拒絕說：「此等書必遂有人板行，但一刻則家傳戶到，壞人心術，他日閻羅究詰始禍，何辭置對，吾豈以刀錐博泥犁哉？」[12]「泥犁」，梵語「地獄」的音譯。他認為《金瓶梅》是壞人心術的穢書，付之刊刻行世，必遭報應，

12　沈德符：《萬曆野獲編》卷二十五，中華書局 1959 年版，第 652 頁。

儘管他自己不辭辛苦手抄了一冊。《金瓶梅》刊行以後，不脛而走，歷代道學家抨擊聲討可謂不遺餘力，清代後期官府屢屢發布禁毀淫詞小說書目，《金瓶梅》沒有一次能逃脫其文網。

另一極端的稱讚之聲也從未間斷。袁宏道一見此書，便贊其「雲霞滿紙，勝於枚生《七發》多矣」[13]。李漁〈三國志演義序〉說：「嘗聞吳郡馮子猶賞稱宇內四大奇書，日《三國》、《水滸》、《西遊》及《金瓶梅》四種。餘亦喜其賞稱為近是。」[14]清代康熙年間的劉廷璣也不認可《金瓶梅》是一部淫書的說法，他所撰著的《在園雜志》列舉了當時已出版了的淫穢小說，力主將它們斧碎棗梨，盡付祖龍一炬，但《金瓶梅》不在此列，他對《金瓶梅》評價甚高：「若深切人情世務，無如《金瓶梅》，真稱奇書。欲要止淫，以淫說法；欲要破迷，引迷入悟。其中家常日用，應酬世務，奸詐貪狡，諸惡皆作，果報昭然。而文心細如牛毛繭絲，凡寫一人，始終口吻酷肖到底，掩卷讀之，但道數語，便能默會為何人。結構鋪張，針線縝密，一字不漏，又豈尋常筆墨可到者。」[15]

斥《金瓶梅》為淫書者，大抵著眼於書中間歇出現的性事描寫。《金瓶梅詞話》排印本將這部分文字刪去，計有一萬

13　袁宏道：《致董思白》。引自黃霖編《金瓶梅資料彙編》，中華書局 1987 年版，第 227 頁。

14　黃霖編：《金瓶梅資料彙編》，中華書局 1987 年版，第 236 頁。

15　劉廷璣：《在園雜志》卷二，中華書局 2005 年版，第 84 頁。

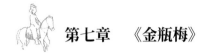

九千一百六十一字,而刪後文字仍有九十七萬字,可見所謂情色描寫僅占全書文字約百分之二而已。刪掉這些情色文字,基本上不影響全書的人物情節和藝術效果。依據這百分之二的文字對全書性質作出判斷,有一葉障目之嫌。所謂淫書,皆以挑逗、刺激性欲為目的,《金瓶梅》的性事描寫,不適於心智尚未成熟的讀者,但它也不同於淫書,它的描寫包含著社會性,揭露了那個時代權貴市儈西門之流是如何把女人變成性榨取的工具,而甘為性奴的潘金蓮之流又是如何透過性事來達成其物質目的的。有性而無愛,是人格的垮塌和人性的變異的表現,是那個時代世風病態的真實寫照。

《金瓶梅》從《水滸傳》百回本第二十三回至二十六回武松殺嫂一段故事節外生枝,展開了一個迥異於江湖英雄世界的市井天地。寫西門慶毒殺武大郎之後,旋即將潘金蓮娶回家。武松為兄報仇,在酒樓上打死的卻不是西門慶,由此獲罪流放孟州。西門慶逍遙法外,一路飛黃騰達。他雖然是個破落戶,開了生藥鋪,但他女婿陳經濟的父親陳洪卻是八十萬禁軍提督楊戩的親家,續弦的正妻吳月娘是清河左衛千戶的女兒,自己又有勾結官府、說事過錢的本領,不但財富與日俱增,而且權勢越來越大,滿縣的人都懼怕他。他娶潘金蓮之前,已有正妻吳月娘,妾有娼優出身的李嬌兒、布商寡孀改嫁來的孟玉樓和前妻陳氏陪房丫頭出身的孫雪娥,潘金蓮進得門來已排行第五,

後來奪占花子虛之妻李瓶兒，便排在第六。

　　在士、農、工、商的「四民」社會裡，西門慶的社會身份是一個商人。然而他的財富來源絕不是商業利潤，也不靠市場的公平競爭，而是勾結官府、依仗權勢巧取豪奪而來。孟玉樓改嫁，帶到西門家來一大筆財產，單是白銀就上千兩，好布三二百筒，以至於可以開張幾個綢緞鋪。他的親家陳洪受楊戩一案牽連，女婿陳經濟和女兒西門大姐卷了陳家財產避難到門下，想必也是一筆不小的數目。西門慶占有李瓶兒，更占有了她手上的巨大財富。李瓶兒原是大名府梁中書的小妾，梁山好漢攻破大名府，梁中書夫婦倉皇出逃，李瓶兒乘亂拿了一百顆西洋大珠和二兩重一對鴉青寶石逃到東京，被花太監納為侄兒花子虛媳婦，名義是花子虛之妻，實為花太監的女人，花太監死後全部財產到了李瓶兒囊中。西門慶與李瓶兒通姦，在花子虛活著的時候，就將金銀財寶日以繼夜地運到西門慶家裡。內官聚斂財富極易，花太監的家財再加上李瓶兒原有私房，其數目恐怕又遠遠超過女婿避難轉移過來的細軟。西門慶發了這幾筆橫財，連同他平時的巧取豪奪，儼然成了當地的首富。他給蔡太師送上一份厚重的生辰擔，換得山東提刑所理刑副千戶的官職。又巴結朝廷朱太尉、翟管家、巡鹽御史，以及山東巡撫、巡按及地方官吏，成為山東一霸。他審理苗青殺主劫財一案，一次就勒得白銀五百兩。從巡鹽蔡御史那裡提前關下三萬

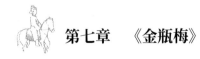

鹽引，買通山東宋巡按，壟斷了朝廷在山東的香蠟、古董買賣，賄賂臨清鈔關大員，綢緞從湖州、杭州進貨大漏其稅。西門慶名為商人，他的發家致富從來不靠商業市場公平交易，他砸了蔣竹山的生藥鋪，一則是懲罰蔣竹山敢娶他的女人李瓶兒，一則是不能容忍縣裡還存在第二家生藥鋪，壟斷是他經商的不二法門。西門慶成功的祕訣很簡單：勾結官府，巧取豪奪。他是在封建專制機體上生長出來的毒瘤，絕不是什麼資產階級萌生狀態的代表。

　　這位極具封建特質的市儈，其精神世界裡除了財富和女人，別無他物。小說寫他在追求財色的人生路上，曾發生過三次危機。第一次是奪妻殺夫，引來武松的復仇。他即時買通知縣，堵死了武松訴訟法律之路，逼得武松不得不法外伸張正義。他一見武松來勢不善，從現場閃避，讓他人做了替死鬼，而武松則變成殺人犯，雖未處死，卻也被流放到二千里外。第二次是受楊戩一案牽連，朝廷公文開列楊戩親黨的名單上西門慶赫然在列，稱這幫人「倚勢害人，貪殘無比」，著即逮捕，「或投之荒裔」，「或置之典刑」，「不可一日使之留於世也」。緊要關頭，他派家人來保上京走蔡太師的門路，用五百兩銀子賄賂蔡京之子蔡攸，蔡攸寫了一封說情密信給辦理此案的右相李邦彥，來保持密信再加重禮面呈李邦彥，李邦彥大筆一揮，將公文上的「西門慶」三字改成「賈慶」二字，西門慶遂化險為夷。

第三次是被山東巡按曾孝序參劾，參本稱西門慶「本系市井棍徒，夤緣升職，濫冒武功，菽麥不知，一丁不識。縱妻妾嬉遊街巷，而帷薄為之不清；攜樂婦而酣飲市樓，官箴為之有玷。至於包養韓氏之婦，恣其歡淫，而行檢不修；受苗青夜賂之金，曲為掩飾，而贓跡顯著」，劣跡罪狀皆鑿鑿有據。這時西門慶羽毛已豐，又有上次擺平楊戩一案的經驗，不慌不忙地打點禮物向蔡太師求救，不出所料，蔡太師先壓下參本，然後羅織罪名將曾孝序罷官。西門慶不但沒有被彈劾，彈劾他的曾孝序反被彈劾治罪，其根基之深厚，連地方封疆大吏也要敬畏他幾分。

西門慶的政治地位鞏固之後，他的全部身心都投到女色之上。胡僧密授他春藥，妓女鄭月兒向他提供當地女色資訊，他的欲火越煽越熾，以致不能自拔。他已有一妻五妾，同時收用了房內丫頭春梅、迎春、繡春、蘭香等，淫過的僕婦有宋惠蓮、王六兒、如意兒、賁四嫂、惠元等，外遇則有王招宣的遺孀林太太，嫖過的妓女除已納為小妾的李嬌兒、卓二姐（潘金蓮進門前已亡）外，還有李桂姐、吳銀兒、鄭月兒等。他與這些女人，包括他的妻妾，純粹是一種低級的肉體關係，完全被一種動物式的欲求支配著。到了後來，是只要能到手的女人，不管美醜良莠，都一概收納。

他的欲求，在潘金蓮身上得到相當的滿足，他知道潘金蓮心性惡劣，但卻須臾離不開這個淫蕩的女人。潘金蓮在西門慶

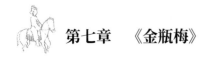

的妻妾中，既無娘家背景，也無半點錢財，而且殺夫改嫁，背著極壞的名聲，她唯一擁有的是色，所以她只能以色事人，換取自己的利益和鞏固在西門家中的地位。她和西門慶一樣，是被欲望驅使的性的魔鬼，先私通小廝琴童，後又與女婿陳經濟勾搭成奸。在妻妾的明爭暗鬥中，總是能蠱惑西門慶而占盡便宜。她扳倒了向她挑戰的孫雪娥，剪除了威脅她地位的宋惠蓮，害死了李瓶兒母子，正當她要謀算吳月娘時，靠山西門慶縱欲身亡，於是優勢喪失殆盡，成了別人刀俎上的魚肉。

西門慶氣絕之時，正是吳月娘產子之日。樹倒猢猻散。李嬌兒急不可耐地改嫁張二官，張二官是與西門慶同一類型的暴發戶，西門慶昔日的奴僕、爪牙、幫閒，或者背恩拐財而去，或者改換門庭投靠了張二官。張二官謀得提刑所西門慶死後空下的職缺，準備出八十兩銀子把潘金蓮買到手，他是清河縣的又一個西門慶。

吳月娘識破潘金蓮、春梅與陳經濟的奸情，將陳經濟掃地出門，賣掉潘金蓮和春梅。潘金蓮在王婆家待價而沽，此時武松大赦回來，殺了潘金蓮和王婆，投奔十字坡開店的張青，然後上了梁山。陳經濟、春梅也相繼死於非命。吳月娘被普靜和尚點悟，舍了兒子出家為僧，收了小廝玳安為子，終得善果。

《金瓶梅》的故事，按小說描寫是發生在北宋末年，而實際所寫乃是明代嘉靖、萬曆時期的社會實景。明代中期以後商

業有蓬勃的發展，士、農、工、商的四民社會結構正在發生變化，商業在社會經濟生活中的比重和作用有所提升，經商不再被視為賤業。何心隱（西元一五一七至西元一五七九年）就說：「商賈大於農工，士大於商賈，聖賢大於士。」[16] 在他的四民觀中，商由第四位升至第二位。不但有士人棄儒經商的實例，也有官僚兼營生意的記錄。商人中也有秉持儒家理論的所謂儒商。明李晉德《客商一覽醒迷》有「來之無當，去之甚速」的箴言：「錢財物業，來之有道，義所當得者，必安享永遠。若剝削貧窮、蒙昧良善、智術巧取、貪嗜非義，雖得之，亦守之不堅。非產敗，兒必招橫禍，人命火盜，概不可測。先儒詩云：『物如善得方為美，事到巧圖安有功。』」[17]

　　明代小說對於這類踐行儒家理論的商人也有所描寫，如《醒世恆言》第十八卷〈施潤澤灘闕遇友〉的施復和朱恩，同書第三十五卷〈徐老僕義憤成家〉的徐家老僕阿寄，等等。阿寄實有其人，代理孤兒寡母經營發家而自己分毫不取，李贄還特別撰寫〈阿寄傳〉一文讚揚備至，慨嘆「彼之所為，我實不能也」[18]。從明初確立的重農抑商的時代走過來，商人或者大有揚眉吐氣的感覺，但商業自由發展的空間極其有限，朝廷控制著重要生產資料和生活資料如鹽、鐵等的經營權，也不制定

16　《何心隱集》，中華書局 1981 年版，第 53 頁。

17　楊正泰校注：《天下水陸路程（三種）》，山西人民出版社 1992 年版，第 306 頁。

18　李贄：《焚書》卷五，中華書局 1975 年版，第 222、223 頁。

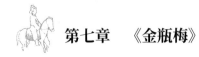

維護商業公平交易秩序和商人權益的法律，商人的地位十分脆弱，一旦發了財，大多都要去農村買田置地，對封建制度的依附顯而易見。明代商人讀物《商賈醒迷》告誡商人：「官無大小，皆受朝廷一命，權可制人，不可因其秩卑，放肆慢侮。苟或觸犯，雖不能榮我，亦足以辱我。倘受其叱撻，又將何以洗恥哉。凡見官長，須起立引避，蓋嘗為卑為降，實吾民之職分也。」[19]「是官當敬」，這是當時商人的箴言。

事物的另一面是，商人如果勾結官吏，則一定可以獲得超經濟的利益，勾結的官吏層級越高，取得的利益就越大。西門慶的暴發，生動地表現了這個鐵則。當初武松告他殺夫奪妻的時候，他還只能從縣衙皂隸那裡打探消息，可以交通衙門，卻不具有在地方呼風喚雨的能力。自攀上蔡太師的翟管家，賄賂可直達蔡太師，於是就買來了提刑所理刑副千戶的官職，但凡朝廷官員過往清河縣，他無不隆重款待，奉上金錢和美女，極盡巴結之能事。有了朝廷和地方官吏的保護，他能弄到鹽引，包攬宮廷在山東的古董、香蠟買賣，大肆偷稅漏稅，成為山東當地一霸。小說描述西門慶與潘金蓮勾搭成奸時二十七歲，縱欲身亡時三十三歲，短短六年間，即由一個開生藥鋪的破落戶暴發成一方富豪，他臨終囑咐後事，盤點家底，緞子鋪本銀五萬兩，絨線鋪本銀六千五百兩，珠絨鋪本銀五千兩，印子鋪本

19　楊正泰校注：《天下水陸路程（三種）》，山西人民出版社 1992 年版，第 319 頁。

銀二萬兩，生藥鋪本銀五千兩，放債數目以及房舍、莊田、珍寶等，更難以確算。六年間，他聚斂了巨額的財富，更積累了炙手可熱的權勢。第六十五回宋御史委託他招待路過清河的欽差大臣黃太尉，酒宴席散後應伯爵對他說：「雖然你這席酒替他賠幾兩銀子，到明日，休說朝廷一位欽差殿前大太尉來咱家坐一坐，自這山東一省官員，並巡撫、巡按，人馬散級，也與咱門戶添許多光輝，壓好些仗氣。」因此，清河縣的幾家皇親都要敬畏他幾分。他建自己的莊子，可以強拆向皇親的房舍；妓女鄭愛月正在王皇親宅上供唱，他可以派軍人馬上叫出來為自己服務；白皇親的一座大螺鈿大理石屏風和兩架銅鑼銅鼓，他僅以三十兩銀子的低價就收購過來。更有甚者，他竟大搖大擺跨入太原節度汾陽郡王之後的招宣府，把招宣的遺孀攬入懷抱，而且不十分情願地接受招宣之子為義子。市儈與封建專制權力結合，竟能倡狂到如此地步。

西門慶是「蘭陵笑笑生」筆下的獨特形象，他的性格，他的靈魂和作為，絕不是偶然產生和形成的，他是腐朽了的封建社會制度的必然產物。王錡（西元一四三三至西元一四九九年）《寓圃雜記》就曾披露市儈鑽營為官的社會實態：「近年補官之價甚廉，不分良賤，納銀四十兩即得冠帶，稱『義官』。且任差遣，因緣為奸利。故皂隸、奴僕、乞丐、無賴之徒，皆輕資假

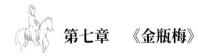

貸以納。凡僭擬豪橫之事，皆其所為。」[20] 這種情況在明代前期還是未曾見過的。《金瓶梅》寫西門慶用一個生辰擔從蔡太師那裡買到了一個理刑副千戶，押送生辰擔的吳典恩得了一個「驛丞」職銜，就連跟隨的奴僕來保也當上了「校尉」。作者在西門慶死後特別安排了一個張二官出場，張二官小西門慶一歲，打點了千兩銀子，上東京走關係補了西門慶理刑千戶的缺，先是將李嬌兒娶回家中，收了西門慶的丫頭春鴻，還打算買來潘金蓮，西門慶的幫閒走狗應伯爵之流也都投靠了這位新主子，張二官儼然西門慶第二。張二官的出場，意在提示讀者，西門慶的確很壞，但更壞的是滋生「西門慶們」的社會土壤。由於這個土壤存在，因此「西門慶們」是不會絕跡的。

《金瓶梅》對明代後期社會生活描繪之細膩之生動之深刻，在古代小說中是無與倫比的。不過，看到社會中的黑暗和人性中的醜惡，其實不甚困難，困難的是穿透黑暗和醜惡，看到被遮蔽的光明和美好的東西。《金瓶梅》的色調是灰暗的和壓抑的，缺乏詩意的光照，它可以如枚乘《七發》振聾發聵，卻不能給人慰藉和希望。

20　王錡：《寓圃雜記》卷五，中華書局 1984 年版，第 40 頁。

第三節　長篇小說藝術的創新

　　古代長篇小說的源頭是「講史」，元代的《五代史平話》、《三國志平話》、《武王伐紂平話》等，皆由宋元「說話」中「講史」一家演化出來，明代的《三國志演義》、《水滸傳》、《西遊記》也都或多或少具有「講史」演進的痕跡。他們向讀者展現的是軍國大事或英雄傳奇世界。到了《金瓶梅》卻發生了轉折，它借了《水滸傳》武松、潘金蓮、西門慶的一段情節生發出來，不再是江湖英雄的傳奇，而是平常市井人物的寫真，從充滿神奇浪漫色彩的英雄世界回到了庸常男女的家庭生活實境。對凡人世界的描述本來是「說話」中的「小說」一家的題材領地，其精彩的作品也不少見，但長篇小說突破傳統題材來描寫市井家庭生活，《金瓶梅》具有里程碑的意義。

　　古代小說的題材，或者來自「說話」，或者來自史傳、野史筆記，或者來自民間傳說，大多都有出處。《三國志演義》、《水滸傳》、《西遊記》、《封神演義》等，其題材都有累積的過程，最後由一位寫作高手據以創作達到成功。利用累積的題材進行創作，是古代小說創作發展的階段性特徵。《金瓶梅》的出現結束了這一歷史階段。它雖然是借樹開花，依憑《水滸傳》情節的一個片段，但整體上卻是作家憑藉了自己對生活的體驗虛構出來的。西門慶的家庭和社會關係，家庭中妻妾、丫鬟、僕婦以及家庭內外的矛盾糾葛，由人物性格衝突推動的情節，都是作家從

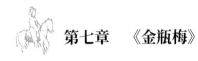

第七章　《金瓶梅》

社會現實生活中提煉出來的，基本上擺脫了對現成題材的依傍。《金瓶梅》的創作，開啟了作家從自己生活中尋找題材的新路。

　　《金瓶梅》故事情節模型的單體式，是古代長篇小說敘事的歷史性進步。《三國志演義》沿襲史傳編纂結構，儘管作者在編纂的框架裡，按自己的思想傾向對某個集團和人物給予較多的關注和描寫，但情節並不能完全囿於某個集團和人物，作者敘述的焦點不斷地隨著歷史旋渦的運動而轉移，與托爾斯泰《戰爭與和平》之類作品藉由某幾個家庭的遭遇來描繪歷史風雲截然不同。它可視為是由歷史線索貫串起來的許多故事的集合體。《水滸傳》和《西遊記》的結構也不是單體式。《水滸傳》最精彩的部分是梁山排座次之前各位要角被逼上梁山的悲壯歷程。這些要角的故事往往相對集中在某幾回，魯智深主要在百回本的第四回至第八回，林沖主要在第七回至第十一回，楊志主要在第十二、十四回及第十六、十七回，武松在第二十三回至三十二回的十回中，這些要角魚貫登場，連接法基本上是「接力式」，由一個人物引出下一個人物。各個人物的故事固然有「逼上梁山」的共同性質，但就情節而言都有相對獨立性。全書的結構是許多相對獨立的情節的連綴體。《西遊記》是典型的遊記體結構，取經路上九九八十一難，一個故事接著一個故事，所有這些故事都由唐僧、孫悟空師徒貫串起來，也是一種方式的連綴體。

《金瓶梅》的故事模型就不同了，它只寫一個家庭，西門慶及其妻妾潘金蓮、李瓶兒、龐春梅、吳月娘、孟玉樓、孫雪娥等人物，都是活動在這個家庭空間裡的要角，作者敘述的焦點始終聚集在這個興衰的市儈家庭，它的故事具有整體性。當然，作者並沒有對這個家庭作封閉式的描述，它透過這個家庭成員的各種社會關係，把視角輻射到社會各個層面，朝廷權貴、地方官吏、地方豪強士紳、僧道娼優以及幫閒棍徒各色人物，讓讀者看到這是一個存在於社會情境中的家庭。各種社會關係都歸向和聚焦在西門慶的家庭，小說以家庭生活為中心，情節每進一步，各種人事紛至遝來，主要的人和事之間都存在著有機的聯繫，絕不是可有可無、可增可減或者可以前後挪移的。這就是《金瓶梅》故事情節模型的單體式。

　　這種單體式決定了它的情節衝突不是線性的，而是網狀的。線性的情節在衝突上表現為單一矛盾的因果關係，比如《水滸傳》寫林沖與高俅的矛盾，高俅要奪林沖的妻子，林沖要維持自己的小家庭，衝突中也都有別的人物加入，如陸謙、魯智深等，但矛盾始終是單一的，情節的進展，前事是後事的因，後事是前事的果，呈現為線性發展的軌跡。《金瓶梅》寫西門慶的家庭生活，丈夫和妻妾，妻妾之間，主僕之間，僕婦之間，各種矛盾糾纏交錯，每一個人都懷有自己的欲望和盤算，都按照自己的願望和意志行動，每個人的意志和行動又都同時受到

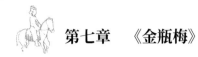

不止一個方面的阻撓和牽制，這樣多方互相交錯的力量之衝突推動情節向前發展，其結果是誰都料想不到，也誰都不想要的。

例如西門慶謀娶李瓶兒，初看起來十分簡單，花子虛已死，李瓶兒早已與西門慶勾搭成奸，且大筆私房財寶已轉移到西門家，迎娶李瓶兒是水到渠成的。但西門慶的妻妾卻不肯成人之美，吳月娘搬運李瓶兒的私房到家十分熱情和積極，待到說娶李瓶兒回家，則是公開抵制，潘金蓮對李瓶兒嫉妒最深，容色不分伯仲，又有大筆私房，她的態度不言自明，但她不敢頂撞西門慶，只能將吳月娘推到第一線。其他侍妾雖未表態，但從他們身邊丫頭對李瓶兒的嘲訕來看，沒有一個持歡迎態度的。阻撓延後了婚娶的時間，一場未曾預料的事故中斷了迎娶這件事。西門慶的親家陳洪被劃為楊戩親黨在押，自己也上了逮捕的黑名單，他不得不全力以赴面對這場危機，李瓶兒以為進西門家無望，草率地招贅了窩囊無能的江湖郎中蔣竹山。又經過一番折騰，李瓶兒終於嫁進門來，並為西門慶誕下一個兒子，但她心癡意軟，再加上錯嫁蔣竹山的過失，在妻妾的明爭暗鬥中，保不住兒子，無奈地、淒淒慘慘地走向了毀滅。西門慶占有李瓶兒，不單存在著與花子虛、蔣竹山之間的矛盾，還存在著與其他妻妾的矛盾，此外還有官僚集團的矛盾鬥爭也在客觀地掣肘他。在《金瓶梅》的重要事件裡，無一不交織著多種矛盾，所謂牽一髮而動全身。情節的這種結構不是線性的，而是網狀的，它更接近現實生活的本來樣子。

《金瓶梅》細節描寫的豐富、細膩和逼真，超過了此前的
《三國志演義》、《水滸傳》和《西遊記》。它用極其細膩的筆觸
描寫人物的肖像，完全擺脫了過去小說常用的「沉魚落雁之美、
閉月羞花之貌」之類的套語模式，第二十九回寫吳神仙給西門
慶妻妾看相，借吳神仙的眼睛，描繪了吳月娘、李嬌兒、孟玉
樓、潘金蓮、李瓶兒、孫雪娥、西門大姐和龐春梅的形象，這
些只是相士眼中的女人，小說對她們還有不同視角的描寫，相
貌、膚色、體態、神氣和服飾等，綜合起來就是立體的寫真。
作品描寫了無數大大小小的場面，官邸、寺院、衙門、房舍、
花園、青樓等，不僅對建築形態作了描寫，而且對於其中的擺
設、傢俱、器用等也都作了描寫，尤其值得稱道的是對家庭生
活的方方面面描寫，如女人的首飾、服裝、飲食、禮俗、娛樂
等的描寫，全方位地展示了晚明家庭生活的實態。《金瓶梅》
對生活細節的描寫還應當包括對當時當地民間鮮活的語言的描
摹，人物對話的個性化和俚俗化，在古代白話長篇小說中也是
前無古人的。

第四節　《金瓶梅》的影響

　　《金瓶梅》對晚明社會無情而大膽的暴露，作者並非不持
立場，宋惠蓮的慘死，秋菊的受難，李瓶兒的悲劇，孫雪娥的
冤獄，在敘述中皆予以了一定的同情和哀憐；對於西門慶的為

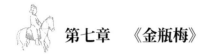

第七章　《金瓶梅》

非作歹和對女人的玩弄蹂躪，對於潘金蓮的蛇蠍心腸，在揭露中也表現了憎惡的態度。然而作者把一切罪惡之源歸於人性的貪欲，以為超脫罪惡的唯一途徑就是否定人世，回到無欲無情的境界，於是安排西門慶轉世的孝哥去皈依佛門。這種逃避現實的方式是否就可以使人生和社會得到救贖，作者恐怕也未必相信。這種虛無和消極的情緒不能不影響情節的編織和人物的描繪，一些自然主義的暴露傾向也顯而易見，尤其是一些性事描寫就有展示之嫌。儘管作者創作的年代淫風熾盛，皇帝、大臣、文人們不以公開談論性事為恥，但作為一部傳世之作的《金瓶梅》不比當時流行的豔情小說，如此用筆，傳之久遠，其消極方面的影響也不可否認。

董其昌（思白）是較早讀到《金瓶梅》抄本的文人，他一方面稱讚它「極佳」，另一方面又主張「決當焚之」[21]。比較典型地反映了禮教社會中文人對《金瓶梅》的矛盾心態。像袁宏道、馮夢龍、李漁等持完全正面評價的畢竟是少數。

入清以後，康熙三十四年（西元一六九五年）張竹坡以二十卷「說散本」為底本加以評點，題為《皋鶴堂批評第一奇書金瓶梅》刊刻出版。張竹坡在該書卷首《第一奇書非淫書論》中極力為《金瓶梅》辯護：「今夫《金瓶》一書，作者亦是將《寨

21　袁中道：《遊居柿錄》。引自黃霖編《金瓶梅資料彙編》，中華書局 1987 年版，第229 頁。

裳》、《風雨》、《籜兮》、《子衿》諸詩細為摹仿耳。夫微言之，而文人知儆；顯言之，而流俗皆知。不意世之看者，不以為懲勸之韋弦，反以為行樂之符節，所以目為淫書，不知淫者自見其為淫耳。」[22] 接著又在《批評第一奇書金瓶梅讀法》中又說：「《金瓶梅》不可零星看。如零星，便止看其淫處也。故必盡數日之間，一氣看完，方知作者起伏層次，貫通氣脈，為一線穿下來也。凡人謂《金瓶》是淫書者，想必伊止知看其淫處也。若我看此書，純是一部史公文字。」[23] 張竹坡對《金瓶梅》的評論，在輿論視之為淫書的背景下，是頗有點兒叛逆意味的。

　　按張竹坡的說法，康熙三十四年評點之時，《金瓶梅》「夫現今通行發賣，原未禁示」[24]，雖然此前朝廷已有嚴禁淫詞小說的明令。直到康熙五十三年（西元一七一四年）朝廷頒布禁絕淫詞小說的律條，《金瓶梅》大概才不能公開刻印發售了，道光以後江浙地方政府禁毀書單上，《金瓶梅》皆榜上有名。

　　不過政府禁毀終難滅掉《金瓶梅》，清末吳趼人《二十年目睹之怪現狀》第七十二回敘北京琉璃廠書店的一段見聞，禮部堂官李大人用八十兩銀子買了三部書：《品花寶鑑》、《肉蒲團》和《金瓶梅》，書都鎖在箱子裡，交易十分神祕。禮部恰是負責禁毀淫詞小說者，這段描寫極富諷刺意味；從另一方面看，禁

22　黃霖編：《金瓶梅資料彙編》，中華書局 1987 年版，第 64 頁。
23　黃霖編：《金瓶梅資料彙編》，中華書局 1987 年版，第 80 頁。
24　黃霖編：《金瓶梅資料彙編》，中華書局 1987 年版，第 64 頁。

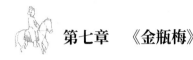
毀《金瓶梅》實為一紙空文，地下刻印買賣連續不斷，而且有暴利可牟。幾百年間粗製濫造的坊刻本極多，明刊的十卷本《金瓶梅詞話》和二十卷本《金瓶梅》雖然罕見，但畢竟留存至今。

　　《金瓶梅》在中國古代長篇小說發展的歷史中具有里程碑意義。它標誌著長篇小說從描寫軍國大事和英雄傳奇向現實家庭生活的轉移；標誌著長篇小說的題材從累積式階段向直接從現實生活中提取階段的轉變；標誌著長篇小說的敘事結構從連綴式、線性式向一體式、網狀式的轉變；標誌著長篇小說從誇張式的筆觸向寫實性描摹的轉移。《金瓶梅》開啟了長篇小說創作的新的歷史階段，《醒世姻緣傳》躍進後，而《紅樓夢》更是發揚光大。可以說，沒有《金瓶梅》就沒有《紅樓夢》。

第八章

公案小說、時事小說及其他

第一節　公案小說

　　明代萬曆後半葉陸續出現一系列題為「公案」的小說。今存最早的是萬曆二十二年（西元一五九四年）與耕堂刊《包龍圖判百家公案》（簡稱《百家公案》），刊出後很可能暢銷，於是萬曆二十六年（西元一五九八年）就有余象斗編刊的《皇明諸司廉明奇判公案》（簡稱《廉明公案》）以及續編《皇明諸司公案》（簡稱《諸司公案》）的出版。《百家公案》中所有案件概由包龍圖（包拯）一人判斷，而《廉明公案》和《諸司公案》的案件是由不同的官員判斷。一書一個判官與一書多個判官，是為兩種模式，前者可稱「單傳體」，後者可稱「諸司體」。受它們的影響，「單傳體」的作品後續有《郭青螺六省聽訟錄新民公案》（簡稱《郭青螺公案》，萬曆三十三年）、《海剛峰先生居官公案傳》（簡稱《海剛峰公案》，萬曆三十四年）、《包龍圖神斷公案》（簡稱《龍圖公案》）；「諸司體」作品相繼出現的有《詳刑公案》、《律條公案》、《明鏡公案》、《神明公案》、《詳情公案》等，共有十一種。

　　明代後期湧現出來的這一批公案小說都是以官員決獄判案為主題，所要表現的是斷案官員的精察幹練。每一種作品中彙集了各種性質的罪案，作者對每一種案情的敘述都是簡略的，而對訴狀和官員的判詞卻不願遺漏，似乎是將古今刑獄之事輯錄成書。

　　《包龍圖判百家公案》一百回，作者安遇時生平不詳。北
宋包拯（西元九九九至西元一〇六二年）官至龍圖閣直學士，
俗稱包龍圖，為官廉潔，執法公正，民間關於他秉公辦案的傳
說很多，《百家公案》作為小說，是寫他判案的第一部專集。
全書一百回，大多是每回寫一樁公案，其中第七十六、七十七
兩回寫一樁，第七十九、八十、八十一回寫一樁，第八十八、
八十九、九十回寫一樁，第九十三、九十四回寫一樁，題為「百
家公案」，實則九十四家。每家公案自成情節單元，互相並無關
聯，只是判案人都是包龍圖，由判案人串聯各案成書，在這個
意義上，該書是許多短篇之集成。

　　本書敘寫包龍圖判案，並不是歷史上包拯判案的實錄，第
九十一回「斷卜安偷割牛舌」事見《宋史》包拯本傳，於史
有據，其他多數案例，都是從他人那裡移植過來，附在包拯
身上。第九回、第四十五、第四十六回的決獄，是明代周新經
辦的案子，見於《明史》周新本傳和野史《周新異政》等；第
七十六、七十七回敘阿吳、阿楊謀殺丈夫案，出自《折獄高抬
貴手》卷五，這是歷史上膾炙人口的疑案，後來被搬上戲曲舞
臺，名曰《雙釘記》。還有一些作品，乃是從過去的文言和白話
小說作品用仿作、縮寫或抄襲的方式編撰而成，如第四回〈止
狄青花園之妖〉來自唐代袁郊〈甘澤謠·素娥〉（見《太平廣記》
卷三六一）；第五十一回〈包公智捉白猿精〉仿自《剪燈新話·

申陽洞記》和〈陳巡檢梅嶺失妻記〉；第二十回〈伸蘭孃冤捉和尚〉的情節極類〈簡帖和尚〉；第四十一回〈判妖僧攝善王錢〉是《平妖傳》第二十九、三十、三十一回的節文，今存《平妖傳》版本的馮夢龍增補改訂，嘉靖年間晁瑮《寶文堂書目》著錄有南京刊刻之《三遂平妖傳》上下卷，《百家公案》當據此上下卷本節錄，但文字與馮訂本仍十分接近，也可證明馮訂本並未對上下卷本做大的修改；第五十八回〈決戮五鼠鬧東京〉是〈五鼠鬧東京包公平妖傳〉的縮寫。抄襲的情況也屢見不鮮；第二回〈判革猴節婦牌坊〉前半文字抄自陶輔《花影集》卷二〈節義傳〉，後半文字與《諸司公案》卷二「姦情類」〈王尹辨猴淫寡婦〉故事相類；第五回〈辨心如金石之冤〉抄自《花影集》卷三〈心堅金石傳〉；第二十七回〈判劉氏合同文字〉、第二十九回〈判除劉花園三怪〉分別抄自《清平山堂話本》的〈合同文字記〉和〈洛陽三怪記〉。還有些作品是從說唱、戲曲改編過來，第四十九回〈當場判放曹國舅〉、第八十七回〈斷瓦盆叫屈之異〉分別改編自成化刊說唱詞話《包龍圖斷曹國舅公案傳》和《包龍圖公案斷歪烏盆傳》，第六十二回〈汴京判就胭脂記〉據元雜劇《留鞋記》，第七十四回〈斷斬王御史之贓〉據元雜劇《抱妝盒》，第七十八回〈判兩家指腹為婚〉據元雜劇《緋衣夢》及南戲《林招得》，第九十九回〈一撚金贈太平錢〉據南戲《朱文太平錢》等。

　　包龍圖，如胡適所說是一位「箭垛式的人物」（〈三俠五義序〉），古來許多折獄的故事都集聚在他一人身上，這是民間文學創作的一個奇特的現象。就《百家公案》的創作而言，以上所述，足見它是一部雜湊的書，文學性很有限。

　　余象斗編撰《廉明公案》和《諸司公案》就另闢蹊徑，他大概認為《百家公案》虛構過多，為了故事性而犧牲了公案的真實性，他傾向於向法家律書靠攏。

　　《皇明諸司廉明奇判公案》二卷一百○五則，上下兩卷，分為十六類，類目為：人命類、姦情類、盜賊類、爭占類、騙害類、威逼類、拐帶類、墳山類、婚姻類、債負類、戶役類、鬥毆類、繼立類、脫罪類、執照類、旌表類，每類下有二至二十則不等，共一百零五則。每則敘一件案情，敘述方式不一：有的只錄狀詞、判語而無故事，這種敘述方式共有六十四則，讀者只能從狀詞、判語中得知案情；有的交代作案、破案過程，敘述粗略簡單。《廉明公案》的這種編撰體例來源於古代法律文書。

　　古代法律文書編撰體例按歷史發展有「以刑統例」和「以罪統刑」兩種方式。戰國之前，曾有「以刑統例」的方式，按「墨、劓、荆、宮、大辟」五種刑罪將既行判例分類編撰，供執法者作為定罪科刑的依據。到戰國時期，法律文書的編撰改為「以罪統刑」，按罪案性質，如人命、姦情、盜賊等分類，在罪

案下注明應當科處的刑罰。同樣一類罪名，情節和危害輕重不同，量刑也不相同。在實用的層面上，「以罪統刑」要比「以刑統例」明快便捷得多，也較明白地告誡民眾，何為犯罪，何種犯罪將承擔何種刑罰。故而，「以罪統刑」的法典編撰體例一直沿用至清代。《廉明公案》及其後的大多數公案小說都採用了「以罪統刑」的編撰方式，與《百家公案》有明顯差別。

　　此外，《廉明公案》在記敘一樁案子的時候，很在意引述原告狀詞、被告訴詞和官府判詞，似乎是一樁案子的完整檔案。判詞的寫作自唐代以來就一直受到朝廷和士人的重視，唐代科舉制度規定，士人及第後還必須通過吏部考試才能授官，而吏部考試內容之一就是寫作判詞。判文所以重要，如《文獻通考》所言，「蓋臨政治民此為第一義。必通曉事情，諳練法律，明辨是非，發擿隱伏，皆可以此覘之」[01]。因此判文成為古代的一種獨立文體，鄭樵《通志》在「藝文」中就列有「案判」一類，明代徐師曾《文體明辨》更是將判文分為科罪、評允、辨雪、番異、判罷、判留、駁正、駁審、末減、案寢、案候、褒嘉十二類。在明代，判文大概是除了八股文之外最受士人重視的文體。如果說公案小說引錄或者撰作判詞是適應士人需要的話，那麼它引錄或者撰作狀詞和訴詞則多少是為百姓訴訟提供實用範文。《廉明公案》只錄有三詞的六十一則就抄自《蕭曹

01　馬端臨：《文獻通考》卷三十七〈選舉十〉，中華書局 1986 年版，第 354 頁。

遺筆》,《蕭曹遺筆》刊於明萬曆二十三年（西元一五九五年），也就是《廉明公案》編刊的前三年。《蕭曹遺筆》江湖散人〈序〉云：「金陵竹林子出珥筆書一帙，請余敘，余閱畢，喟然曰：此帙覆盆月皎，判筆風清，蓋宛然漢相國家法者，所稱法林之金鑑非歟！故額其序曰『蕭曹遺筆』云云。」所謂「珥筆書」，即訴訟文書，這種文書除錄有判文之外，還錄有狀詞和訴詞，這是供給民眾所用的訴訟文書讀本。《廉明公案》對三詞的完整引述，就與它的「以罪統刑」的體例一樣，加重了法家書色彩，使公案小說具有某種司法訴訟的實用功能。

　　《皇明諸司公案》六卷五十九則，余象斗編述。全書體例一如《廉明公案》，以罪分類：人命、姦情、盜賊、詐偽、爭占、雪冤。類下分則，每類則數不等，每則均有標題。它與《廉明公案》不同的是，除了記錄三詞之外，對於案情有了故事性的敘述。看來余象斗察知《廉明公案》的文學性稀薄，故在《諸司公案》中加強了小說應有的可讀性。

　　《廉明公案》、《諸司公案》對《百家公案》的反撥得到了市場的認可，追隨其後相繼刊行的《詳刑公案》、《明鏡公案》、《郭青螺公案》皆沿襲它們的體例和風格，兼有小說的文學性和訴訟公文寫作的實用性。之後的《律條公案》幾乎全抄《詳刑公案》，《詳情公案》又主要抄《詳刑公案》並兼抄《諸司公案》及《明鏡公案》。後來的《海剛峰公案》和《龍圖公案》雖然在

體例上不再以罪分類，採用卷回或卷則體，但它們都有程度不同的抄襲。《海剛峰公案》抄《百家公案》、《郭青螺公案》、《廉明公案》、《諸司公案》不少；《龍圖公案》則有四十八篇抄《百家公案》，二十篇抄《廉明公案》，十篇抄《詳刑公案》，三篇抄《律條公案》，一篇抄《郭青螺公案》，基本上是選編現成作品成書。從體例看，《海剛峰公案》和《龍圖公案》又回到了《百家公案》，把一位判官放在情節樞紐位置，堅持了小說的文學主體性，同時也保留了《廉明公案》、《諸司公案》司法訴訟的實用功能。

明代公案小說，《百家公案》有開山之功，在體制上是以當時已經流行的卷回小說的面貌出現，內容上夾雜著驅鬼捉妖之類的虛妄情節，小說性質比較鮮明。《廉明公案》和《諸司公案》則強調決獄斷案的真實性和以三詞為骨架的司法公文的實用性，稀釋了小說的文學性。大眾文化市場一時選擇了這種帶有訴訟實用功能的作品，因而湧現出《詳刑公案》等一批作品。其後又出現了《郭青螺公案》、《海剛峰公案》，回到包公，產生了《龍圖公案》，這種發展，反映了大眾的一種心理，要把許多精彩的折獄故事集中到一個清官身上，造就一個神話般的人物。明代公案小說的創作，隨著明朝覆亡戛然而止。入清沉寂了百年之久，直到嘉慶時期《施公案》出來，公案小說才又以一個新的歷史面貌登上小說舞臺。

第二節　時事小說

　　封建專制時代，朝廷禁止罷閑官吏以及平民百姓議論國政，違者有莠言亂政惑眾之罪。小說可以講說歷史，明朝人說明朝事的作品如《英烈傳》、《承運傳》、《于少保萃忠傳》、《皇明大儒王陽明先生出身靖難錄》、《戚南塘剿平倭寇志傳》等，都是已有定評的往事，與現實政治距離較遠，仍可視為歷史小說。當代人以小說的形式講說當代軍國大事，是自晚明才有的事情。明代後期政治窳敗，朝綱不振，朋黨之爭愈演愈烈，針砭時弊之議蜂起，時事小說應運而生。以萬曆三十一年（西元一六○三年）編刊的《征播奏捷傳通俗演義》為發端，此類作品接二連三，迅速成為晚明小說的一大流派。這類作品所敘人物事件皆為時人時事，作者一般都自覺地持有自己的政治立場和觀點，而且皆標榜信實直錄，敘事中常常連綴敕奏文表、塘報野史，其實雜有不少道聽塗說，作者的想像虛構以及基於自己政治立場對人物事件進行褒貶誇張之處不無存在。這類作品幾乎都是草率成章，文采不彰，但它們具有新聞性，在世事紛亂、動盪不安的年代，很能滿足眾人急欲知曉時事政治形勢的需求，因而版行能暢銷一時。

　　《征播奏捷傳》六集六卷一百回，署「棲真齋名衢逸狂」撰。作者號「玄真子」，真實姓名不詳。全書六集分別以「禮、樂、射、禦、書、數」命名，每集一卷。禮集十六回，樂集

第八章　公案小說、時事小說及其他

十四回，射集十六回，禦集十八回，書集十六回，數集二十回，共一百回。目錄上每回有單句回目，但正文將目錄的兩回並為一回，且不書回次。全書以通俗小說敘事方式演述萬曆二十四年至二十八年播州宣慰司使楊應龍叛亂，總督李化龍率軍平息叛亂之始末。播州即今遵義地區，唐末太原楊端從南詔手中收復播州，播州即為楊氏領地，傳至明萬曆楊應龍，計二十九世，八百餘年。《明史》卷三〇二〈四川土司二〉詳載了平定播州叛亂的歷史。《征播奏捷傳》基本據實演義，卷首《刻征播奏捷傳引》云「玄真子性敏好學……偶自出庚子（萬曆二十八年，西元一六〇〇年）征播酋楊應龍事蹟始末輯成一帙，額曰《征播奏捷傳》，屬予序。予公餘遊閱，觀其言事論略，皆有根由實跡，實同之蜀院發刊《平播事略》，並秋淵野人《平西凱歌》、道聽山人《平播集》等書中來，又非托虛架空者埒」。書末有作者「名衢逸狂」之本記曰：「西蜀省院刊有《平播事略》，備載敕奏文表，風示天下。道聽子紀其耳聆目矚事之顛末，積成一帙，梓行坊中。不佞因合二書之所述事蹟，敷演其義，而以通俗命名，令人之易曉也。即未必言言中竅，事事協真，大抵皆彰善殫惡，非假設一種孟浪議論，以惑世誣民，蓋期張天威於塞外，垂大戒於域中，褫奸魄，振士氣，使世之為土酋者，不敢正視天朝，安常守職，無蹈前車之覆轍云耳。具法眼者諒之，幸毋罪嚶聲之妄。癸卯（萬曆三十一年，西元

一六〇三年）冬，名衢逸狂白。」作者此言不虛，本書確實依據
《平播事略》敷衍而成。《平播事略》署李化龍撰，李化龍是平
播之役的統帥，時任總督湖廣、川、貴軍務兼巡撫四川。此書
彙集了平播之役前後文牘，包括奏疏、諮文、牌票、書札、評
批、祭文等，載文而不紀事。小說則敘事而避免載文，例如第
九十五、九十六回正文標目「聖天子降旨班師，陳總兵追祭亡
魂」敘及審問被俘之楊應龍眷屬親信，其供狀略去，行中夾注
曰：「全文載《平播事略》。」採用的是小說敘事文體。《平播
事略》也非李化龍編撰，實為他幕中書記吏胥所為。

　　作為小說的《征播奏捷傳》在敘及楊應龍私人生活時，多
採用小說模式，如楊應龍與張氏成婚，田氏在閨中與族兄的私
合以及楊應龍邂逅田氏並納其為妾等，均沿襲文言和通俗小說
的趣味和筆法，略無西南地方民俗風采，而兩軍交鋒和攻城奪
寨，則不出歷史演義小說技法窠臼。

　　萬曆中後期，時局已十分艱難。北方滿人咄咄逼人，東南
沿海倭寇騷擾，西南少數民族地區動亂不止，而農民暴亂此起
彼伏。誠如《四庫全書總目》評論《平播全書》所說：「明代用
兵，大抵十出而九敗，不過苟且以求息事，而粉飾以奏功。惟
平播一役，自出師至滅賊，凡百有十四日，成功頗速，史稱化
龍是役，可與韓雍、項宗垵。」[02]

02　《四庫全書總目》卷五四〈史部·雜史類存目三〉，中華書局 1965 年版，第 485 頁。

風雨飄搖的明朝宣揚平播之役，大有提振士氣之意，而作為平播之役統帥的李化龍，當然不能排除有宣揚自己的不世之功的動機。《平播全書》、《征播奏捷傳》版行之後，曾與李化龍協同平播的、時任貴州巡撫的郭子章，不滿於兩書抹煞自己的功績，遂撰《平播始末》二卷以還原歷史。《四庫全書總目》評論《平播始末》說：「萬曆間，播州宣慰使楊應龍叛，子章方巡撫貴州，被命與李化龍同討平之。化龍有《平播全書》，備錄前後進剿機宜。子章亦嘗有《黔記》，頗載其事。晚年退休家居，聞一二武弁造作平話，左祖化龍，飾張功績，多乖事實，乃仿紀事本末之例，以諸奏疏稍加詮次，復為此書，以辨其誣。」[03] 世傳郭勳為其始祖郭英邀功而作《英烈傳》，其事難以坐實，而《征播奏捷傳》飾張李化龍功績，則是灼然可見。以通俗小說寫時事，為某種現實政治服務，《征播奏捷傳》乃發其端者。

　　《遼東傳》敘明朝用兵遼東之時事，書已佚。此書清末民初尚存，黃人（西元一八六八至西元一九一三年）《小說小話》稱：「曾見傳鈔本，雖多落窠臼，而頗多逸聞。惟『馮布政父子南逃』一回，即涿州與東林構怨之原因者，則闕之矣。」此書因與當年熊廷弼之死有直接關係而引人注目。明劉若愚《酌中志》卷二十四記曰：「其害經略熊廷弼者，因書坊賣《遼東傳》，其

03　《四庫全書總目》卷五四〈史部・雜史類存目三〉，中華書局 1965 年版，第 485 頁。

四十八回內有馮布政父子奔逃一節，極恥而恨之，令妖弁蔣應暘發其事於講筵，以此傳出袖中而奏，致熊正法。」《三朝野記》、《三垣筆記》亦有相同記載。《明史》「熊廷弼傳」云，熊廷弼下獄後，「會馮銓亦憾廷弼，與顧秉謙等侍講筵，出市刊《遼東傳》譖於帝曰：『此廷弼所作，希脫罪耳。』帝怒，遂以五年八月棄市，傳首九邊」[04]。熊廷弼被殺在天啟五年（西元一六二五年），則《遼東傳》刊行當在此年稍前。時事小說在政治鬥爭中的功用，《遼東傳》表現得最為典型。

　　《七曜平妖傳》六卷七十二回，署「吳興會極清隱道士編次」。卷首文光鬥天啟四年（西元一六二四年）序稱作者為沈會極：「吾友會極目睹其顛末而視奕者也，乃為之傳，以記其治亂之由……會極，吳興氏，為淮南十洲沈太史公孫。」沈十洲名坤，淮安人，嘉靖二十年（西元一五四一年）進士，為本書作者沈會極之祖父。沈會極，號清隱道士，生平不詳。天啟二年（西元一六二二年）山東白蓮教徐鴻儒起兵造反，自號中興福烈帝，稱大乘興勝元年，其徒眾不下二百萬，一二月之間即相繼攻占鄆城、鄒縣、滕縣、巨野、嶧縣等地，震動朝廷，遂拉開明末起義的序幕。小說稱之為「妖」。「七曜」指平定此亂的七個人物，汪心淵、胡鶴齡、趙彥、許定國等，稱他們為北斗七星下凡。小說敘述平亂始末，描寫戰爭常常採用神魔小說的奇

04　《明史》第二十二冊卷二五九，中華書局 1974 年版，第 6703 頁。

幻手法，與《征播奏捷傳》的實寫大相徑庭。這部小說雖有一些魔幻化色彩，但它畢竟為明末山東的白蓮教眾大規模起義留下了歷史的剪影。

明末朝政的最大危機之一是魏忠賢閹黨亂政。魏忠賢，河間府肅寧（今屬河北省）人，本為市井無賴，因賭博陷於困境，無奈自閹進入皇宮。與天啟帝乳母客氏勾結，並迎合天啟帝心理趣味，逐漸掌握了內廷大權。當時朝廷黨爭激烈，東林黨人抓住「梃擊」、「紅丸」、「移宮」三案，大肆排斥異己，控制了朝政大權，並欲抑制魏忠賢和客氏的權力，遂與魏忠賢及客氏發生衝突。天啟帝一意維護魏忠賢和客氏，而非東林黨官僚紛紛投靠魏忠賢以求自存，由是而結成閹黨。閹黨勢力迅速膨脹，以極其殘酷的手段迫害東林黨人，朝政大權盡落於閹黨之手，地方官吏也多為閹黨之羽，明朝的政治陷入惡性內鬥和極端黑暗之中。天啟七年（西元一六二七年）熹宗去世，信王朱由檢嗣皇帝位，是為崇禎帝。崇禎帝即位便著手清算閹黨，閹黨勢力從此一蹶不振。

閹黨垮臺，朝野一片興奮。小說創作方面，《警世陰陽夢》、《魏忠賢小說斥奸書》、《皇明中興聖烈傳》和《檮杌閑評》就是這種社會情緒的產物。

《警世陰陽夢》十卷四十回，作者「長安道人國清」，真實姓名不詳。卷首〈序〉署時「戊辰六月」，即崇禎元年（西元

一六二八年）六月。熹宗去世在天啟七年（西元一六二七年）八月，朱由檢即皇帝位。於當年十一月，「安置忠賢於鳳陽，尋命逮治，忠賢行至阜城，聞之，與李朝欽（太監，忠賢親信）偕縊死，詔磔其屍，懸首河間，笞殺客氏於浣衣局」[05]。魏忠賢伏法半年後，《警世陰陽夢》即編撰刊行。崇禎元年刊本內封識語曰：「是編長安道人所述，道破魏璫奸偽。死生歸一大夢，榮華富貴，真如過隙白駒，諂媚炎涼，枉自喪心塗面。魏監微時，極與道人莫逆；權幸之日，不聽道人提誨。瞥眼六年受用，轉頭萬世皆空，是云陽夢。及至既服天刑，大彰公道，道人夢遊陰府，見此一黨權奸，枷械鎖枷，遍歷諸般地獄，銼燒舂磨，慘逾百倍人間，是云陰夢。演說以警世人，以學至人無夢。」全書分「陽夢」、「陰夢」上下兩部，「陽夢」八卷三十回，每回有四字回目，敘魏忠賢混跡市井、流落街頭以及發跡顯赫、專擅朝政、誣害忠良，終於勢敗自縊、磔屍懸首的一生惡跡。「陰夢」二卷十回，敘魏忠賢死後入地獄被清算罪行，受盡酷刑，轉世變做牡牛，永墮畜生道。此書「陽夢」大致不悖史實，但把魏忠賢亂政這個重大歷史事件簡單化了。寫魏忠賢寒微時與李貞、劉嵎三人關帝廟結義，靠二人幫襯進入京城，依靠吹拉彈唱的本事獲宦官賞識而進入皇宮，得李貞、劉嵎謀劃，勾結客氏而獨攬大權，這些都是小說家言；敘及如何結黨

05　《明史》第二十六冊卷三〇五，中華書局 1974 年版，第 7824 頁。

營私，肆毒宮闈和誣害忠良，雖言之有據，但過於粗率，且脫離當時政治背景。作者用因果報應來詮釋這段歷史，對人物以忠奸和善惡畫線，文學性極其一般。此書第二十三回「築城看邊」敘及天啟四年袁崇煥寧遠之役，稱滿人為「韃子」、「賊奴」，但在清朝禁書文檔中並不見《警世陰陽夢》其名，或可推知此書行之未遠，入清以後即已退出流通。

同樣寫魏忠賢亂政，《魏忠賢小說斥奸書》比《警世陰陽夢》更接近真實。文筆也遒勁得多。《魏忠賢小說斥奸書》八卷四十回，今存崇禎元年（西元一六二八年）崢霄館殘本，一藏北京大學圖書館，一藏天津圖書館，兩種藏本均缺第十三至第二十一回、第三十五至第四十回，然回目保存完整。作者署「吳越草莽臣」，即陸雲龍，字雨侯，號「翠娛閣主人」、「崢霄館主人」，浙江錢塘（今杭州）人。首〈敘〉作者「鹽官木強人」是陸雲龍之弟陸人龍，撰有小說《型世言》、《遼海丹忠錄》等。

《魏忠賢小說斥奸書》四十回，每回七字對偶回目，回目前均標時，除第一回標「魏忠賢少時事」外，其他各回均標紀年，時序了然。作者以紀實標榜，其〈凡例〉曰：「是書自春徂秋，歷三時而始成。閱過邸報自萬曆四十八年至崇禎元年，不下丈許。且朝野之史，如正續《清明聖政》兩集、《太平洪業》、《三朝要典》、《欽頒爰書》、《玉鏡新譚》凡數十種。一本之見聞，非敢妄意點綴，以墜於綺語之戒。」又說：「是書動關政務，半

系章疏，故不學《水滸》之組織世態，不效《西遊》之布置幻景，不習《金瓶梅》之閨情，不祖《三國》諸志之機詐。」與《警世陰陽夢》比較，它的確更接近實錄。魏忠賢淨身入宮，《警世陰陽夢》寫他以彈唱博得宦官青睞，經由這個門路入宮，而本書寫萬曆十七年朝廷奉旨簡送淨身男子入宮充用，魏忠賢是被選中的，顯然合理得多。此書寫魏忠賢先在惜薪司，見機服侍還是孩童的天啟帝，遂後來得寵。《警世陰陽夢》寫幫魏忠賢出謀獻策的是結義兄弟李貞，此書寫給他出主意的是李永貞，李永貞為秉筆太監，「凡章奏入，永貞等先鈐識窾要，白忠賢議行」[06]，此書所寫更接近歷史真實。在描述魏忠賢攬權亂政方面，此書要寫得詳實得多，如何迫害東林黨人，如何邀邊功自重，如何與客氏勾結在內宮清除異己，皆一一道來，大致於史有據。作者稱「不效《西遊》之布置幻景」，採取的是寫實手法，作為章回小說，敘述中的虛擬想像乃是應有之義，但總體上仍算得上是一部通俗的野史。

　　《皇明中興聖烈傳》五卷四十八則，敘魏忠賢閹黨始末，也作於魏忠賢倒臺之時。此書作者自敘《皇明中興聖烈傳小言》署「樂舜日」，正文卷首署「西湖義士撰」，但真實姓名不詳，應當是居住在杭州的人。作者深惡魏忠賢竊據權柄，為害天下，獲知閹黨倒臺，雀躍揚休，「特從邸報中與一二舊聞演成小

06　《明史》第二十六冊卷三〇五，中華書局 1974 年版，第 7826 頁。

傳，以通世俗，使庸夫凡民亦能批閱而識其事，共暢快奸逆之
殛，歌舞堯舜之天矣」（〈自敍〉）。所謂「一二舊聞」，大概
指魏忠賢出身及賭嫖敗家流落一段，情節與《警世陰陽夢》近
似，說他是狐狸精淫其母刁氏而生，因患梅毒爛掉陽物，由客
氏薦入宮內，則又與《警世陰陽夢》所述不同。說他「私通東
酋」，也是傳聞。寫他與妓女蕭靈群以及崔呈秀與蕭靈群（群，
疑為「犀」，崔呈秀有寵妾蕭靈犀系青樓出身，別的作品如是
寫）的風流糾葛，則完全是小說家的編排。此書敍說魏忠賢荼
毒內宮、陷害忠良的罪惡，大抵依據邸報，較近事實。結局寫
冤魂追命，被鬼使是索勒頸而死，當然也是虛構。此書較《警
世陰陽夢》稍近史實，但遠不及《魏忠賢小說斥奸書》。

　　作於崇禎末年的《檮杌閑評》五十回，是「魏忠賢亂政」時
事小說中最具文學性的一部。書中稱明朝為「本朝」，第五十回
回目「明懷宗旌忠誅惡党」，「懷宗」為崇禎帝的諡號，這個諡
號是崇禎十七年（西元一六四四年）自縊煤山，當時京都人士
對他的私諡，後來南明給他的諡號是「思宗」，又改為「毅宗」，
可見本書寫成在崇禎帝死後的當年。作者佚名，鄧之誠《骨董
續記》疑為《三垣筆記》作者李清，「《檮杌閑評》紀事，亦有
與《三垣筆記》相發明者，總之非身預其事者，不能作也」[07]。
李清（西元一六〇二至西元一六八三年），字映碧，南直隸興化

（今屬江蘇）人，崇禎四年進士，曆官刑、吏、工科給事中。他入朝任三科給事中時，魏忠賢閹黨垮臺已是四年前的事情，說他「身預其事」顯然與事實不符。作者為李清之說尚待確證。此書既作於崇禎十七年，距離閹黨亂政事件已有多年，且作者當年的政治熱點是李自成農民軍進逼北京以及滿人八旗軍入關，閹黨已是冷卻的舊聞，所以《檮杌閑評》很難算得上是時事小說。正因為作者與魏忠賢亂政有一定的時間距離，不會再有《魏忠賢小說斥奸書》那樣的憤激情緒，可以比較理性地處理那段歷史，述說起來有了更多的從容，況且作者不過是借此舊聞編撰小說，故事性蓋過了紀實性，當是一部歷史題材的通俗小說。《皇明中興聖烈傳》說魏忠賢是狐狸精淫其母而生，此書則說赤蛇淫其母而生，而客氏則是其母夢赤蛇啣珠而生，其祖父將自京中所得三顆明珠系在客氏之手，此明珠不但成為魏忠賢與客氏私情的信物，也成為勾連馮銓、崔呈秀閹黨骨幹的關目，故此書後來又名《明珠緣》。前十幾回寫魏忠賢入宮前的經歷，對於晚明社會世情的描摹頗為細膩真切；入宮以後，逼死貴妃、抑削成妃、作惡宮闈，交結外官結為閹黨，濫殺忠良，種種罪行，大致據史料敘述。此書敘魏忠賢少年時與李永貞、劉（若愚）結拜為生死弟兄，魏忠賢擅長唱曲，或從《警世陰陽夢》而來；與客氏幼時定親，十多年後又在薊州相逢奸通，或為作者據傳聞杜撰。《檮杌閑評》以魏忠賢為主線，結構

完整，並且注意人物性格刻畫和細節描寫，其文學性要高於倉促成章的前三部作品。

崇禎二年（西元一六二九年）十一月清軍大舉越邊直抵北京城下，京城危急之際，袁崇煥和祖大壽引兵入關回援，解了北京之圍。《近報叢譚平虜傳》二卷二十則報導了這件牽動朝野的重大戰役。作者「吟嘯主人」，真實姓名不詳，寫作此書時在南京。作者自序云：「予坐南都燕子磯上，閱邸報，奴囚越遼犯薊，連陷數城，抱杞憂甚矣。凡遇客聞自燕來者，輒促膝問之，言與報同。……今奴賊已遁，海晏可俟，因記邸報中事之關係者，與海內共欣逢見上之仁明智勇，間就燕客叢譚，詳為記錄，以見天下民間亦有此忠孝節義而已。」書題「近報叢譚」，「近報」即邸報，「叢譚」即傳聞。全書二十則，每條則目之下皆注「叢譚」、「報合叢譚」、「邸報」，說明本則之所依據。本書所記，止於崇禎三年初，時袁崇煥被逮下獄，尚未定罪處死。作者在敘述中稱袁崇煥為「袁督師」，敘及清軍撤走後，謠傳袁崇煥「不合殺了毛文龍」，又「風聞有奴書傳進」，指袁崇煥與敵暗通，作者對此持懷疑態度，且說「未知後事如何，俟事久論定，閱邸報再詳」。作者未曾料到，此年八月「遂磔崇煥於市」[08]，釀成天大冤案，朝廷自毀長城。此書雜糅邸報、傳聞，所記基本可信，迅速成書，是典型的時事小說。

08　《明史》第二十二冊卷二五九，中華書局 1974 年版，第 6719 頁。

袁崇煥下獄尚未處死之時，就有為毛文龍辯誣的《遼海丹忠錄》編刊出來。毛文龍（西元一五七七至西元一六二九年），仁和（今杭州）人，以布衣從戎遼東，有戰功授都司，屯兵皮島（東江），牽制清軍。崇禎元年，袁崇煥以兵部尚書兼右副都御史督師薊遼，兼督登、萊、天津軍務，崇禎二年五月，以十二大罪誅殺毛文龍。當年十二月袁崇煥被逮入獄，以「擅主和議、專戮大帥」罪論死。《遼海丹忠錄》有「崇禎之重午」序，崇禎重午即崇禎庚午年端午日，也就是崇禎三年（西元一六三〇年）五月五日。時袁崇煥尚在獄中。此書作者署「平原孤憤生」，翠娛閣主人（陸雲龍，著有《魏忠賢小說斥奸書》）〈序〉稱「予弟丹忠所由錄也」，其弟即陸人龍，另著有小說《型世言》。陸人龍站在毛文龍一方，指袁崇煥妄殺忠貞之臣。陸雲龍〈序〉曰，殺毛文龍無異於毀掉遼海所恃之長城，「至釀逆胡犯闕，不得竟牽掣之功」。稱其弟「如椽之筆，亦能生忠貞於毫下」，並且稱此書「寧雅而不俚，事之寧核而不誕」。《遼海丹忠錄》八卷四十回，每卷五回，回末皆有評。目錄每五回後注明所敘之起止時間，全書起於萬曆十七年（西元一五八九年），終於崇禎三年（西元一六三〇年）春，此乃效《資治通鑑綱目》體例。此書亦可視為毛文龍的傳記，前五回敘萬曆十七年至四十七年（西元一六一九年）秋，遼海軍情危急的嚴峻形勢，在這樣的背景下描述毛文龍從軍，在遼東從一個旗牌做起，因軍功升

做守備，加都司銜，獲得熊廷弼經略的賞識，其後歷敘他戰功赫赫，鎮守東江，有力地牽制了清軍入關。對於袁崇煥列數他十二罪，以莫須有處之，並將清軍入寇北京歸罪於袁崇煥誅殺毛文龍毀掉了牽制之師。作者身在杭州，對於遠在遼東的軍事和朝廷內部的黨爭畢竟有所隔膜，雖據有一些邸報傳聞，由袒毛貶袁感情傾向所致，描寫並不全實。此作文筆遒勁，敘述中頗多議論，議論激烈而不乏偏激，表現了晚明士人激越好辯的心態。

　　稍後又有《鎮海春秋》編刊出來，其立場與《遼海丹忠錄》相同，力表毛文龍的戰功，稱處決袁崇煥為大快天下人心。此書今僅存孤本，殘存第十至第二十回，作者署「吳門嘯客」，真實姓名不詳，另著有小說《孫龐鬥志演義》。本書對毛文龍事蹟的描述，大致與《遼海丹忠錄》相近，不同的是寫了毛文龍以反間計除掉後金大將哈都，而對袁崇煥誅殺毛文龍的經過則作了比《遼海丹忠錄》更詳細的描寫。

　　《近報叢譚平虜傳》、《遼海丹忠錄》和《鎮海春秋》都是寫明朝與後金（後來的清朝）的戰爭，作者站在明朝的立場對後金多有侮辱性言辭，入清以後便遭到禁毀，即使未點明是禁書，民間也不敢流通和收藏，至今僅存孤本殘本。

第三節　其他小說

　　明末小說創作出現類型糅合的傾向,《禪真逸史》、《禪真後史》和《掃魅敦倫東度記》就是這種傾向的作品。此三部小說皆為「清溪道人」方汝浩所作。方汝浩,生平不詳。翠娛閣主人(《魏忠賢小說斥奸書》作者陸雲龍)〈禪真後史序〉署時「崇禎己巳」,即崇禎二年(西元一六二九年),知作者為明末人。此〈序〉說《禪真後史》皆所以補《禪真逸史》未備,「所為繼之而起也」,則《禪真逸史》成書在崇禎二年之前,大約在天啟、崇禎之際。

　　《禪真逸史》八集四十回,集以「乾、坎、艮、震、巽、離、坤、兌」標名,每集五回。小說以南北朝為歷史背景,敘北朝東魏鎮南將軍林時茂得罪權臣之子,逃往澤州問月庵出家,法名太空,別號澹然,入梁途中為民除害,被梁武帝封為妙相寺副住持。住持鐘守淨為一淫僧,嫌林澹然礙事,誣其暗結東魏,澹然再次逃亡。在張太公莊擒拿狐狸精,得天書三冊,修禪煉性,收張善相、杜伏威、薛舉為徒,授予武藝法術。三人在南北朝動亂中屢立戰功,俱授高官顯職,林澹然亦隨赴西蜀,修煉於峨眉山。師徒四人俱成上仙,三人之子降歸唐朝,家族子孫盡享榮華富貴。第十八、十九回寫侯景叛魏降梁,梁武帝昏庸招降釀成大禍,筆調模仿《三國志演義》;寫張善相等三人闖蕩江湖的傳奇,又頗有《水滸傳》的影子,而

林澹然逃亡遭遇，對於世情多有描寫；降魔除妖，又是虛幻筆法。但作者並沒有將各種類型元素融為一體。〈凡例〉稱此書「當與《水滸傳》、《三國演義》並垂不朽」，乃是自誇之詞，然而也透露了作者受兩書影響的資訊。

《禪真後史》據翠娛閣主人（陸雲龍）〈禪真後史序〉云，是「補《逸史》未備」，「繼之而起也」。全書十卷六十回，書名題《禪真後史》，表明與《禪真逸史》相接。林澹然之徒薛舉在《禪真逸史》中已被唐高祖贈為正一五顯仁德普利真人，此書則敘上帝因他在生殺戮太重，又無利物濟民之德，令他降生瞿天民家，為天民之妾阿媚之子瞿琰，在唐太宗至武后時期的動亂中，掃除暴亂、殄滅妖氛，重積陰功後復升仙秩。此書在命意和情節構思方面皆沿襲《禪真逸史》，只是突出了一個中心人物瞿琰的英雄傳奇事蹟而已。瞿琰出生在第十六回，此前十五回寫瞿琰之父瞿天民處館、行醫、經商，極力表現他的仁義品格。這一段近似世情小說的情節，寫得有些生色，但對於展現瞿琰的英雄偉績的主題而言，卻離題太遠。此書初版於崇禎二年（西元一六二九年），由崢霄館刊刻，清代重刻有五十三回本，刪去原本第四十九回至第五十五回，將原本的第五十六回上接第四十八回之後。刪節的原因或者是情節過於枝蔓，且多情色描寫。

崇禎八年（西元一六三五年），方汝浩又作《掃魅敦倫東

度記》二十卷一百回。方汝浩所作《禪真逸史》、《禪真後史》已有釋、道宗教色彩，此書則以釋教達摩祖師為主人公，但它與萬曆時期宗教小說《達摩出身傳燈傳》的命意不同，它主要不是宣傳而是針對晚明社會世風痛加撻伐。此書描述達摩從印度「東渡」中國，當時中原北魏道士寇謙之勾結權奸大滅佛法，邪魔囂張，各種情魔、意魔幻化的魔怪大施其虐，致使家庭不和，朋友傾軋，亂象叢生。達摩祖師參破酒、色、財、氣四魔的根由，一一指引被邪魔纏身的眾生悟得因果而歸於正道。本書的妖魔形象皆醜惡人性的化身，如酒、色、財、氣、貪、嗔、癡、欺心、反目、懶惰等，這種象徵手法，被後世諷喻小說《斬鬼傳》、《平鬼傳》等所繼承，此書前十七回敘南印度不如密多尊者以釋教法理啟迪民智，消除位為國師的「長爪梵志」邪門外道的影響。這一部分游離於全書正題之外，其結構模式悉與《禪真逸史》、《禪真後史》相同。

　　崇禎年間，杭州筆耕山房刊有《醋葫蘆》、《弁而釵》、《宜春香質》三部小說，疑出於一人之手。《醋葫蘆》四卷二十回，署「西子湖伏雌教主」編，這個筆名顯然依本書主題而取，本書的主題是「懼內」，故作者自稱「伏雌教主」。第四回「附錄」有詩署時「己卯」，可知成書在己卯（崇禎十二年，西元一六三九年）。今存筆耕山房刻本，卷首〈序〉末署「筆耕山房醉西湖心月主人題」。筆耕山房刊印的小說《弁而釵》和《宜春

香質》均署「醉西湖心月主人著」，如果作〈序〉之人即作者自己，則三部作品概由「醉西湖心月主人」所作，《弁而釵》又題《筆耕山房弁而釵》，《宜春香質》也題《筆耕山房宜春香質》，故他們的作者也許就是筆耕山房主人。

　　《醋葫蘆》講述的是一個「懼內」的故事，說宋朝臨安（杭州）一位小本商人成珪娶了富商女兒都氏為妻，家業興旺，皆因娘家之助，成珪對都氏敬畏有加。兩人成婚四十餘年，並無子嗣，為承宗接祀，成珪哀求都氏同意他納妾，甚至以削髮出家相威脅。子嗣事大，都氏口頭允諾，卻買了個石女熊氏給他做妾。成珪大失所望，遂與婢女翠苔私通。此事被都氏識破，都氏用向來慣打丈夫的毛竹板子將翠苔打得暈死過去，以為垂斃，吩咐僕人將她拋於江中。但僕人發覺翠苔未死，將她救下，送與成珪友人周智息養，周智私下招成珪來家與翠苔成婚。都氏幾番施虐，自己也釀成虛症，其靈魂下到地府，因嫉妒虐夫之罪受盡折磨，攜帶《怕婆經》一卷還陽，病體消除，認了翠苔所生之子，一家終於團圓。「懼內」是民間喜談話題，本書第十回成珪家請酒扮戲，搬演的《療妒羹》恰是一部「懼內」戲，戲中有悍婦虐待小妾，致小妾鬱鬱而死，埋葬之際，為人救活的情節，《醋葫蘆》顯然吸納了這個關目。《療妒羹》是崇禎著名戲曲家吳炳的作品，所以本書說它「是吳下人簇簇新編的戲文」。如何治療妒病，本書並無良方，只好乞靈於陰司報應。

　　「醉西湖心月主人」的兩部作品《弁而釵》和《宜春香質》都是寫同性戀的小說。不過兩部作品的道德判斷並不一致，《弁而釵》的小官得到善終，而《宜春香質》的小官則結局悲慘，一褒一貶，反映了作者的矛盾心理。兩書多淫穢筆墨，入清以後均被查禁。

　　明代中葉以後的社會，階級矛盾日益尖銳乃至激化，一方面被壓迫的窮苦人民在饑寒交迫中呻吟，另一方面，統治階級包括士大夫文人卻沉浸在醉生夢死、追歡求樂的淫靡之海裡，而不知王朝已處於崩潰之邊緣。這個時期，豔情小說創作高漲，文言小說的《天緣奇遇》、《如意君傳》、《癡婆子傳》等應運而生，白話長篇小說除上述的《弁而釵》和《宜春香質》之外，影響更大的作品有《繡榻野史》、《浪史》等。

　　《繡榻野史》的作者，據王驥德《曲律》：「郁藍生，呂姓，諱天成，字勤之，別號棘津，亦餘姚人，太傅文安公曾孫，吏部姜山公子……勤之製作甚富，至摹寫麗情褻語，尤稱絕技。世所傳《繡榻野史》、《閒情別傳》，皆其少年遊戲之筆。」[09] 則為明代著名戲劇家呂天成（西元一五八○至西元一六一八年）。若果王驥德所說此書為呂氏少年之作屬實，則此書當作於萬曆二十五年（西元一五九七年）前後。《繡榻野史》敘揚州東門生金氏夫婦與趙大里麻氏母子淫亂，大黑、麻氏、金氏死後變做

---

09 《中國古典戲曲論著集成》第四冊，中國戲劇出版社 1959 年版，第 172 頁。

畜生，東門生夢知報應，也削髮出家懺悔罪孽。《浪史》四十回，作者署「風月軒又玄子」，真實姓名不詳。此書受嘉靖、萬曆之際文言小說《李生六一天緣》的影響[10]，當是萬曆中後期作品。《繡榻野史》寫淫亂者沒有好下場，是以淫說法；而此書則是公然宣淫，其主人公梅素先（人稱「浪子」）與多個女人私通，最後與妻妾隱居山林，逍遙塵世之外。兩書主人公結局不同，但都是描寫情色，性質並無差異。此類作品還有《昭陽趣史》、《海陵佚史》、《龍陽逸史》、《別有香》、《載花船》、《玉閨紅》等。這些作品以宣淫為事，清康熙年間劉廷璣指斥《野史》、《浪史》「流毒無盡，更甚而下者，《宜春香質》、《弁而釵》、《龍陽逸史》，悉當斧碎棗梨，遍取已印行世者，盡付祖龍一炬，庶快人心」[11]。這些作品至多保留了明季某些社會文化風氣的痕跡，無甚文學價值，所以屢禁不絕，乃是它滿足了社會的某種隱性需求。

10　參見陳益源《元明中篇傳奇小說研究》第十四章〈李生六一天緣研究〉，學峰文化事業公司 1997 年版。

11　劉廷璣：《在園雜志》，中華書局 2005 年版，第 84、85 頁。

參考文獻

楊伯峻（1990）。《春秋左傳注》。北京：中華。

[漢] 司馬遷（1975）。《史記》。北京：中華。

[漢] 班固著 [唐] 顏師古注（1962）。《漢書》。北京：中華。

[南朝宋] 范曄撰 [唐] 李賢等注（1965）。《後漢書》。北京：中華。

[晉] 陳壽（1959）。《三國志》。北京：中華。

[後晉] 劉昫等撰（1975）。《舊唐書》。北京：中華。

[宋] 歐陽脩（1975）。《新唐書》。北京：中華。

[宋] 司馬光（1956）。《資治通鑒》。北京：中華。

吉林出版編（2005）。《御批通鑒綱目》。吉林：吉林出版

汪聖澤（1977）。《宋史》。北京：中華。

[明] 宋濂（1976）。《元史》。北京：中華。

[清] 張廷玉（1974）。《明史》。北京：中華。

[清] 吳乘權等輯，施意周點校（2009）。《綱鑒易知錄》。北京：中華。

[清] 趙爾巽等撰（1977）。《清史稿》。北京：中華。

王鍾翰（1983）。《清史列傳》。北京：中華。

中華書局編（1986）。《清實錄》。北京：中華。

[清] 阮元校刻（1980）。《十三經注疏》。北京：中華。

聞人軍（1986）。《諸子集成》。上海：上海古籍。

[唐] 杜佑（1988）。《通典》。北京：中華。

[宋] 馬端臨（1986）。《文獻通考》。北京：中華。

1965 年。《四庫全書總目》。北京：中華。

[南朝梁] 蕭統（1986）。《文選》。上海：上海古籍。

陳鼓應注譯（1983）。《莊子今注今譯》。北京：中華。

陳鼓應編著（1984）。《老子注譯及評介》。北京：中華。

余嘉錫（1980）。《四庫提要辨證》。北京：中華。

葉瑛校注（1994）。《文史通義校注》。北京：中華。

季羨林校注（2000）。《大唐西域記校注》。北京：中華。

文獻

[清] 浦起龍通釋 (1978)。《史通通釋 》。上海：上海古籍。

[清] 趙翼著，王樹民校證 (1984)。《廿二史劄記 》，北京：中華。

[宋] 蘇軾 (1981)。《東坡志林 》。北京：中華。

伊永文 (2006)。《東京夢華錄箋注 》。北京：中華。

[宋] 孟元老 (1998)。《東京夢華錄 》（外四種），北京：文化藝術。

[元] 陶宗儀 (1959)。《南村輟耕錄 》。北京：中華。

[南宋] 周密 (1988)。《癸辛雜識 》。北京：中華。

[唐] 徐堅 (2004)。《初學記 》。北京：中華。

[明] 謝肇淛 (2001)。《五雜組 》。上海：上海書店。

[明] 胡應麟 (2001)。《少室山房筆叢 》。上海：上海書店。

[明] 王守仁 (1992)。《王陽明全集 》。上海：上海古籍。

王明編 (1960)。《太平經合校 》。北京：中華。

[明] 陸容 (1985)。《菽園雜記 》。北京：中華。

[明] 葉盛 (1980)。《水東日記 》。北京：中華。

[明] 郎瑛 (1988)。《七修類稿 》。北京：文化藝術。

[明] 鄧士龍 (1993)。《國朝典故 》。北京：北京大學。

[明] 陸粲撰，譚棣華、陳稼禾點校 (1987)。《庚巳編客座贅語 》。北京：中華。

[明] 李詡 (1982)。《戒庵老人漫筆 》。北京：中華。

[明] 熊過 (1997)。《南沙先生文集 》。《四庫全書存目叢書‧集部 》第91 冊，山東：齊魯。

[明] 陳洪謨 (1985)。《治世餘聞繼世紀聞 》。北京：中華。

[明] 沈德符 (1959)。《萬曆野獲編 》。北京：中華。

[明] 余繼登 (1981)。《典故紀聞 》。北京：中華。

[明] 田汝成 (1980)。《西湖遊覽志 》。浙江：浙江人民。

[明] 田汝成 (1980)。《西湖遊覽志餘 》。浙江：浙江人民。

[明] 何心隱 (1981)。《何心隱集 》。北京：中華。

楊正泰校注 (1992)。《天下水陸路程（三種）》。山西：山西人民。

[明] 王錡 (1984)。《寓圃雜記 》。北京：中華。

[明] 宋懋澄 (1984)。《九籥集 》。北京：中國社會科學。

[明] 李清（1982）。《三垣筆記》。北京：中華。

[明] 鄭曉（1984）。《今言》。北京：中華。

[南宋] 洪邁（1994）。《容齋隨筆》。吉林：吉林文史。

[明] 劉若愚（1982）。《明宮史》。北京：北京古籍。

[清] 錢謙益（1982）。《國初群雄事略》。北京：中華。

[明] 王應奎（1983）。《柳南隨筆》。北京：中華。

[明] 湯顯祖（1982）。《湯顯祖詩文集》。上海：上海古籍。

[清] 王士禎（1982）。《池北偶談》。北京：中華。

[清] 王定安（1995）。《求闕齋弟子記》。上海：上海古籍。

[清] 陳田（1993）。《明詩紀事》。上海：上海古籍。

[清] 錢大昕（1997）。《嘉定錢大昕全集》。江蘇：江蘇古籍。

[清] 劉廷璣（2005）。《在園雜誌》。北京：中華。

[清] 劉獻廷（1957）。《廣陽雜記》。北京：中華。

[明] 姚士麟（1985）。《見只編》。《叢書集成初編》。北京：中華。

[明] 李贄（1975）。《焚書》。北京：中華。

[清] 徐鼒（1957）。《小腆紀年附考》。北京：中華。

[清] 俞樾（1995）。《茶香室叢鈔》。北京：中華。

[清] 琴川居士編（1967）。《皇清奏議》。新北：文海。

[清] 余治（1969）。《得一錄》。新竹：華文。

[清] 張宜泉（1984）。《春柳堂詩稿》。上海：上海古籍。

[清] 丁日昌（1969）。《撫吳公牘》。新竹：華文。

鄧之誠（1996）。《骨董瑣記全編》。北京：北京出版社。

朱駿聲（1958）。《六十四卦經解》。北京：中華。

李慈銘（2001）。《越縵堂讀書記》。遼寧：遼寧教育。

上海書店出版社編（2007）。《清代文字獄檔》。上海：上海書店。

[清] 爱新覺羅敦敏（1984）。《懋齋詩鈔・四松堂集》。上海：上海古籍。

[清] 繆荃孫（2014）。《繆荃孫全集》。江蘇：鳳凰。

汪維輝編（2005）。《朝鮮時代漢語教科書叢刊》。北京：中華。

[清] 董康（1988）。《書舶庸譚》。遼寧：遼寧教育。

浙江古籍出版社輯（1992）。《李漁全集》。浙江：浙江古籍。

文獻

[清] 丁耀亢 (1999)。《丁耀亢全集》。河南：中州古籍。

盛偉編 (1998)。《蒲松齡全集》。上海：學林。

孫漱石 (1997)。《退醒廬筆記》。上海：上海書店。

[清] 梁啟超 (1989)。《飲冰室合集》。北京：中華。

陶湘編 (2000)。《書目叢刊》。遼寧：遼寧教育。

吳熙釗、鄧中好校 (1985)。《康南海先生口說》。廣東：中山大學。

中國社科院近代史所等編 (1981)。《孫中山全集》。北京：中華。

包天笑 (1971)。《釧影樓回憶錄》。香港：大華。

[清] 顧炎武 (1994)。《日知錄集釋》。湖南：岳麓書社。

[漢] 許慎 (1963)。《說文解字》。北京：中華。

上海古籍出版社編 (1986)。《全唐詩》。上海：上海古籍。

周振甫 (1981)。《文心雕龍注釋》。北京：人民文學。

[明] 高儒 (2005)。《百川書志》。上海：上海古籍。

王重民等編 (1957)。《敦煌變文集》。北京：人民文學。

王重民 (1983)。《中國善本書提要》。上海：上海古籍。

葉德輝 (1988)。《書林清話》。遼寧：遼寧教育。

[清] 梁啟超 (1985)。《中國近三百年學術史》。北京：北京中國書店。

湯用彤 (1983)。《漢魏兩晉南北朝佛教史》。北京：中華。

程千帆 (1980)。《唐代進士行卷與文學》。上海：上海古籍。

傅璇琮 (1986)。《唐代科舉與文學》。陝西：陝西人民。

陳垣 (2001)。《中國佛教史籍概論》。上海：上海世紀。

錢鍾書 (1979)。《管錐編》。北京：中華。

錢存訓 (2004)。《中國紙和印刷文化史》。廣西：廣西師範大學。

張秀民 (1989)。《中國印刷史》。上海：上海人民。

雷夢辰 (1989)。《清代各省禁書匯考》。北京：北京圖書館。

陳寅恪 (1980)。《柳如是別傳》。上海：上海古籍。

余英時 (1987)。《士與中國文化》。上海人民出版社。

戈公振 (2003)。《中國報學史》。上海：上海古籍。

長澤規矩也 (1952)。《和漢書的印刷及其歷史》。日本：吉川弘文館。

馬祖毅 (1999)。《中國翻譯史》。湖北：湖北教育。

吳世昌（1984）。《羅音室學術論著》。北京：中國文聯。

陳耀東（1990）。《唐代文史考辨錄》。北京：團結。

謝國楨（2004）。《明清之際黨社運動考》。上海：上海書店。

蕭一山（1986）。《清代通史》。北京：中華。

中國人民大學清史研究所編（2000）。《清史編年》。北京：中國人民大學。

[清] 蟲天子（1992）。《香豔叢書》。北京：人民文學。

周越然（1996）。《書與回憶》。遼寧：遼寧教育。

鄭光主編（2000）。《元刊〈老乞大〉研究》。北京：外語教學與研究。

陳平原、夏曉虹編（1997）。《二十世紀中國小說理論資料》。北京：北京大學。

W·C·布思 (John Wilkes Booth) 著，付禮軍譯（1987）。《小說修辭學》。北京：北京大學。

大衛·利明、愛德溫·貝爾德（1990）。《神話學》（李培茱等譯），上海：上海人民。

[英] 盧伯克（1990）。《小說美學經典三種》。上海：上海文藝。

愛克曼輯錄，朱光潛譯（1978）。《歌德談話錄》。北京：人民文學。

丁錫根編（1996）。《中國歷代小說序跋集》。北京：人民文學。

舒蕪等編（1981）。《中國近代文論選》。北京：人民文學。

侯忠義編（1985）。《中國文言小說參考資料》。北京：北京大學。

中國戲曲研究院編（1959）。《中國古典戲曲論著集成》。北京：中國戲劇。

大連圖書館參考部編（1983）。《明清小說序跋選》。遼寧：春風文藝。

孫楷第（1982）。《中國通俗小說書目》。北京：人民文學。

孫楷第（1958）。《日本東京所見小說書目》。北京：人民文學。

樽本照雄（1997）。《清末民初小說目錄》。日本：清末小說研究會。

石昌渝主編（2004）。《中國古代小說總目》。山西：山西教育。

李劍國（1993）。《唐五代志怪傳奇敘錄》。天津：南開大學。

李劍國（1997）。《宋代志怪傳奇敘錄》。天津：南開大學。

朱一玄、劉毓忱編（1983）。《三國演義資料彙編》。百花文藝出版社。

馬蹄疾編（1980）。《水滸資料彙編》。北京：中華。

劉蔭柏編（1990）。《西遊記研究資料》。上海：上海古籍。

文獻

黃霖編（1987）。《金瓶梅資料彙編》。北京：中華。

李漢秋編（1984）。《儒林外史研究資料》。上海：上海古籍。

欒星編（1982）。《歧路燈研究資料》。河南：中州書畫。

一粟編（1963）。《紅樓夢卷》（古典文學研究資料彙編），北京：中華。

北京故宮博物院明清檔案部編（1975）。《關於江寧織造曹家檔案史料》。北京：中華。

一粟編（1963）。《紅樓夢書錄》。北京：中華。

魏紹昌編（1980）。《李伯元研究資料》。上海：上海古籍。

魏紹昌編（1982）。《孽海花資料》。上海：上海古籍。

蔣瑞藻編（1984）。《小說考證》。上海：上海古籍。

孔另境編（1982）。《中國小說史料》。上海：上海古籍。

1994 年。《傳奇匯考》。北京：書目文獻。

莊一拂（1982）。《古典戲曲存目匯考》。上海：上海古籍。

馮其庸、李希凡主編（2010）。《紅樓夢大辭典》（修訂本），北京：文化藝術。

王利器輯錄（1981）。《元明清三代禁毀小說戲曲史料》。上海：上海古籍。

譚正璧（1980）。《三言兩拍資料》。上海：上海古籍。

[宋] 李昉等編（1961）。《太平廣記》。北京：中華。

[元] 陶宗儀（1986）。《說郛》。北京：北京中國書店。

魯迅輯（1997）。《古小說鉤沉》。山東：齊魯。

李時人編校（2014）。《全唐五代小說》。北京：中華。

[元] 陶宗儀（1988）。《說郛三種》。上海：上海古籍。

李劍國輯校（2001）。《宋代傳奇集》。北京：中華。

程毅中編（1995）。《古體小說鈔·宋元卷》。北京：中華。

喬光輝校注（2010）。《瞿佑全集校注》。浙江：浙江古籍。

[南宋] 洪邁（1981）。《夷堅志》。北京：中華。

[明] 臧懋循編（1989）。《元曲選》。北京：中華。

隋樹森編（1959）。《元曲選外編》。北京：中華。

北京圖書館出版社著（1998）。《日本藏元刊本古今雜劇三十種》。北京：北京圖書館。

李佑成、林熒澤編譯（1997）《李朝漢文短篇集》。韓國：一潮閣。

周欣平主編（2011）。《清末時新小說集》。上海：上海古籍。

吳組緗主編（1991）。《中國近代文學大系・小說集》。上海：上海書店。

劉世德、陳慶浩、石昌渝主編（1991）。《古本小說叢刊》。北京：中華。

《古本小說集成》編輯委員會著（1994）。《古本小說集成》。上海：上海古籍。

陳慶浩、王秋桂主編（2000）。《思無邪匯寶》。臺北：大英百科。

魯迅（1975）。《中國小說史略》。北京：人民文學。

胡適（1988）。《胡適古典文學研究論集》。上海：上海古籍。

胡適（1988）。《胡適紅樓夢研究論述全編》。上海：上海古籍。

鄭振鐸（1984）。《鄭振鐸古典文學論文集》。上海：上海古籍。

魯迅（1979）。《魯迅論中國古典文學》。福建：福建人民。

孫楷第（2009）。《滄州集》。北京：中華。

孫楷第（2009）。《滄州後集》。北京：中華。

趙景深（1980）。《中國小說叢考》。山東：齊魯。

袁珂（1982）。《神話論文集》。上海：上海古籍。

譚正璧（1956）。《話本與古劇》。上海：上海古典文學。

戴望舒（1958）。《小說戲曲論集》。北京：作家。

聞一多（2009）。《神話與詩》。武漢：武漢大學。

胡士瑩（1980）。《話本小說概論》。北京：中華。

周紹良（1984）。《紹良叢稿》。山東：齊魯。

阿英（1985）。《小說閒談四種》。上海：上海古籍。

阿英（1980）。《晚清小說史》。北京：人民文學。

[清] 王國維（1944）。《宋元戲曲史》。上海：商務印書館。

吳曉鈴（2006）。《吳曉鈴集》。河北：河北教育。

周汝昌（1976）。《紅樓夢新證》。北京：人民文學。

戴不凡（1980）。《小說見聞錄》。浙江：浙江人民。

馬幼垣（1980），。《中國小說史集稿》。臺北：時報。

許政揚（1984）。《許政揚文存》。北京：中華。

葉德均（1979）。《戲曲小說叢考》。北京：中華。

文獻

馬幼垣（1992）。《水滸論衡》。新北：聯經出版。

周貽白（1986）。《周貽白小說戲曲論集》。山東：齊魯。

韓南著，尹慧瑉譯（1989）。《中國白話小說史》，浙江：浙江古籍。

王秋桂等譯（2008）。《韓南中國小說論集》。北京：北京大學。

李劍國（1984）。《唐前志怪小說史》。天津：南開大學。

李劍國、陳洪主編（2007）。《中國小說通史》。北京：高等教育。

李豐楙（1996）。《誤入與謫降》。臺北：學生書局。

徐志平（1988）。《清初前期話本小說之研究》。臺北：學生書局。

陳益源（1997）。《元明中篇傳奇小說研究》。香港：學峰文化。

黃仁宇（2001）。《十六世紀明代中國之財政與稅收》。香港：三聯。

吳晗（1956）。《讀史劄記》。香港：三聯。

鄧廣銘（2007）。《岳飛傳》。香港：三聯。

徐復嶺（1993）。《醒世姻緣傳作者和語言考論》。山東：齊魯。

周建渝（1988）。《才子佳人小說研究》。臺北：文史哲。

胡萬川（1994）。《話本與才子佳人小說之研究》。臺北：大安。

韋鳳娟（2014）。《靈光澈照》。河北：河北教育。

王瓊玲（2005）。《夏敬渠與野叟曝言考論》。臺北：學生書局。

路大荒（1980）。《蒲松齡年譜》。山東：齊魯。

陳美林（1984）。《吳敬梓研究》。上海：上海古籍。

時蔭（1982）。《曾樸研究》。上海：上海古籍。

陳大康（2014）。《中國近代小說編年史》。北京：人民文學。

梅節（2008）。《瓶梅閒筆硯》。北京：北京圖書館。

陳益源（2003）。《王翠翹故事研究》。北京：西苑。

張愛玲（2012）。《紅樓夢魘》。北京：北京十月文藝。

鄭明娳（2003）。《西遊記探源》。臺北：里仁書局。

磯部彰（1993）。《西遊記形成史研究》。日本：創文社。

王三慶（1981）。《紅樓夢版本研究》。臺北：石門圖書公司。

陳平原（1997）。《陳平原小說史論集》。河北：河北人民。

胡從經（1988）。《中國小說史學史長編》。上海：上海文藝。

林明德編（1988）。《晚清小說研究》。新北：聯經出版。

後記

　　寫完最後一節，長長吁了一口氣。終於到達了終點。

　　想要做這個課題很久了，但遲遲未能完成。並非不用功，提筆方知讀書少，若東拼西湊草率成篇，就有違當年的初心，故不能不潛入文獻浩瀚海洋，同時對小說發展進程中許多問題進行反覆思考，完成的日子就這樣延宕。這是我深感愧疚的。其間研究《清史》。花去了五年時間，當然，在研究〈典志‧小說篇〉，對於撰寫小說史清代部分大有助益，但畢竟使小說史的寫作中斷。隨著時間推移，更加覺得重要的歷史應該被看見，這樣的信念使我不能不竭盡全力，完成了這部書。

　　且不論這部書品質如何，但我必須感謝許多學界友人對我的幫助，也令我難以忘懷。在日本訪學期間，磯部彰教授不辭辛苦和繁難，幫我聯繫並陪我到宮城縣圖書館、內閣文庫、尊經閣文庫、東京大學圖書館及東京大學東洋文化研究所圖書館等日本著名的各公私圖書館查閱文獻資料。在東京和京都的訪書，還得到大塚秀高教授和金文京教授的大力協助。在荷蘭萊頓大學訪學時，承蒙漢學院圖書館館長吳榮子女士特許，利用高羅佩特藏室，此時已在哈佛大學執教的原漢學院院長伊維德（Wilt L.Idema）教授從美國回來，在高羅佩特藏室與我討論小說版本與《水滸傳》成書年代問題，使我受益良多。

後記

　　書稿中引用前輩和時賢的研究成果頗多，有的已加注標
明，也有未盡注明者，他們的成果都是我今天賴以向上攀登的
基石，在此，謹向他們表示崇高的敬意。

電子書購買

國家圖書館出版品預行編目資料

明代通俗小說的鼎盛：從《三國演義》到《金瓶梅》，從說唱平話到四大奇書的確立 / 石昌渝著 . -- 第一版 . -- 臺北市：崧燁文化事業有限公司，2022.05

面； 公分

POD 版

ISBN 978-626-332-358-2(平裝)

1.CST: 通俗小說 2.CST: 中國文學史 3.CST: 明代

820.97　　111006643

明代通俗小說的鼎盛：從《三國演義》到《金瓶梅》，從說唱平話到四大奇書的確立

臉書

作　　　者：石昌渝

封面設計：康學恩

發 行 人：黃振庭

出　　　版：崧燁文化事業有限公司

發 行 者：崧燁文化事業有限公司

E - m a i l：sonbookservice@gmail.com

粉 絲 頁：https://www.facebook.com/sonbookss/

網　　　址：https://sonbook.net/

地　　　址：台北市中正區重慶南路一段六十一號八樓 815 室

Rm. 815, 8F., No.61, Sec. 1, Chongqing S. Rd., Zhongzheng Dist., Taipei City 100, Taiwan

電　　　話：(02) 2370-3310　　　傳　　　真：(02) 2388-1990

印　　　刷：京峯彩色印刷有限公司（京峰數位）

律師顧問：廣華律師事務所 張珮琦律師

定　　　價：350 元

發行日期：2022 年 05 月第一版

◎本書以 POD 印製